Miss la gaffe se marie

MEG CABOT

Miss la gaffe se marie

TRADUIT DE L'ANGLAIS (ÉTAT-UNIS)
PAR LUC RIGOUREAU

HACHETTE

L'édition originale de cet ouvrage
est parue sous le titre :

Blabbermouth 3 – Queen of Babble gets hitched

Hachette Livre, 43 quai de Grenelle, 75015 Paris.

À Benjamin

Brève histoire du mariage

Dans l'ancien temps, les mariages étaient un tantinet plus décontractés qu'aujourd'hui. Les tribus rivales s'assaillaient mutuellement dans le seul but de dégoter de nouvelles épouses à leurs hommes et d'accroître leur population. Eh oui ! À cette triste époque, on se volait les dames ! Les mariés et leurs garçons d'honneur en goguette que nous connaissons aujourd'hui ne vont pas sans rappeler les hordes d'agresseurs d'autrefois.

Sinon qu'ils sont en smoking, pas en cache-sexe.

Il arrivait que les jeunes filles concernées aient vent de l'attaque à venir et n'opposent pas une résistance très farouche à leurs ravisseurs.

Cela ne signifiait pas pour autant que leurs familles et alliés trouvaient la chose à leur goût.

Petites ficelles pour éviter un mariage désastreux, par Lizzie Nichols

Ayez toujours plus de cadeaux sur votre liste de mariage que d'invités à la cérémonie. Cela vous évitera de recevoir le même présent en deux exemplaires… et ceux qui n'auront pu participer aux festivités trouveront quand même un objet ravissant à vous offrir !

1

Quel que soit ce qui compose les âmes,
la sienne et la mienne sont les mêmes.

Emily BRONTË (1818-1848),
romancière et poétesse anglaise

— Il faut que tu files, Chaz, dis-je à l'homme en smoking affalé en travers de mon lit.

Je le secoue, il écarte ma main.

— Arrête ça, m'man, marmonne-t-il. Je te répète que j'ai déjà descendu les poubelles.

— Sérieux, Chaz. Réveille-toi. Tu dois t'en aller.

Il sursaute.

— Que… Où suis-je ?

Il inspecte la pièce avec des yeux glauques, puis son regard se focalise sur moi.

— Oh, Lizzie ! Quelle heure est-il ?

— Celle de partir, je réponds en le tirant par le bras. Allez, debout !

Autant essayer de déplacer un éléphant. Il ne bouge pas d'un poil.

— Qu'est-ce qu'il y a ? maugrée-t-il.

J'avoue qu'il ne m'est pas très facile d'être garce avec lui. Il est tout bonnement adorable, dans sa chemise de cérémonie, avec sa barbe naissante, son air paumé et ses cheveux noirs qui rebiquent sur son crâne. Il plisse les paupières.

— C'est déjà le matin ? Hé ! Pourquoi es-tu encore habillée ?

— Parce qu'il ne s'est rien passé entre nous.

Ce qui est vrai, et ce qui me soulage. Bon, d'accord, nous nous sommes tripotés, mais je porte encore ma gaine. Conclusion : rien de très compromettant n'a eu lieu. Dieu soit loué.

— Allez, remue-toi ! Il faut que tu déguerpisses.

— Comment ça, il ne s'est rien passé entre nous ? s'offusque Chaz. Je te trouve bien culottée de dire un truc pareil ! Je te signale que ces rougeurs, sur tes joues, c'est ma barbe à moi.

Je porte une main coupable à mon visage.

— Quoi ? Omondieu ! J'espère que tu plaisantes.

— Non, pas du tout. Tu es super irritée. (La satisfaction envahit ses traits, cependant qu'il s'étire.) Et maintenant, amène-toi et reprenons là où nous nous sommes interrompus quand tu t'es endormie de façon aussi impolie, ce que je vais essayer de te pardonner. Sache cependant que ce sera difficile, que ça exigera probablement une punition, une bonne fessée par exemple, pour peu que j'arrive à comprendre comment on retire ce machin. Tu appelles ça comment, déjà ? Ah oui ! Une gaine.

Sans l'écouter, j'ai foncé droit sur la salle de bains, où j'examine mes joues dans le miroir au-dessus du lavabo. Il a raison. Tout le bas de mon visage est entièrement rose, là où les poils durs de Chaz ont frotté pendant que nous nous roulions des pelles et que nous nous pelotions comme deux adolescents, à l'arrière du taxi qui nous ramenait du mariage, la nuit dernière.

— Omondieu ! je hurle en revenant en titubant dans la chambre. Tu crois qu'il l'a remarqué ?

— Qui et quoi donc ? riposte Chaz qui, m'ayant attirée par le poignet, joue avec les minuscules boutons de ma robe.

— Luke ! Tu penses qu'il a vu que j'avais la figure toute rouge ?

— Et comment aurait-il fait, hein ? Il est en France. Bon, explique-moi un peu comment on enlève ça.

— Il n'est pas en France ! je braille en donnant une tape sur les mains de Chaz. Il était en bas, il y a un instant. C'est lui qui a frappé !

— Ah bon ?

Chaz abandonne un instant ses idées lubriques, l'air plus perdu et séduisant que jamais. Non que je puisse me permettre de craquer pour lui, désormais.

— Luke est en bas ? bégaie-t-il.

— Plus maintenant. Mais il revient dans une demiheure. Voilà pourquoi tu dois décamper tout de suite. Il ignore que tu es ici, et je tiens à ce qu'il continue. (Arrachant sa veste de smoking de sous son genou, je la lui tends.) Donc, je te serais très reconnaissante de bien vouloir enfiler ceci et quitter les lieux…

— Un instant ! sursaute-t-il. Es-tu sérieusement en

train d'insinuer que toi et Monsieur Feux de l'Amour, vous vous remettez à la colle ?

— Absolument !

Je jette un coup d'œil au réveil. Vingt-cinq minutes ! Luke sera de retour dans vingt-cinq minutes ! Il est juste parti à la recherche d'un Starbucks, histoire de nous acheter deux cafés et des petits pains… ou ce que propose Starbucks le matin du jour de l'an. Pour ce qui me concerne, ça pourrait être de la graisse rance en barquette plastique que je m'en ficherais.

— Sinon, je ne te demanderais pas de te lever, je poursuis. Je ne veux pas qu'il sache que tu as couché ici… ni que tu m'as irrité la peau à force de m'embrasser.

Chaz secoue la tête mais enfile sa veste. Alléluia !

— Luke n'est plus un bébé, Lizzie. Tu ne pourras pas toujours le protéger. Il faudra bien qu'il apprenne, pour nous deux.

Une main de glace me broie soudain le cœur.

— Nous deux ? je piaille. Quoi, nous deux ? Il n'y a pas de nous deux, Chaz !

— Excuse-moi, riposte-t-il en cessant de fouiller dans sa poche intérieure (en quête de son portefeuille apparemment), mais ne venons-nous pas de partager le même lit ?

— Certes. Sauf qu'il ne s'est rien passé, je te le répète.

Exaspérée, je consulte de nouveau le réveil. Vingt-quatre minutes ! Or, il faut que je me lave les cheveux, sans doute pleins de confettis. Et j'ai sûrement des yeux de raton laveur, avec mon mascara qui a coulé.

— Quoi ? se vexe Chaz. Je me rappelle très bien t'avoir tendrement enlacée et embrassée sous une pluie d'étoiles filantes. Comment oses-tu qualifier cela de rien ?

— C'étaient des ballons, pas des étoiles filantes.

— C'est pareil. Et qu'en est-il de notre promesse mutuelle de développer l'aspect physique de notre relation ?

— Ça, c'est toi seul qui l'as dit. Personnellement, je me suis bornée à mentionner que nous nous relevions chacun d'une rupture douloureuse, et que nous aurions besoin de temps pour nous en remettre.

Chaz passe une main dans ses cheveux, qui se dressent comiquement sur sa tête, déclenchant au passage une averse de confettis sur la couette.

— Alors, demande-t-il, pourquoi ces patins dans le taxi ?

Un point pour lui. Je suis incapable de justifier les baisers que nous avons échangés.

Ni le plaisir que j'en ai retiré.

En revanche, je sais qu'il est hors de question que je reste plantée là à disserter sur le sujet. Pour le moment du moins. Vingt-deux minutes ! Et mon brushing à caser en plus du reste !

— Nous avions trop bu, j'élude. Nous étions à un mariage, nous nous sommes laissé emporter.

— Pardon ? Ma main dans ton soutien-gorge, c'est du « laissé emporter » ?

Ses yeux brillent d'un bleu surnaturel dans le soleil hivernal qui filtre à travers mes nouveaux rideaux en dentelle. Je me rue vers lui et pose un doigt sur ses lèvres.

— Nous ne devons plus jamais reparler de ça ! je décrète, le cœur battant la chamade (oui, la chamade).

— Ne me dis pas que tu lui donnes une deuxième chance, marmonne Chaz, en dépit de ma main. D'accord, il est revenu de France spécialement pour le jour de l'an, romantisme échevelé et tout et tout. Mais ce type est complètement mariageophobe, Lizzie. Et c'est un velléitaire qui n'a jamais été foutu d'aller jusqu'au bout de ses projets.

— Faux ! je m'écrie, en libérant la bouche de Chaz pour lui montrer mon annulaire. Regarde !

— Nom d'un chien, murmure-t-il au bout d'un instant, je crois que je vais vomir.

— Merci ! Très sympa, de balancer ça à la fille que ton meilleur ami vient de demander en mariage.

En vérité, j'ai un peu la nausée moi aussi. Sûrement à cause de tout le champagne que j'ai ingurgité la veille. C'est la seule explication logique. Se laissant retomber sur mon lit, Chaz se perd dans la contemplation des fissures du plafond.

— Lizzie, reprend-il, faut-il que je te rappelle que, il y a moins de vingt-quatre heures, toi et Luke étiez séparés ? Que tu as déménagé de chez lui parce qu'il t'a balancé que tu n'avais pas ta place dans son avenir ? Que tu as consacré l'essentiel de la nuit dernière à me fourrer ta langue dans la bouche parce que toi et lui étiez censés ne plus être un couple ?

— Il a changé d'avis.

J'admire le diamant de trois carats enchâssé dans l'anneau de platine qui capte la lumière de façon ravissante. Luke m'a promis qu'il ne tarderait pas à recevoir le certificat assurant que ce diamant n'est pas le fruit du labeur d'un esclave.

— Simplement parce qu'il a eu les foies quand tu t'es

tirée ! s'exclame Chaz en se redressant. C'est ça que tu veux ? Un mec qui revient vers toi la queue entre les jambes par peur de la solitude ? Un mec qui préfère être avec une fille dont il sait qu'elle ne lui correspond pas plutôt qu'être seul ?

Je le fusille du regard.

— J'imagine que, à tes yeux, toi et moi, nous aurions de meilleures chances, hein ?

— Oui. Puisque tu abordes le sujet, oui. D'ailleurs, un macaque coiffé d'un sac en papier serait un meilleur parti pour toi que Luke. Toi et lui n'êtes absolument pas faits l'un pour l'autre.

J'en reste baba. Quel toupet !

— Tu… Comment peux-tu… Et moi qui pensais que Luke était ton meilleur ami !

— Il l'est. Je l'ai rencontré quand nous avions quatorze ans. Je le connais sans doute mieux qu'il ne se connaît lui-même. Ce qui me qualifie au premier chef pour affirmer qu'il n'a aucun droit de demander la main de quiconque en ce moment, surtout pas la tienne.

— Comment ça « surtout pas la mienne » ? je m'exclame en sentant les larmes sourdre au coin de mes paupières. Qu'est-ce que j'ai de moins que les autres ?

— Ce n'est en rien ta faute, Lizzie, me rassure Chaz d'une voix tendre. C'est juste que tu sais ce que tu veux, alors que Luke est paumé. Tu es brillante. Or, il n'est pas du genre à s'accrocher à une fille brillante, dans la mesure où il estime que *lui* l'est, brillant. Une relation entre deux personnes brillantes est intenable. Il faut que l'un des deux accepte de s'effacer… de temps en temps du moins.

— Archi-faux, me récrié-je en essuyant mes yeux du

revers de la main. Luke est super. Il va devenir médecin. Il va sauver des enfants de la mort.

— Le jour où Luke de Villiers sera médecin, soupire Chaz, je jure de ne plus boire que de la bière sans alcool. Jusqu'à la fin de mes jours.

— Fiche le camp ! je lui ordonne, furieuse. N'ajoute rien, file !

Il se lève… et paraît le regretter aussitôt. Après avoir quelque peu rétabli son équilibre, il déclare avec toute la dignité dont il est capable :

— Avec plaisir, ma vieille !

Il gagne le salon à grands pas, y ramasse son manteau qu'il a jeté la veille par terre, se relève en se tenant la tête, puis vacille en direction de la porte. Au dernier moment, il se retourne, l'air surpris de me trouver sur ses talons.

— Tu commets une grosse bêtise, lâche-t-il.

— Non, je rétorque en enfonçant mon doigt dans son sternum. C'est toi qui te trompes. Ton meilleur ami va se marier. Tu devrais te réjouir pour lui. Et pour moi. Ce n'est pas parce que tes relations avec Shari ont tourné au vinaigre que…

— Shari ? s'écrie-t-il, ahuri. Shari n'a rien à voir là-dedans. Cela nous concerne toi et moi.

— Toi et moi, ça n'existe pas ! je m'esclaffe, ahurie.

— C'est ce que tu crois. Et ne compte pas sur moi pour attendre que tu te rendes compte de ton erreur.

— Ça tombe bien, parce que je ne te demande rien de tel, n'est-ce pas ?

— En effet, répond-il avec un sourire triste. Mais tu le ferais si tu savais où est ton intérêt.

Sur ce, il ouvre la porte et déguerpit en la claquant derrière lui avec assez de force pour ébranler les murs.

Et voilà. Il est parti.

Brève histoire du mariage

Une fois que la « mariée » et son « galant » avaient réussi à échapper au courroux de la famille, qui cherchait la kidnappée partout autour du village, ils faisaient profil bas un moment, histoire d'éviter les représailles d'un parent (ou d'un éventuel premier mari).

Le « marié » profitait de ce temps mort pour exercer sa domination sur sa captive, éradiquant en elle tout désir de s'échapper ou de l'assassiner dans son sommeil, pratique assez courante lors des unions de ce genre, surtout si l'heureuse élue n'était pas aussi satisfaite de la situation que le prétendant pouvait l'espérer.

Cette période de latence s'apparente à une version antique de la lune de miel d'aujourd'hui. Si ce n'est qu'elle se déroulait plutôt dans une grotte que dans un hôtel quatre étoiles. Et que le service n'était sans doute pas à la hauteur.

Petites ficelles pour éviter un mariage désastreux, par Lizzie Nichols

N'essayez jamais un nouveau produit de beauté – surtout pas un soin du visage – le jour de votre mariage, ou ceux le précédant. Dieu vous garde d'une allergie ou d'un eczéma ! Tenez-vous-en à votre routine, et vous resplendirez comme l'ange que vous êtes.

2

Deux âmes mais une seule façon de penser,
deux cœurs qui battent à l'unisson.

Franz Joseph von MÜNCH-BELLINGHAUSEN (1806-1871),
dramaturge autrichien

Je cligne des yeux. J'avoue que cela n'est pas la réaction que j'attendais de la part de la première personne à qui j'annonce mes fiançailles avec Luke. Certes, je m'imaginais bien que Chaz exprimerait son inquiétude : après tout, il est vrai que Luke et moi avons rencontré quelques difficultés, ces derniers temps. Jusqu'à il y a une demi-heure, pour être exacte.

Sauf que c'est fini, à présent. Luke m'a demandée en mariage. Or, c'était le seul véritable obstacle nous empêchant d'être ensemble – le fait qu'il estime que je n'ai pas de place dans son avenir. Mais tout a changé !

Il veut m'épouser ! Je vais me marier ! Moi, Lizzie Nichols ! Je suis enfin fiancée !

Bon, d'accord, il est bizarre que cette perspective me donne envie de vomir.

Rien de bien grave, cependant. À mettre sur le compte du fait que je n'ai pas encore pris mon petit déjeuner. Je me suis toujours soupçonnée de souffrir d'hypoglycémie. Comme Nicole Ritchie.

Et puis, c'est la faute de Chaz. Pourquoi a-t-il fallu qu'il me fasse cette petite scène absurde au lieu de se réjouir pour moi ? Presque comme s'il... eh bien, comme s'il était jaloux. Ce qui est impensable, parce que Chaz ne m'aime pas ainsi. Nous sommes juste amis. Certes, nous avons un peu fricoté hier soir. Et je reconnais que c'était... sympa. Très sympa, même. Mais nous étions tous deux pompettes. Bon, d'accord, carrément bourrés. Ça ne signifie rien. Comme je l'ai dit, nous avons cherché du réconfort dans les bras l'un de l'autre après nos ruptures respectives. Il ne faut rien y voir de plus.

N'est-ce pas ?

En tout cas, je n'ai pas l'intention de gaspiller plus de temps à m'interroger. Luke va débarquer d'une minute à l'autre, et je dois me préparer. C'est déjà assez embêtant qu'il m'ait demandé ma main – et que je la lui aie accordée – alors que je ne m'étais pas encore lavé les dents. Il est hors de question que j'entame le premier jour de ma vie de promise en portant les mêmes dessous qu'hier.

Lorsque l'interphone retentit, je suis pomponnée et parfumée comme je ne l'ai jamais été. J'ai pris la douche la plus expéditive du monde, j'ai enfilé une épastrouillante robe de cocktail en mousseline de soie rose des années 1950 signée Lorrie Deb[1] (idéale pour une fiancée de fraîche date en passe d'être certifiée professionnelle ès restauration de robes nuptiales) et je me suis tartinée de deux couches d'anticerne. Je suis fin prête à ouvrir la porte à l'homme auprès duquel je viens de m'engager.

Je descends les deux volées de marches avec l'impression d'être plus légère que l'air – il faudra que je fasse réparer l'interphone demain à la première heure, une fois achevée la trêve des confiseurs.

— Wouah ! souffle Luke quand je tire le lourd battant métallique. Tu ressembles…

— À une future mariée ? je demande en soulevant les trois couches de ma jupe (soie, filet et nylon) pour le gratifier d'une révérence rigolote.

— J'allais dire à une sacrée coquine.

Triomphant, il brandit un sac en provenance de Starbucks et un pack de six canettes de Coca light pour moi.

— Regarde un peu ce que j'ai dégoté ! reprend-il. Je n'ai eu qu'à parcourir onze rues pour trouver un endroit ouvert aujourd'hui.

— Oh, Luke ! Tu n'as pas oublié !

Même si, en vérité, c'est Chaz qui a rencardé Luke sur mon goût immodéré pour le Coca light. Du coup, l'été dernier, dans ce petit village français, il m'en a acheté. Chaz lui avait précisé que tel était le chemin d'accès à mon cœur. Ce qui ne veut pas dire que je suis amoureuse de Chaz.

N'est-ce pas ?

---

1. Styliste de San Francisco des années 1950-1960 spécialisée dans les robes de mariage et tenues de soirée. (Toutes les notes sont du traducteur.)

Bien sûr que non ! Comment une idée aussi sotte a-t-elle pu me traverser l'esprit ?

Mes yeux se remplissent de larmes. Juré craché. Vraiment, Luke est le fiancé le plus prévenant de la terre entière. Il est aussi le plus beau, dans ce manteau Hugo Boss et avec ses longs cils à la courbe parfaite sans qu'il ait à recourir aux artifices de Shu Uemura. Il était si mignon quand il s'est agenouillé sur ce même seuil, il y a une demi-heure ! Si plein d'espoir, si nerveux ! Franchement, comment refuser sa demande ?

Non que j'aie envisagé cette éventualité. Bon, d'accord, l'espace de quelques secondes, peut-être. Histoire de le punir pour ce « Tu n'as pas ta place dans mon avenir ».

« Je tiens à te signaler que, quand je pense à mon avenir, je n'envisage rien d'autre que toi. » C'est ce que Chaz m'a chuchoté à l'oreille à un moment de la soirée, hier. Lors du mariage auquel nous étions conviés. Puis il a ajouté : « Toi sans ta gaine ! » Je secoue la tête. Pourquoi suis-je obnubilée par Chaz ? Lui qui a presque constamment une casquette de l'université du Michigan vissée sur le crâne.

En public, par-dessus le marché !

— Qu'est-ce que j'ai fait ? s'inquiète Luke, dont le visage s'assombrit. Tu ne bois plus de Coca light ? C'est ça ? Si tu veux, je peux aller te chercher autre chose.

Omondieu ! Qu'est-ce qui déraille, chez moi ? Je m'efforce de rire d'un air décontracté.

— Non ! Évidemment que je bois toujours du Coca light. Excuse-moi. Oups, on se gèle vraiment, dehors. Entre !

Je m'écarte pour qu'il puisse me rejoindre à l'intérieur.

— J'ai eu peur que tu ne m'invites pas, dit Luke en m'adressant un de ses sourires qui me nouent toujours les entrailles.

Il s'arrête sur le seuil, le temps d'effleurer ma joue de ses lèvres, lesquelles s'attardent ensuite dans mes cheveux.

— Il est bon de rentrer chez soi, murmure-t-il avant de continuer son chemin. Chez soi étant n'importe quel endroit où tu te trouves. J'ai appris ma leçon.

Oh ! Ce que c'est chou !

Comment Chaz a-t-il osé l'accuser d'être un paumé ? Au contraire, il sait très bien ce qu'il veut. Moi ! Il lui a juste fallu un peu de temps pour le comprendre. Il avait besoin d'un petit coup de pouce. Lequel a pris la forme de la rupture que j'ai initiée et de mon déménagement du logement que nous partagions.

— Ainsi, voilà où tu habites maintenant ? commente-t-il en contemplant le hall d'entrée particulièrement étroit et un tantinet défraîchi.

— Je vais arranger ça.

— Oh, non ! J'aime bien. Ça a du caractère.

Tout en suivant mon chéri, je songe que ce n'est pas vraiment la faute de Chaz. Il n'a jamais connu le bonheur, le vrai bien-être romantique comme celui qui nous lie, Luke et moi. Alors, quand il a l'occasion de le croiser, il devient tout de suite soupçonneux. Il doute de ses chances de succès. Rien que de très naturel, le pauvret. Toutefois, lorsqu'il nous verra, Luke et moi, lorsqu'il constatera combien nous sommes heureux, maintenant que nous nous sommes engagés pour de bon, il se ravisera. Il pigera qu'il s'est fourré le doigt dans l'œil jusqu'au coude quand il m'a sorti toutes ces horreurs. Et, un jour, il se trouvera une fille – la bonne – qui lui apportera autant de joie que j'en ai apporté à Luke – je le sais –, et il lui en apportera autant que Luke m'en apporte.

Tout ira bien.

Ça va venir. Je suis sûre que ça va venir.

— Nous y sommes, j'annonce quand nous atteignons la porte de mon nouvel appartement. Mon petit nid à moi !

— Super ! s'extasie Luke en entrant derrière moi.

— Ne te sens pas obligé de faire comme si tu appréciais, lui dis-je avec un sourire indulgent. J'ai conscience que l'endroit n'est pas terrible, mais il est à moi. Dès que j'aurai du temps, et de l'argent, je l'améliorerai.

— Non, je t'assure, Lizzie, c'est très chouette, insiste-t-il en déposant le sachet et le pack de canettes pour me prendre dans ses bras. Comme toi. Fantasque et adorable à la fois.

— J'espère bien que cet appart' n'est pas comme moi, je m'esclaffe. J'espère bien que je ne suis pas couverte d'une tapisserie rose qui cloque, que mon plancher ne penche pas, et que mon grenier ne craque pas.

— Tu m'as compris, répond-il en mignotant mon cou. Il est unique, à ton image. Il a déjà ton odeur. Bon dieu, qu'est-ce que tu m'as manqué ! Je n'en reviens pas. Alors que nous n'avons été séparés que… quoi ? Une semaine ?

— Quelque chose comme ça.

« C'est ça que tu veux ? Un mec qui revient vers toi la queue entre les jambes par peur de la solitude ? Un mec qui préfère être avec une fille dont il sait qu'elle ne lui correspond pas plutôt qu'être seul ? »

Nom d'un chien ! Laisse-moi tranquille, Chaz Pendergast !

Les bécots de Luke se font plus insistants. Du moins, ils se rapprochent de mon col bateau. Sautant en arrière, j'attrape un Coca.

— Alors, qui avertissons-nous en premier ? je demande d'un ton léger.

— Comment ça ?

Les yeux de Luke, qui ont tendance à avoir l'air rêveur même quand il est bien éveillé, sont lourds de sommeil (le décalage horaire) et de… eh bien, de désir. Sexuel, le désir.

— Pour t'avouer la vérité, reprend-il, je ne pensais pas prévenir quiconque. Je pensais plutôt essayer ce lit que j'aperçois, là-bas. Et je comptais bien que tu te débarrasserais de cette robe pour m'y rejoindre…

J'avale une roborative gorgée de caféine et de benzoate de potassium.

— Voyons, Luke, nous devons appeler les gens pour leur annoncer la bonne nouvelle. Nous sommes *fiancés*, je te signale.

— Oh ! souffle-t-il avec un regard d'envie en direction du pieu. J'imagine que… oui, tu as sans doute raison.

— Tiens, bois ça, dis-je en lui tendant le café qu'il s'est acheté, de même que deux brioches. Établissons une liste. Tes parents sont prioritaires, bien sûr.

— Bien sûr, acquiesce-t-il en sirotant sa boisson.

— Et les miens. De même que mes sœurs. De toute façon, elles seront chez mes parents pour le brunch du premier de l'an. Avec ma grand-mère. Un seul coup de fil suffira.

Tandis que Luke retire son manteau et s'affaisse sur une des chaises jaunes assorties à la minuscule table de la cuisine, je m'empare d'un calepin. J'enchaîne :

— Je m'occuperai de Shari, naturellement. Quant à toi… toi, il faudrait sans doute que tu téléphones à Chaz.

Il a déjà sorti son portable de sa poche et compose un numéro. Trop de chiffres pour qu'il s'agisse de Chaz. C'est un numéro à l'étranger.

— Qu'est-ce que tu fabriques ? je demande.

— Ben, j'appelle mes parents. Comme tu m'as dit.

Je lui arrache son portable et le referme.

— Hé ! s'écrie-t-il, surpris. Pourquoi fais-tu ça ?

— Il me semble qu'il serait mieux d'informer Chaz d'abord, non ?

— Chaz ? s'exclame-t-il en me regardant comme si je venais de lui suggérer qu'il se shoote à l'héroïne avant de descendre sa mère. Mais pourquoi diable téléphonerais-je à Chaz en premier ?

— Parce qu'il est ton meilleur ami, je réponds en m'asseyant en face de lui. N'as-tu pas l'intention de lui proposer d'être ton garçon d'honneur ?

— Aucune idée. Peut-être, oui.

Il paraît largué. Le décalage horaire commet plus de dégâts que je ne le soupçonnais.

— Il serait tellement blessé si tu ne le mettais pas au courant avant tout le monde. Tu sais, il a été adorable avec moi, la semaine dernière, pendant que toi et moi… étions séparés. Il m'a aidée à déménager ici et tout. Et, hier soir, il m'a même accompagnée au mariage Higgins-MacDowell.

Luke semble ému.

— Vraiment ? Très sympa de sa part. Il doit aller mieux, alors. Après le coup de matraque qu'a été la révélation des préférences sexuelles de Shari, s'entend.

— Euh… oui. Bref, je crois qu'il serait mieux de l'avertir d'abord. Et de le remercier. De son amitié. Et ne pas hésiter à lui avouer combien elle compte à tes yeux. Je pense qu'il a vraiment besoin d'entendre ta voix.

— D'accord, cède Luke en rouvrant son téléphone. Tu as raison.

La seconde qui suit, je me tords les mains en priant pour que Chaz soit encore dans le métro et ne décroche pas.

— Chaz ? lance Luke. C'est moi. J'ai une grande nouvelle à t'annoncer, mon pote. Tu es assis ?

Persuadée que je vais dégobiller le peu de Coca que j'ai avalé, je bondis de ma chaise et cours m'accrocher à l'évier. C'est foutu. Chaz va vendre la mèche. Il va raconter à Luke que, à peine douze heures auparavant, il avait la main dans mon soutif. Nos fiançailles seront rompues.

Je devrai sûrement rendre la bague.

— Quoi ? Oui, je suis rentré. Chez Lizzie. Je suis arrivé ce matin.

Mais qu'est-ce que fabrique Chaz ? Il sait très bien que Luke est revenu. C'est moi qui le lui ai dit. Omondieu ! Qu'il crache le morceau, et qu'on en finisse !

— OK, tu es assis ? Dans un taxi ? Mais où vas-tu, un 1er janvier ? Ah bon ? Ah ouais ? Qui c'était ?

Je me cramponne au rebord de l'évier. Ça y est. Je vais vomir.

— Comment ça, tu refuses de me le dire ? s'esclaffe Luke. Espèce de salopard ! Bon, tiens-toi bien, voici le scoop : j'ai demandé sa main à Lizzie, et elle a accepté. Tu veux bien être mon garçon d'honneur ?

Je ferme les yeux. C'est là que Chaz refuse la proposition de son plus vieux copain, parce qu'il estime qu'il est en train de commettre la pire erreur de son existence. Et, à propos, la nuit dernière, il a fourré sa langue dans ma gorge.

— Merci ! s'exclame Luke d'une voix joyeuse.

Trop joyeuse pour réagir à l'annonce que, la veille au soir, son meilleur copain et sa fiancée se pelotaient à l'arrière d'un taxi.

— Ouais, moi aussi. Quoi ? Lizzie ? Bien sûr. Ne quitte pas.

Je me retourne juste à temps pour voir mon chéri traverser la cuisine et me tendre l'appareil.

— Il veut te parler, me lance-t-il. Je crois que c'est pour te féliciter.

Je m'empare du téléphone, de plus en plus nauséeuse.

— Allô ?

— Salut, Lizzie, résonne la voix grave et râpeuse de Chaz. Tu espérais que je balancerais tout à Luke pour qu'il annule le mariage, hein ? Pas de pot, ma vieille ! Tu t'es mise dans le caca, débrouille-toi pour en sortir seule. Si tu crois que je vais débarquer tel le prince charmant sur son destrier blanc pour sauver tes jolies petites miches, c'est que tu as fumé la moquette.

Je laisse échapper un rire complètement artificiel.

— Merci ! C'est tellement gentil de ta part.

De l'autre côté de la pièce, Luke m'adresse un sourire radieux.

— Tu sais, poursuit Chaz, quand tu as emballé tes affaires et que tu l'as planté là comme un con, j'ai pensé : enfin ! Enfin une femme ayant une morale ! J'ignorais alors qu'il suffirait d'un gros diamant et de quelques larmes de crocodile pour racheter ton affection. Franchement, tu me déçois, Lizzie. Comptes-tu attendre d'avoir envoyé les invitations pour admettre que Luke est le dernier mec avec lequel tu devrais passer le restant de tes jours ? Ou vas-tu agir comme il faut et mettre un terme à tout cela maintenant ?

— Super, Chaz ! je m'écrie avec un nouveau rire feint. Moi aussi, j'ai été heureuse de discuter avec toi.

— On dirait un agneau qu'on mène au sacrifice, marmonne-t-il. Le mariage est donc tellement important pour toi ? Alors que ce n'est qu'un foutu morceau de papier.

— Merci, merci beaucoup, je répète.

Je ne sais pas combien de temps encore je vais réussir à afficher une fausse hilarité, car je suis au bord des larmes.

— Écoute, je… Repasse-le-moi.

— Tiens, je souffle à Luke en lui tendant l'appareil. Il a oublié de te dire quelque chose.

— Ouais, mon pote ? Oui, oui.

Je gagne la chambre tout en défaisant la fermeture Éclair de ma robe. Je suis effarée. J'ai obtenu ce que je voulais. Ce que j'ai toujours voulu, semble-t-il. Je vais me marier. Je devrais être heureuse.

Effacez ça. Je *suis* heureuse. Je le suis !

Simplement, ce n'est peut-être pas encore parvenu jusqu'à mon cerveau.

Je me mets au lit.

— Que fais-tu ?

Je relève la tête. Luke se tient sur le seuil, son téléphone à la main.

— Que fais-tu ? répète-t-il en contemplant la flaque rose de ma tenue, par terre. Je croyais que nous devions appeler tout le monde pour annoncer la bonne nouvelle ?

— J'ai changé d'avis, je réponds en soulevant les draps pour lui montrer ce que je porte, à savoir rien. Ton idée première me plaît plus. Tu me rejoins ?

Il balance son portable par-dessus son épaule.

— Ah ! Enfin ! J'ai failli attendre !

Sur ce, il plonge sur moi.

Luke et moi goûtons au bien-être post-coït, encastrés l'un dans l'autre comme deux cuillers. Il est bon d'être dans ses bras, un endroit où je pensais ne plus jamais me retrouver.

— J'ai parlé à mon oncle, la semaine dernière, en France, raconte Luke.

— Hmm ?

J'adore son odeur. Elle m'a vraiment manqué. Certes, être une femme forte et indépendante qui se défend et quitte l'homme dont elle a le sentiment qu'il l'a trahie est une chose enivrante et tout et tout. Mais pas fastoche. Ni amusante. Il est bien plus agréable de traîner au pieu avec le même homme, complètement nue.

— Tu te rappelles mon oncle Gerald ? continue Luke.

— Oui, oui. Celui qui habite Houston. Et qui t'a proposé de bosser dans la nouvelle antenne que sa boîte ouvre à Paris.

— C'est ça. Thibodaux, Davies et Stern, un des cabinets d'investissements privés les plus prestigieux qui soient.

— Hmm…

Je ne me lasse pas des biceps de mon fiancé, même quand il est complètement détendu, comme maintenant. Ils sont si… gros. Ronds. Lisses et satinés. L'endroit idéal pour nicher ma joue. Impossible de penser à autre chose ou à quelqu'un d'autre quand votre joue repose sur les biceps nus d'un mec super craquant.

— Mais tu t'en fiches, j'enchaîne, puisque tu es en train de préparer les UV qui te permettront d'entamer tes études de médecine.

— Oui, et c'est justement ça qui est formidable, dans l'offre d'oncle Gerald.

Je n'ai d'autre choix que de m'arracher – bien malgré moi – au doux oreiller de sa peau.

— Parce qu'il t'a fait une offre ?

J'essaie de garder mon calme. Comme si le sujet m'était indifférent. Tralalalalère, je me moque que ce crétin d'oncle Gerald se permette de fourrer son sale nez dans les oignons de mon petit ami – pardon, de mon fiancé !

— Oui. Il m'a invité à travailler pour lui, afin d'aider à la création du cabinet parisien, cet été.

— Oh ! je murmure en me laissant retomber sur son bras. Au lieu de suivre tes cours ?

Luke se redresse, m'envoyant rebondir sur le drap.

— Il s'agit d'une proposition géniale ! s'exclame-t-il, tout content. Trois mois seulement, avec un salaire représentant environ la moitié de ce que je gagnais en un an dans mon précédent boulot. Gerald se montre très généreux.

— Wouah ! je lance en récupérant un oreiller et en le tapotant pour tenter de le rendre aussi confortable que le biceps de Luke. Très généreux, en effet.

— D'accord, ça va exiger beaucoup d'efforts. Dix-sept à dix-huit heures de travail par jour, sans doute. Mais c'est une occasion en or. En plus, j'aurai l'appartement familial à disposition.

— Super !

Sa famille a la chance de posséder tout un tas de propriétés à peu près partout dans le monde. Un appartement à New York, un autre à Paris, une maison à Houston, un château dans le sud de la France…

— Je rattraperai les cours que j'aurai manqués cet automne, enchaîne-t-il... Ça ne retardera les choses que d'un trimestre.

— Je vois.

— Et le mieux, ajoute-t-il en se penchant et en étalant un bras musclé et bronzé sur mes seins, c'est que tu pourras m'accompagner.

Je sursaute.

— Quoi ?

— Ben oui, j'ai déjà tout prévu. Tu n'auras qu'à venir avec moi à Paris. Il sera bien plus facile d'organiser le mariage à Mirac de là-bas.

Il est sérieux, ou quoi ?

— Hmm… Je ne peux pas prendre mon été pour aller à Paris.

— Bien sûr que si ! répond-il, sur un ton qui laisse

entendre que c'est moi qui plaisante. La boutique te libérera. Bien obligé. Tu vas te marier !

— Certes, mais ils ne m'accorderont que deux semaines, trois au maximum. Pas tout l'été.

Il semble déçu, soudain.

— Lizzie, tu ne connais donc rien au monde des affaires ? Ce n'est pas à tes patrons de te dire à combien de congés tu as droit. Au contraire, c'est à toi de leur imposer tes exigences. Si les Henri tiennent vraiment à toi, ils te permettront de t'absenter autant de temps que tu voudras.

Je cherche une façon d'objecter qui ne le froisse pas.

— Je n'ai pas envie de partir trois mois, Luke. Je n'ai surtout pas envie de passer mon été avec toi à Paris.

Hélas, à peine ai-je prononcé ces mots, que je me rends compte que, une fois encore, j'ai mis les pieds dans le plat. Bon sang ! J'ai beau m'échiner à avoir du tact, je perds tous mes moyens, en présence de ce type.

— Ex... Excuse-moi, je balbutie. Ce n'est pas ce que je voulais dire.

Dieu soit loué, il rit.

— Au moins, commente-t-il, je n'aurai jamais à te soupçonner de ne pas être franche avec moi !

— Je suis désolée. Vraiment. Ce que je…

— Tu ne tiens pas à passer l'été à Paris, inutile de t'excuser, me coupe-t-il. Je comprends. Tu adores ton travail, tu souhaites rester ici pour l'exercer. Je l'accepte. De mon côté cependant, l'offre de Gerald me plaît trop pour que je la décline. Surtout avec les frais du mariage. Écoute, ne t'inquiète pas. Nous ferons cela à distance. Comme nous allons vivre séparément (il m'adresse un sourire malicieux – je l'ai déjà prévenu, avant d'accepter de l'épouser : je ne retournerai dans son appartement qu'après les noces, ce qui m'a paru la décision la plus sage, vu les circonstances), j'imagine qu'habiter dans des pays différents pendant quelques mois d'été ne devrait pas être insurmontable.

Je me mordille la lèvre. Suis-je cinglée ? Sûrement. Je tombe sur un type géant qui me propose enfin de me passer la bague au doigt et, dans la même heure, je refuse non seulement de me réinstaller avec lui mais également de l'accompagner à Paris.

« Il n'est pas du genre à s'accrocher à une fille brillante, dans la mesure où il estime que *lui* l'est, brillant. Une relation entre deux personnes brillantes est intenable. Il faut que l'un des deux accepte de s'effacer… de temps en temps du moins. »

Omondieu ! Même une séance de jambes en l'air torride n'a pas réussi à étouffer la voix de Chaz. Que va-t-il falloir que je fasse pour me sortir ce gars de la tronche ?

— Bon, décidé-je en attrapant mon portable. Prévenons les gens.

— Parce que tu as envie d'appeler ta famille, maintenant ? s'amuse Luke.

Eh oui ! N'importe quoi pour empêcher Chaz de me parler mentalement.

— Ça va être rigolo. Je commence par mes parents. Je suis la promise, alors tu m'obéis. Allô, m'man ?

— Non, répond une voix enfantine. C'est Maggie.

— Oh, salut, Maggie ! Ici, tatie Lizzie. Tu peux me passer grand-mère ?

— D'accord.

J'entends l'appareil s'écraser par terre, cependant

que la petite part en quête de ma mère. J'entends aussi mes sœurs et beaux-frères en arrière-fond. Ils se sont réunis pour profiter du brunch traditionnel qu'organise la famille tous les premiers de l'an. Enfin, « profiter » est un bien grand mot. « Endurer » est plus proche de la vérité. Me parviennent les bêlements d'Angelo, le mari de Rose, qui affirme ne plus manger d'œufs depuis qu'il a appris qu'ils sont bourrés d'hormones, ce à quoi ma frangine rétorque que des hormones ne lui feraient sans doute pas de mal, notamment au pieu.

— Qui c'est ? aboie ma grand-mère dans l'écouteur.

— Oh ! je murmure, déçue. Salut, mamie. C'est moi, Lizzie. Je voulais juste parler à maman…

— Elle est occupée, m'interrompt-elle.

Celui qui a été chargé de veiller à ce qu'elle n'ingurgite pas de boisson alcoolisée a failli à sa tâche. Comme d'habitude, mamie a un sacré coup de nez dans l'aile.

— Il faut bien que quelqu'un nourrisse cette horde de sauvages, poursuit-elle. Ça, pas la peine d'espérer qu'une de tes sœurs offre un jour d'accueillir cette réunion débile, par peur de salir *sa* maison !

Je lance un sourire ravi à Luke, histoire de lui faire croire que tout va bien.

— Euh… J'ai une grande nouvelle à annoncer. Tu transmettras aux autres ?

— Merde ! Tu es en cloque ! Je t'avais pourtant prévenue, Lizzie ! Utilise toujours une capote. Je sais que les garçons n'apprécient guère, mais comme je leur dis toujours : pas de capote, pas de cabrioles !

— Euh, non, ce n'est pas ça, mamie. Luke et moi nous sommes fiancés.

— Luke ? s'étrangle le vieux débris. Ce bon à rien ?

Mais qu'est-ce qui t'a pris d'accepter de l'épouser ? Je croyais que tu avais viré ce malpropre juste avant Noël ?

Je toussote, réitère mon sourire rassurant à mon futur.

— Ils sont contents ? me lance-t-il à voix basse.

Je lève le pouce.

— C'est vrai, mamie, mais nous sommes fiancés, maintenant. Tu veux bien me passer maman ?

— Des clous ! Et crois-moi, je te rends service, là. Hier, elle a suivi un cours d'aérobic et un autre de broderie à la maison des jeunes, sans compter toutes les courses qu'elle s'est farcies pour ce brunch, sans qu'une seule de tes frangines ne l'aide. La nouvelle risque de la tuer.

— Si tu ne me la passes pas, mamie, je l'appelle sur son portable et je lui dis que tu as encore siroté le porto de cuisine. Inutile de nier, je renifle ton haleine jusqu'ici.

— Sale petite ingrate ! Et puis d'abord, pourquoi veux-tu te marier, idiote ? Les maris ne servent à rien, sinon à t'empêcher de vivre. Fais-moi confiance, je me suis appuyé le mien pendant cinquante-cinq ans. Tire-toi tant qu'il est encore temps.

Je deviens menaçante.

— Mamie !

— Bon, d'accord, je vais te la chercher.

Je remarque que Luke n'a plus l'air aussi radieux.

— Ne t'inquiète pas, le rassuré-je. C'est juste mamie qui est un peu pompette.

— Mais il est à peine midi ! marmonne-t-il en consultant sa montre.

— C'est un jour de fête.

Pff ! Certaines personnes sont vraiment collet monté.

Ma mère accueille la bonne nouvelle avec beaucoup plus d'entrain que ma grand-mère. Elle hurle, pleure, appelle papa, demande à parler à Luke, lui souhaite la bienvenue dans notre famille, veut savoir quand elle aura l'honneur de le rencontrer. D'ailleurs, je m'en souviens maintenant, il est un peu bizarre que Luke n'ait pas encore fait la connaissance des miens, alors que j'ai été présentée à sa famille à lui.

Mais bon. Ils se verront bien assez tôt, j'imagine. Maman tient à donner une réception de fiançailles et propose également d'organiser les noces dans le jardin, une offre que j'écarte gentiment en disant que nous verrons. Je ne sais pas trop comment révéler que Luke a déjà suggéré que nous nous mariions dans sa propriété familiale du XVIIe siècle dans le sud de la France, une offre difficile à refuser.

Sauf que ma famille n'est encore jamais allée en Europe. Elle n'est même jamais venue à New York. Ça risque de poser problème.

Heureusement, Luke prononce les paroles nécessaires au téléphone, aussi charmeur et adorable que si mes parents étaient un roi et une reine, et non un enseignant au cyclotron de l'université du Michigan et une femme au foyer. En le regardant avec fierté, je songe que tout se passera bien. Très bien, même.

« On dirait un agneau qu'on mène au sacrifice. Le mariage est donc tellement important pour toi ? Alors que ce n'est qu'un foutu morceau de papier. »

Bon, d'accord. Tout se passera bien après quelques

coups de fil supplémentaires et quelques nouvelles séances de jambes en l'air.

Hum…

Beaucoup de séances de jambes en l'air.

Brève histoire du mariage

L'union officielle de deux personnes a longtemps été considérée par les sociologues comme une étape essentielle au bonheur humain. Socialement parlant, un mâle hétérosexuel qui s'est apparié à une femelle hétérosexuelle est en général considéré comme plus calme, moins enclin à la violence ; de même, une femme mariée est jugée moins problématique. Leurs rejetons ont le plaisir d'avoir un père comme une mère et, dans l'ancien temps du moins, toute la tribu ressentait les bénéfices qu'engendrait la bonne volonté née d'un mariage heureux : les épousailles étaient une joyeuse occasion qui avait tendance à amoindrir les disputes et les désagréments alentour.

Précisons seulement une petite chose : il est évident qu'aucun de ces sociologues n'a assisté aux épousailles de mes sœurs.

Petites ficelles pour éviter un mariage désastreux, par Lizzie Nichols

Votre future belle-mère ou belle-sœur vous rend dingue pendant les préparatifs de votre mariage ? Il existe une façon simple de vous en débarrasser : confiez-lui une tâche ! Autoriser les membres de la famille (surtout féminins) à participer à l'organisation des réjouissances leur donnera le sentiment d'être importants et vous permettra de vous décharger de certaines corvées.

Attention toutefois à limiter leur participation à des bagatelles. Comme ça, si ces mégères ratent leur coup (ce qui ne loupera pas, évidemment), ça ne sera pas grave.

3

Heureux trois fois et davantage
Ceux que lie une union éternelle,
Et dont l'amour exempt de querelles
Survivra jusqu'à leur dernier jour.

HORACE (65-8 avant J.-C.),
poète latin

— Bonjour ! *Chez Henri*, merci de rester en ligne.
— Bonjour ! *Chez Henri*, merci de rester en ligne.
— Bonjour ! *Chez Henri*, merci de rester en ligne.
— Bonjour ! *Chez Henri*, en quoi puis-je vous aider ?
— Allô ? Je suis bien au magasin de robes de mariage de Monsieur Henri ?

La femme au bout du fil a prononcé le nom *Henri* à l'américaine, en aspirant le *h*.

Ce que je peux lui pardonner. En revanche, ce que je ne peux pas lui pardonner, c'est qu'elle mâche du chewing-gum. Mes orteils s'en recroquevillent dans mes chaussures. Parmi les mauvaises habitudes les plus agaçantes, chez une promise (et chez n'importe qui, d'ailleurs), celle de ruminer comme un veau me tape vraiment sur le système.

— Oui, c'est ça, je réponds tout en fusillant du regard les signaux lumineux qui clignotent sur mon téléphone.

Heureusement que j'ai bossé pendant des mois comme réceptionniste au cabinet juridique Pendergast, Loughlin et Flynn – aucun standard ne saurait m'effrayer. Ha ! Or, en ce lundi matin suivant les noces de Jill Higgins au riche et mondain John MacDowell, durant lesquelles Anna Wintour (oui, la rédactrice en chef de *Vogue* depuis des lustres) a qualifié d'« astucieuse » ma restauration de la robe de mariée ancestrale de la famille du promis, le téléphone n'arrête pas de sonner *Chez Henri.*

D'ailleurs, à la place des Henri, mes patrons, je n'aurais pas choisi ce jour-là pour arriver en retard de ma banlieue du New Jersey. Juste une remarque en passant.

— Je voudrais un rendez-vous avec cette nénette, annonce la ruminante.

— Pardon ?

J'en reste baba. Non seulement elle me mâchouille dans les oreilles, mais en plus elle me traite de *nénette.* Car il ne peut s'agir que de moi : je suis la seule femme travaillant chez les Henri susceptible d'être ainsi surnommée, dans la mesure où Madame Henri a la cinquantaine.

— Ben, vous savez, la gonzesse qui a dessiné la robe de Glouglou.

Glouglou. Le sobriquet dont la presse a affublé la pauvre Jill Higgins, parce qu'elle s'occupe des phoques au zoo de Central Park, qu'elle a daigné tomber amoureuse du célibataire le plus fortuné de Manhattan et qu'elle a le culot de faire plus qu'une taille 36.

— Désolée, je réponds à mon interlocutrice, il se trouve que la « nénette » dont vous parlez n'aime pas les gens qui se moquent des autres à cause de leur surpoids.

Elle semble en avoir avalé son chewing-gum.

— Que…, bredouille-t-elle.

— De plus, la *nénette* en question déteste qu'on la traite de *nénette*.

— Euh… Excusez-moi, riposte-t-elle en faisant claquer une bulle, mais vous savez qui je suis ?

— Non, et ça m'est égal. Au revoir.

Je coupe la communication pour en prendre aussitôt une autre.

— *Chez Henri*, en quoi puis-je vous aider ?

— Elizabeth, c'est vous ?

Cette fois, la dame a un accent français à couper au couteau et donne l'impression de s'adresser à moi de sous un tunnel. Ce n'est pas ma future belle-mère, qui est texane, juste Madame Henri.

— Où êtes-vous, madame ?

Je me suis exprimée en français, un réflexe devenu routinier lorsque je discute avec mes patrons, même si j'ai caché ce talent – certes modeste, suffisant cependant pour comprendre et être comprise – pendant des mois.

— C'est la folie, ici, je continue. Le téléphone sonne sans discontinuer.

— Je suis navrée, Elizabeth, je voulais vous avertir plus tôt, mais mon portable ne fonctionne pas ici. Je suis à l'hôpital.

Ça drelingue-drelingue à tout-va, les clientes mécontentes d'être mises en attente ayant raccroché pour rappeler aussi sec. Je ferme les yeux.

— Tout va bien ? J'espère qu'il n'est rien arrivé aux garçons…

— Non, c'est de Jean qu'il s'agit.

La voix de Madame Henri paraît ténue. Ce qui est bizarre car, bien que menue, elle possède un organe de stentor. Elle est du genre à commander tout un chacun. Pas en ce moment, cependant.

— Il ne se sentait pas dans son assiette, hier au petit déjeuner, enchaîne-t-elle. J'ai cru qu'il avait abusé du champagne au dîner, sauf qu'il affirmait avoir une douleur dans le bras…

— Omondieu !

— Oui, chuchote-t-elle presque. Il a eu une crise cardiaque. On va lui faire un pontage coronarien aujourd'hui. Quadruple, le pontage. Je lui avais bien dit qu'il travaillait trop, ajoute-t-elle en retrouvant un peu de sa rudesse habituelle. Qu'il avait besoin de plus de vacances. Et voilà, on y est ! Il va en avoir, des vacances ! On aurait pu les passer dans notre maison de Provence, résultat, ça se termine aux urgences !

— Oh ! Je suis certaine qu'il est entre de bonnes mains…

— Les meilleures. Malheureusement, il ne reprendra pas son activité avant des semaines. Et moi non plus, puisqu'il faut bien que quelqu'un joue les infirmières. Inutile de compter sur ses bons à rien de fils qui ne valent pas mieux qu'un ramassis de détritus.

L'entendre insulter ses enfants me rassure. Cela signifie que la situation n'est pas aussi grave que je le craignais. Tant qu'elle traite ses rejetons de nullards – ce qui, d'après ce que j'en sais, n'est pas si éloigné de la vérité –, c'est que tout va bien.

— Juste au moment où l'atelier marche du tonnerre de dieu ! continue-t-elle. Grâce à vous, Elizabeth ! Et voici comment nous vous remercions. Quand Jean sera rétabli, je le tuerai.

— Ne vous tracassez pas pour la boutique, je me débrouillerai.

— Je ne suis pas folle, ma petite. J'entends le téléphone sonner jusqu'ici.

— Les appels sont un petit souci, reconnais-je. Rien d'insoluble cependant.

— Faites comme bon vous semblera, soupire-t-elle. Et, s'il le faut… embauchez quelqu'un.

Je retiens à grand-peine un cri de surprise. Les Henri sont d'une radinerie maladive. C'est compréhensible, certes, puisque, jusqu'à mon arrivée, ils s'en sortaient à peine, financièrement. D'ailleurs, j'ai bossé gratuitement pendant quatre mois, juste pour leur prouver que je valais mon misérable salaire de trente mille dollars par an… plus, dernièrement, l'occupation gracieuse de l'appartement situé au-dessus de la boutique.

— Vous êtes sûre ?

— Nous n'avons pas le choix, n'est-ce pas ? Vous ne vous en sortirez pas seule, entre l'accueil et les robes. J'essaierai de passer quand j'en aurai l'occasion, mais ce ne sera pas souvent. Trouvez-vous de l'aide. C'est la faute de Jean et, s'il s'en plaint, je n'hésiterai pas à le lui dire. Quand il sortira de l'hôpital, bien sûr.

— Ne l'ennuyez pas avec ça, madame. Et ne vous inquiétez pas, comptez sur moi. Je me charge de tout.

Naturellement, je n'ai pas le moindre début d'idée de la manière dont je dois m'y prendre. Il s'agit d'une crise, toutefois, et j'ai été scout. Les scouts sont formés pour affronter les crises. Je m'en sortirai, d'une façon ou d'une autre.

Avant de raccrocher, je demande à Madame Henri qu'elle m'avertisse si elle a besoin de quelque chose et qu'elle me rappelle dès que son époux sera sorti du bloc. Je contemple les lumières qui clignotent sur le téléphone, tout en écoutant les trilles incessants des sonneries. Je suis certaine d'y arriver. Sûre et certaine.

Mais par où commencer ?

— Bonjour ! *Chez Henri*, merci de rester en ligne.

— Bonjour ! *Chez Henri*, merci de rester en ligne.

— Bonjour ! *Chez Henri*, merci de...

— Lizzie ? m'interrompt une voix stridente et familière. Je t'interdis de me mettre en attente ! C'est moi, Tiffany.

J'allais appuyer sur le bouton d'attente. Je suspens mon geste.

— Tiffany Sawyer, poursuit-elle, impatiente. De Pendergast, Loughlin et Flynn. Tu te souviens ? Le cabinet où on bossait ensemble jusqu'à ce que tu sois fichue dehors. C'était quand, la semaine dernière ? Nom d'un chien ! Qu'est-ce qui se passe ? Vas-tu devenir une de ces personnes qui, une fois célèbres, oublient tous ceux qu'elles ont croisés avant ? Parce que si c'est le cas, tu n'es qu'une grosse nulle.

Je jette un coup d'œil à la pendule. Il est à peine dix heures, ce qui explique les intonations rauques de mon ancienne collègue. Tiffany travaille à mi-temps dans la boîte du père de Chaz et à mi-temps comme mannequin, si bien qu'elle émerge rarement avant midi. D'autant qu'elle bringue comme une malade avec son photographe chéri, le très marié Raoul.

— Comment se fait-il que tu sois debout aussi tôt ? je m'enquiers.

— Aucune importance. On est quoi, le lendemain du premier de l'an ? Il n'y avait pas un chat dehors, hier soir. Mais bon, ce n'est pas pour ça que je t'appelle. Devine un peu qui fait la page six du *Post*, aujourd'hui ?

Les lampes continuent de clignoter.

— Je sais que tu vas avoir du mal à le croire, Tiffany, mais figure-toi que je suis en plein boulot, là. Mon patron a été victime d'une crise cardiaque, je suis seule à l'atelier, et je n'ai pas le temps de…

— Toi ! C'est toi ! s'égosille-t-elle. Il y a toute une histoire sur ton compte, ainsi qu'une photo où tu es en compagnie de Jill à son mariage. Ils disent aussi que tu es l'étoile montante des robes nuptiales, et qu'Anna Wintour, cette garce d'Anna Wintour, a qualifié ton travail d'« astucieux ». Tu sais ce que ça signifie ?

— Je commence à m'en douter, je réponds, alors que la deuxième ligne carillonne.

— Tu es une star ! Bordel de merde, tu as réussi !

Je m'emporte.

— Je m'en moque complètement, ma vieille, parce

que, pour l'instant, il faudrait que je réponde à tous ces coups de fil !

— Inutile de brailler ! Tu as besoin d'une standardiste ? J'arrive !

— Quoi ? Non. Un instant…

— Je suis là dans cinq minutes. Redonne-moi l'adresse. Je ne pourrai rester que jusqu'à treize heures, parce que, après, j'ai le cabinet juridique. Bon dieu, j'aimerais bien me tirer de là. Sauf qu'il y a des tas d'avantages. Dès que Raoul aura viré sa sorcière de bonne femme et qu'il pourra me coller sur son assurance-maladie, je file ma démission à Roberta. Merdalors, j'ai hâte de voir sa réaction. T'inquiète, je devrais te trouver quelqu'un pour l'après-midi. Monique, tiens. Elle a été lourdée de chez Chanel pour avoir sniffé de la coke dans l'arrière-boutique, mais…

— Tout va bien, Tiffany, je l'interromps en agrippant le rebord du bureau. Je n'ai besoin ni de toi ni de Monique.

Que je connais ni d'Ève ni d'Adam.

— … c'est trop cool, enchaîne-t-elle sur sa lancée, parce qu'elle s'est inscrite aux Drogués Anonymes. Comme moi. C'est là qu'on s'est rencontrées. La coke, c'est bon pour les traînées.

Inutile de préciser à Tiffany que, dans Drogués Anonymes, le mot « anonyme » signifie qu'on n'est pas censé révéler qui va aux réunions – ni soi-même, ni les autres. Comme à peu près tout ce que je lui dis, ça sortirait par une oreille, sitôt entré par la première.

— Écoute, reprend-elle, ton boss a eu une crise cardiaque, non ? On va venir te donner un coup de main jusqu'à ce qu'il soit rétabli. Pas la peine de jouer les snobinardes capables de se débrouiller toutes seules. J'entends que ça sonne à fond la caisse, derrière toi.

Comment lui expliquer que, si je me retrouvais sur une île déserte et qu'elle débarquait sur un bateau, je refuserais de monter à bord ? Je l'aime comme une sœur, certes. En revanche, je n'ai aucune confiance en elle.

— Je n'ai pas de quoi vous payer. Nos bénéfices ne sont pas franchement géniaux, en ce moment, et…

— Sois raisonnable, voyons ! Il ne s'agit que de vingt dollars de l'heure.

— Vingt ? je m'étrangle. Tu nous prends pour qui, les Rothschild ? J'allais appeler Manpower et offrir dix…

— Dix ? s'esclaffe-t-elle. Je n'ai pas bossé pour si peu depuis que je gardais le bébé de ma voisine, dans le Dakota du Nord. Mais bon, je suis prête à en rabattre du moment que je peux mettre le main sur un original de Lizzie Nichols. Le temps que Raoul obtienne sa carte verte et se débarrasse de la Carabosse, ces chiffons seront devenus inabordables. Monique en voudra une, elle aussi. Latrell, son mec, lui a sorti le grand jeu de la demande, à Noël. Avec, en prime, un diamant rose de quatre carats signé Harry Winston[1]. Il est plein aux as, ce Latrell. Il est dans la musique. Il connaît Kanye West, ajoute-t-elle avec respect.

— Stop ! je proteste.

Il est hors de question que les choses tournent ainsi.

— Je serai là dans vingt minutes. On en reparlera. Tu as envie d'un muffin ? Je meurs de faim. J'en prendrai

1. Célèbre joaillier qui a une prestigieuse boutique sur la Cinquième Avenue, et une autre avenue Montaigne, à Paris.

sur le chemin. La page six, bordel ! Omondieu, Lizzie ! Ça va être génial. Tu seras une bien meilleure patronne que Roberta. Qu'est-ce que je la déteste, cette pouffe ! Ciao, baby.

Elle raccroche. Je fixe l'appareil, pas très sûre de ce qui vient de se passer. Ai-je résolu un problème ou en ai-je créé un nouveau, encore plus gros ?

Je me consacre à prendre les appels les uns derrière les autres, assurant les clientes que Mademoiselle Nichols (je me présente comme son assistante, Stephanie – j'ai toujours rêvé d'être une Stephanie) les recontactera très vite. Soudain, un livreur de fleurs débarque dans la boutique, pratiquement caché derrière un énorme bouquet de deux douzaines de roses jaunes dans un vase de cristal.

— Une livraison pour Lizzie Nichols, annonce-t-il.

— C'est moi.

Bondissant sur mes pieds, je me précipite pour lui prendre les fleurs. Le tout est si lourd que je titube jusqu'au bureau où je les pose avant de signer le bordereau et de donner un pourboire. Dès que le type a filé, j'ouvre la petite enveloppe agrafée au bouquet, m'attendant à des remerciements de Luke pour avoir accepté sa demande en mariage… ou de ses parents, me souhaitant la bienvenue dans la famille de Villiers.

Aussi, c'est avec stupéfaction que je lis ce qui suit :

Désolé pour mon attitude de l'autre jour.

Je n'ai jamais été du matin.

Naturellement, je suis ravi pour vous deux. Si vous êtes heureux, moi aussi.

Félicitations. Tu feras une ravissante mariée.

Chaz

Je suis tellement ébahie que je dois m'asseoir un instant – et ignorer les sonneries du téléphone – afin de me ressaisir. Est-il sincère ? Nos épousailles lui font-elles réellement plaisir ? Dans ce cas, pourquoi ai-je toujours un peu envie de vomir quand j'y songe ? Au mariage. Pas à Chaz l'acceptant sans problème.

Les fiançailles ne me dérangent pas. Frimer en montrant ma bague ne me gêne pas. Hier, après notre interlude prolongé au lit, je n'ai eu aucune difficulté à annoncer la nouvelle à nos parents. Non, c'est quand j'imagine le grand jour – et, bizarrement, la robe – que mon esprit paraît se vider, et que la bile me monte aux lèvres.

Pas un très bon signe, si vous voulez mon avis.

Toutefois, les angoisses prénuptiales sont tout ce qu'il y a de plus normal. Non ? Personne n'y échappe. Peut-être pas dès le lendemain des fiançailles, certes. Mais je les résoudrai sûrement avant les autres. J'ai toujours été une fille précoce. D'après ma mère, je choisissais des tenues de rentrée scolaire à toutes mes peluches avant même d'avoir commencé la maternelle.

La clochette de la porte du magasin retentit, et Tiffany déboule, lunettes de soleil sur le nez (alors que le temps est couvert – on est en plein hiver), vêtue d'une combinaison noire sous sa nouvelle étole en renard (« Du faux, m'annonce-t-elle plus tard. Si tu savais ce qu'ils infligent à ces pauvres bêtes quand ils les écorchent ! C'est dégoûtant ! »).

— Wouah ! s'exclame-t-elle. Qui donc s'est lâché sur les roses ?

M'empressant de fourrer la carte de Chaz dans la poche de ma Mollie Parnis[1] en soie, je mens d'instinct :

— Luke.

— Quoi ? s'exclame-t-elle en retirant ses lunettes. Je croyais que vous aviez rompu ?

— Plus maintenant, je réponds en montrant ma bague. Nous sommes fiancés.

— Merdalors ! s'écrie-t-elle en matant le diamant. Il fait au moins trois carats, ma vieille ! Il vient de chez Tiffany[2], non ?

— Non, il l'a acheté à Paris…

— Cartier, alors, décrète-t-elle, visiblement impressionnée. Encore mieux. Anneau en platine, taille émeraude, ce truc doit coûter autant qu'une baraque ! Dans le Dakota du Nord, du moins. Ton mec a beau s'être comporté comme un naze, il s'est rattrapé, je le reconnais. Pour les roses, en revanche, j'hésite. Drôle de couleur. Le jaune signifie une amitié platonique, tu sais ?

Le qualificatif de naze renvoie à la machine à coudre que Luke m'a offerte à Noël, et qui a catalysé nos différends quant à nos désirs d'avenir. Pour ce qui est de l'amitié platonique, c'est plutôt bon signe, n'est-ce pas ? Puisque les fleurs m'ont été envoyées par Chaz. Or, je ne désire rien d'autre que son amitié. Oui, platonique est super.

— Luke les a prises jaunes parce que lui et moi sommes avant tout et surtout amis.

---

1. Styliste new-yorkaise (1902-1992) réputée pour ses tenues strictes et conservatrices destinées aux femmes d'affaires de la bonne société.
2. Célèbre joaillier américain.

Nom d'un chien ! Qu'est-ce que je délire, là ? Tiffany grimace, d'ailleurs.

— Si Raoul m'offrait des roses jaunes, je lui dirais de se les coller dans le train, lâche-t-elle. Bon, je m'installe où ?

Je me lance dans le petit discours que j'ai préparé en l'attendant.

— Écoute, je ne…

— Ici, ça va ? me coupe-t-elle en laissant tomber son mètre quatre-vingts (presque) et ses soixante kilos (à peine) dans le fauteuil de Madame Henri, derrière le bureau où le standard s'est remis à sonner. Tiens, je t'ai acheté un croissant au chocolat, ils n'avaient plus de muffins. Voilà aussi un Coca light. Je te connais, va.

J'attrape au vol le sachet en papier qu'elle me lance. Bizarre, cette habitude qu'ont les gens de me donner du Coca light en pensant que ça arrangera tout. Ce qui n'est pas faux, cela dit. Tiffany décroche sans sourciller et se met à baratiner comme si elle avait toujours bossé à l'atelier.

— Bonjour, *Chez Henri*, ici Tiffany. En quoi puis-je vous aider ? Mademoiselle Nichols ? Je ne suis pas sûre, un instant, s'il vous plaît.

Elle plaque sa main sur l'écouteur.

— Tu ne t'occupes que de restauration ou tu crées des originaux ? me demande-t-elle. Je sais que tu vas me dessiner ma robe, mais pour les autres, le commun des mortels ?

— Pour l'instant, je réponds en mâchonnant ma viennoiserie, je me borne à la restauration.

— OK. Où est-ce que je te note tes rendez-vous ?

Je montre l'agenda en cuir noir de Madame Henri.

— Il faut d'abord qu'on parle, Tiffany, j'essaie de protester. Je ne peux pas…

— Un agenda papier, maugrée-t-elle sans m'écouter en attrapant un stylo et en reprenant sa conversation. Mademoiselle Nichols ne travaille que sur des robes anciennes. Très bien. J'ai un créneau la semaine prochaine, le dix à onze heures. Ça ne vous va pas ? Un instant…

Je commence à me dire que cette embauche n'est pas une si mauvaise idée. Elle a l'air de… ben, d'avoir vraiment pris les choses en main. Ce qui est bien, très bien. Pour le moment. Je m'inquiéterai plus tard de trouver comment la payer.

Je m'apprête à gagner l'arrière-boutique afin de voir ce que j'ai à faire – si j'arrive à me concentrer là-dessus, j'arriverai peut-être à accepter la présence ici de Tiffany… de même que mes fiançailles – quand la cloche de la porte carillonne de nouveau et qu'apparaît ma meilleure amie, Shari, une drôle d'expression sur le visage. Manquant de laisser tomber ma canette, je me précipite vers elle.

— Omondieu ! je m'écrie. Je suis si contente de te voir !

— J'ai eu ton message, répond-elle en jetant un coup d'œil intrigué à Tiffany. Tu parlais d'une urgence. Ça a intérêt à être vrai, parce que j'ai traversé toute la ville. Qu'as-tu de si important à me dire ? Et qu'est-ce qu'elle fabrique ici, celle-là ?

— Viens, je réplique en l'attrapant par la main. Je te raconterai tout à l'appartement. Tiffany, tu peux tenir la boutique seule pendant une dizaine de minutes ?

L'intéressée me tance du doigt tout en lançant à son interlocutrice :

— Je ne doute pas que votre fille soit ravissante, madame, mais Mademoiselle Nichols ne travaille que sur des restaurations. Si vous avez une vieille robe à réparer, pas de souci. Sinon, je crains que vous ne deviez vous adresser ailleurs. Pardon ? Jolie éducation, chère madame.

— Qu'est-ce qu'elle fiche ici ? répète Shari, agacée. Que se passe-t-il ? Franchement, Lizzie, j'espère que tu as de bonnes excuses. J'ai des clients en train de mourir, moi. Et ce n'est pas une métaphore.

Je prends conscience que mon laïus à l'intention de celle qui a toujours été mon soutien le plus fidèle manque totalement d'éloquence. Voilà pourquoi je me contente de lui montrer ma bague.

— Omondieu ! souffle-t-elle.

Brève histoire du mariage

Autrefois, lorsque les fiancées n'étaient pas enlevées de force, elles étaient vendues ou troquées contre de l'or, des terres, voire du bétail – contre des vaches, vous imaginez un peu ?

Durant de nombreux siècles, il a été d'usage de marier les nouveau-nés de façon à unir les familles de haut rang, mais ce n'est qu'à partir du Moyen Âge que des lois ont établi l'obligation de rites religieux lors de la cérémonie, ainsi que les échanges de biens et la signature d'un contrat. À la même époque, la coutume de la dot s'est répandue, et la promise a fini par apporter à son futur non seulement sa charmante personne mais des espèces sonnantes et trébuchantes ou des têtes de bétail. Par-dessus le marché, elle était censée remettre en personne ces possessions à sa belle-famille.

Petites ficelles pour éviter un mariage désastreux, par Lizzie Nichols

Les experts du cabinet juridique Pendergast, Loughlin et Flynn sont tous d'accord là-dessus : les mariages qui fonctionnent le mieux sont ceux où les deux parties sont unies à la fois par le cœur et le compte en banque. Les couples partageant leurs revenus restent ensemble plus longtemps que les autres. Aussi, tâchez de défendre l'idée d'un compte commun ou, du moins, d'un partage des dépenses. À moins que l'un des tourtereaux soit criblé de dettes ou empêtré jusqu'au cou dans les ennuis d'argent. Auquel cas, nous conseillons à celui des deux qui a une situation financière saine de s'adresser à un avocat… si possible, chez Pendergast, Loughlin et Flynn.

4

Il n'existe pas de relation, de communion ou de compagnie plus aimable, amicale et charmante qu'un bon mariage.

Martin LUTHER (1483-1546),
théologien allemand

— Une minute ! objecte Shari en me regardant pardessus la table de la cuisine. Il t'a demandé de l'épouser, et tu as dit oui ?

J'avoue que ce n'est pas la réaction que j'espérais de la part de Shari. Elle semble avoir plus en commun avec son ex-petit copain, Chaz, qu'elle ne s'en doute – ce qui lui déplairait si elle l'apprenait.

— Il ne s'agit pas d'une décision précipitée. Je te jure que j'ai mûrement réfléchi la question.

Shari me toise comme si elle ne croyait pas à mes protestations. Elle n'a pas retiré son manteau. À en juger par son attitude (bras repliés sur la poitrine, tête inclinée sur le côté, jambes croisées), j'en arriverais à penser qu'elle est grincheuse, voire carrément hostile.

— Résumons, rétorque-t-elle. Il rentre de France hier matin et te fait sa demande aussi sec ?

— Euh… oui.

— Et tu as accepté immédiatement ?

— Euh… oui.

— Quand as-tu pris le temps d'y réfléchir, dans ce cas ?

— Eh bien… depuis.

Devinant où cette conversation nous entraîne, je tente d'y remédier.

— Tu auras remarqué qu'il ne vit pas ici. Je ne l'y ai pas autorisé, et je ne veux pas non plus réemménager dans son appartement. Pas question de renouveler cette erreur. Nous allons habiter séparément jusqu'au mariage.

— C'est-à-dire ?

— C'est-à-dire quoi ? je riposte, agacée.

— Quand, Lizzie ? Quand ce prétendu mariage aura-t-il lieu ?

— Oh ! Euh… cet été, sans doute.

— Bon, décrète-t-elle en décroisant les bras et les jambes, tu es cinglée. Je me tire. Salut.

Je l'empêche de se lever.

— Allons, Shari, je plaide. Ne sois pas comme ça. Tu es injuste, et…

— Injuste ? Moi ? Tu débloques ? As-tu, oui ou non, passé une nuit sur mon canapé le mois dernier parce que ton bon à rien de mec t'avait brisé le cœur en te révélant que tu n'avais pas ta place dans son avenir ? Un détail qu'il aurait pu, au passage, mentionner avant que tu ne t'installes chez lui. Et voilà que maintenant, pour une raison débile quelconque – sûrement parce qu'il n'a pas baisé depuis une semaine –, il se décide à t'envisager dans son futur, te balance un diamant à la figure, et toi, pauvre gourde, tu acceptes tout. Eh bien, désolée, mais ne compte pas sur moi pour te laisser gâcher ta vie. Tu mérites mieux. Tu mérites un homme qui t'aime vraiment.

Je tressaille, puis fonds en larmes.

— Comment oses-tu ? je sanglote. Luke n'est pas comme ça, tu le sais. Et…

Mes pleurs redoublent, m'empêchant d'ajouter quoi que ce soit. Au bout d'un moment, Shari se lasse de m'entendre renifler, car elle se lève, contourne la table et m'enlace.

— Excuse-moi, Lizzie, murmure-t-elle, plus tendre. J'ai dépassé les bornes. Seulement… j'ai peur que tu n'aies accepté l'offre de Luke que parce que tu désirais tant l'épouser au départ. Tu t'es ensuite ravisée quand tu as découvert qu'il n'était finalement pas aussi enclin que toi à ces noces, puis tu as de nouveau fait volte-face lorsqu'il est revenu vers toi, sous prétexte que c'est ce que tu voulais dès le départ. Mais tu as le droit de changer d'avis, ma chérie.

Je m'insurge.

— Je n'ai pas changé d'avis ! Pourquoi aurais-je changé d'avis ?

— Aucune idée. Parce que tu as un peu grandi, ce dernier mois ? J'étais là, je te rappelle. Mais bon… si tu tiens vraiment à lui, je te soutiendrai.

— Faux ! Tu détestes Luke.

— Ne dis pas de bêtises. Je ne le déteste pas, j'estime

juste qu'il a encore beaucoup à apprendre pour se comporter en homme. Je crois aussi que tu vaux mieux que lui. N'empêche, je serai derrière toi, quel que soit celui que tu aimes, comme tu as été derrière moi. À condition que tu ne m'affubles pas d'une robe à crinoline en taffetas vert menthe comme tes sœurs l'ont fait pour toi. Tu promets, hein ?

Elle semble soupçonneuse, soudain.

— Quoi ? je m'esclaffe en m'essuyant les yeux. Omondieu ! Tu plaisantes ?

Seulement, s'il m'est arrivé de rêver d'une robe en soie pour Shari, je n'arrive plus à l'envisager en demoiselle d'honneur. Bizarre de constater combien j'étais capable de planifier mon mariage avant de me fiancer et combien mon imagination s'est tarie depuis que je le suis, fiancée.

— Bon, ça se passera où ? enchaîne mon amie. À Château Mirac ?

— Hum… Peut-être. Ma mère a suggéré notre jardin.

— Ça serait chouette ! s'exclame Shari, ravie.

— Tu rigoles ?

— Ben pourquoi ?

— Il serait bien plus raisonnable de faire ça au château. L'endroit a quasiment été construit pour ce genre d'événement. Et puis, c'est là-bas que nous sommes tombés amoureux. Sans compter que ça sera gratuit, puisque ce sont les parents de Luke, les proprios.

— Mouais. Sauf que ça représente un sacré voyage pour les tiens. N'oublie pas ta grand-mère non plus.

— Comment ça ?

— Eh bien, murmure Shari en se rasseyant, elle vieillit. Tu crois vraiment qu'elle supportera l'aller-retour ?

Je m'emporte un peu.

— Naturellement ! Je ne vois pas ce qui l'en empêcherait.

— Je te répète qu'elle est âgée. De plus…

— Oui ?

— C'est une alcoolique chronique, Lizzie ! Bon sang, arrête de chialer ! Je pensais que la perspective de te marier te rendrait heureuse ! Ça m'a tout l'air du contraire.

— Désolée… c'est une mauvaise journée. Monsieur Henri a eu une crise cardiaque, il va subir un quadruple pontage coronarien et être absent de l'atelier un bon moment. En plus, ce matin, j'étais en page six du *Post*, à cause du mariage de Jill et, depuis, le téléphone n'arrête pas de sonner et…

— Voilà ce qui explique la présence de Tiffany.

J'avale une gorgée du thé que je nous ai préparé. Il est froid.

— Je dois retourner bosser. Apparemment, des tas de futures ont besoin qu'on leur restaure leur robe.

— Et des tas de victimes de violences conjugales ont besoin qu'on les soutienne et qu'on les protège, renchérit Shari avec un soupir.

— Comment en sommes-nous arrivées là ?

— Je ne sais pas. Mais ma situation me plaît. Pas toi ?

— Si, je crois, admets-je en contemplant ma bague. Même si un peu de temps sera nécessaire pour m'habituer. J'ai l'impression d'être plus douée pour faciliter les noces des autres que pour organiser les miennes. Quand j'y songe, j'ai des envies de vomir.

— Mauvais signe. N'oublie pas ce que je t'ai dit : tu as le droit de changer d'avis.

Je lui adresse un pauvre sourire.

— Oui, merci. Sauf que… je l'aime pour de bon.

— Ah oui ? N'aimes-tu pas plutôt l'idée que tu te fais de lui ?

— Quelle drôle de question !

— Mais pertinente, répond-elle en se levant. Je te signale que tu es connue pour t'être amourachée de types dont tu ignorais pratiquement tout.

Difficile de nier que j'ai connu quelques déboires sentimentaux.

— Certes. Soyons réalistes, cependant. Luke ne va pas se révéler homo ou joueur invétéré. Après tout, j'ai vécu avec lui. Pendant six mois ! J'ai le sentiment de savoir qui il est.

— N'empêche, les gens vous surprennent toujours. Regarde, j'ai habité avec Chaz presque autant de temps que toi avec Luke, et voilà que je me trouve être…

— Chut ! Ne prononce pas ce mot !

Ce n'est pas que le terme *lesbienne* me dérange. Seulement, je m'efforce d'oublier cette nuit chez Kathy Pennebaker, quand nous avions seize ans. Alors que je fantasmais sur Tim Daly, lors d'une rediffusion de *Wings*[1] à la télé, Shari et Kathy avaient visiblement fantasmé l'une sur l'autre. Nom d'un chien ! Comment ai-je pu être aussi aveugle ? Même si, à la réflexion, il vaut

---

1. Soit : « Ailes ». Série télé loufoque diffusée de 1990 à 1997. Tim Daly joue dans nombre de feuilletons : *Le Fugitif, Grey's Anatomy, The Nine.*

mieux qu'elles ne m'aient rien avoué, sur le moment, parce que tout le bahut aurait été au courant en un clin d'œil. Bien sûr, j'aurais essayé de garder le secret. Mais, étrangement, il se trouve que je n'arrive pas à fermer ma grande gueule, en dépit des meilleures intentions du monde et d'efforts considérables.

— J'ai pigé, je continue. Écoute, ne t'inquiète pas. Au rythme où nous progressons, ces fiançailles risquent de durer un bon moment. Luke doit finir ses études, et son oncle lui a demandé de bosser pour lui à Paris cet été. Quant à moi, je vais avoir des milliers de robes à coudre avant d'être en mesure de respirer. Je ne suis pas pressée de me marier.

— Formidable, ma vieille, me félicite Shari en m'embrassant.

C'est à l'instant où elle me serre contre elle que je remarque la drôle de petite tache au creux de mon coude droit. On dirait une piqûre de moustique, si ce n'est qu'elle est dénuée de relief. D'ailleurs, nous sommes en janvier – impossible d'avoir été piquée par un moustique.

Sur le moment, ça me sort de l'esprit.

Ce n'est que plus tard que je comprendrai ce que c'est – à savoir le début de la fin de mon existence.

Ni plus ni moins.

Brève histoire du mariage

Dans l'ancien temps, il était convenu que la future accomplisse un pèlerinage prénuptial de son village à celui de son promis. Être attaquée par des brigands espérant s'emparer de sa dot (voire d'elle-même) n'étant pas chose rare, elle effectuait ce périple, encadrée par une armée de vierges censées la défendre, ainsi que ses biens, contre les maraudeurs.

Ainsi naquit la tradition des demoiselles d'honneur ou, pour être plus exact historiquement parlant, des demoiselles de guerre.

Petites ficelles pour éviter un mariage désastreux,
par Lizzie Nichols

De nos jours, les demoiselles d'honneur occupent une fonction très différente de celle de leurs lointaines ancêtres : cela va du coup de main à la future pour ses préparatifs de mariage à l'organisation de son enterrement de vie de jeune fille en passant par le transport des invités. J'ai même entendu parler d'une demoiselle d'honneur ayant choisi le pressing de la promise.

Le jour J, pensez à ne pas négliger vos demoiselles d'honneur. Un cadeau particulier, comme un collier ou un bracelet en argent, leur prouvera à quel point vous avez apprécié leur aide. Veillez aussi à ne pas vous transformer en monstre d'énervement à leur encontre : restez courtoise.

5

> Il faut croire au mariage comme à l'immortalité de l'âme.
>
> *Honoré de BALZAC (1799-1850), romancier français*

Lorsque je redescends à la boutique, la mâcheuse de chewing-gum y est assise. Bien que je ne l'aie eue qu'au téléphone, je l'identifie immédiatement aux bruits de bouche qu'elle émet.

Ce qui me secoue, c'est que je la reconnais également pour l'avoir vue dans *Access Hollywood*, *Inside Edition* et *Entertainment Tonight*[1] … où elle fait de fréquentes apparitions, généralement très court-vêtue, sur les tapis rouges des projections en avant-première de films dans lesquels elle ne joue pas, dans la mesure où elle est entiè-

1. Émissions mêlant avec plus ou moins de bonheur et de déontologie informations et reportages people.

rement dénuée de talent. Du moins, personne ne lui en a trouvé, jusqu'à présent. La seule raison légitime de la popularité d'Ava Geck, c'est que sa famille possède une chaîne de magasins bon marché (« Geck'onomisez avec Geck ! ») qui pèserait dans le milliard de dollars. Ava elle-même serait en possession d'une fortune de trois cents millions, récoltés grâce à quelques astucieux tournages de pubs pour des parfums et quelques figurations moins heureuses dans des émissions de télé-réalité.

Plus impressionnant encore, il semblerait qu'elle s'apprête à épouser un prince. Pas un prince comme Luke en serait un en France si ce pays n'avait aboli la monarchie il y a des siècles, et où tout le monde se fiche de savoir qui est noble ou pas. Non, il s'agit d'un Grec. Certes, la famille royale ne règne plus, mais elle peut toujours se revendiquer comme famille royale et ses membres ont le droit d'occuper de hautes fonctions. Bref, le prince Aleksandros Nikolaos a rencontré Ava Geck et, allez comprendre, s'est apparemment entiché d'elle au point de lui demander sa main.

Il est quelque peu bizarre de la voir en chair et en os, sans que son visage pointu soit cadré par une caméra. Néanmoins, l'armoire à glace qui, bras croisés et debout derrière elle, lui sert de garde du corps, l'énorme caillou qui étincelle à son doigt et le chihuahua qui tremble sur ses genoux achèvent de me persuader que la scène n'est que trop réelle.

— Hé, lance-t-elle à Tiffany, c'est elle ?

Ma standardiste de choc lève les yeux au ciel.

— Combien de fois faudra-t-il que je vous le répète, Ava ? Elle ne vous recevra pas sans rendez-vous.

Visiblement, ces deux-là ont déjà lié connaissance. Depuis un moment. Et sans plaisir de part ou d'autre.

— Hum… Bonjour, dis-je. Que se passe-t-il ?

Mouvement périlleux, Ava saute sur les talons aiguilles de ses cuissardes en suède mauve, expédiant par terre son chien, lequel pousse un jappement terrorisé qui n'a pas l'air de perturber outre mesure sa maîtresse.

— Mademoiselle Nichols, je suis désolée d'être ici sans avoir pris rendez-vous. Je suis tombée sur votre photo en page six du *Post*. Le truc, c'est que je vis à Los Angeles et que je ne suis ici que pour les fêtes. J'étais l'une des invités de l'émission *L'Arène des Célébrités*, pour la descente du ballon à Times Square[1], vous savez ? Bref, il faut que je rentre, sauf que je me marie cet été, et j'aimerais vraiment, vraiment, vraiment que vous réalisiez ma robe.

— Je lui ai déjà dit que vous ne faisiez pas de créations originales, siffle Tiffany entre ses dents.

— Cette nana n'arrête pas de me seriner que vous ne donnez que dans la restauration de vieux machins, admet Ava en fusillant ma collègue du regard, mais que je vous apporte une mocheté que vous referez entièrement ou que vous me fabriquiez quelque chose de neuf, moi je dis : quelle différence, hein ? Pourquoi ne pourriez-vous pas me confectionner une tenue inédite ? Parce que c'est ça que je veux. Je veux une robe signée par quelqu'un de jeune et de cool, pas une espèce d'horreur digne d'une vioque comme on en vend dans ces foutus magasins de Madison Avenue. Vous voyez ?

1. Tous les ans depuis un siècle, sur Times Square à Manhattan, un ballon de cristal et d'ampoules est symboliquement descendu le long d'un mât pour toucher le sol à minuit tapant.

J'ai eu du mal à la comprendre, avec toutes ces mastications de vache laitière.

— Mademoiselle Nichols ? m'interpelle Tiffany en se levant. Je peux vous voir un instant ?

— Bon dieu ! lance Ava en travaillant férocement des mandibules. C'est quoi, votre problème ? J'ai de l'argent, je vous paierai.

— Euh…

Remarquant que le chihuahua s'apprête à lever la patte contre l'hydrangéa de Madame Henri, je le ramasse et le dépose doucement dans les bras d'une Ava Geck éberluée.

— Donnez-moi une minute pour m'entretenir avec mon… euh… mon assistante. Je jette un coup d'œil à notre planning de la semaine et je reviens tout de suite.

D'après la bulle rose qu'elle forme, j'en déduis qu'Ava est soulagée.

— Comme vous voudrez.

Je me laisse entraîner dans l'arrière-boutique par Tiffany.

— Tu ne peux pas lui dessiner sa robe, attaque cette dernière sitôt le rideau de velours noir retombé. C'est une accro au crack doublée d'une traînée.

— Tu l'as rencontrée aux Drogués Anonymes, ou quoi ?

— Non. Il n'empêche, c'est une salope accro au crack. Tu l'as vue dans *L'Arène des Célébrités* ? Elle a fait pleurer Lil' Kim. Lil' Kim, nom d'un chien ! Tu n'as pas le droit d'accepter. Pas le droit !

— Elle est célèbre, riche à mourir, et elle épouse un

prince. Tu imagines la couverture médiatique que ça va nous apporter ?

— Oui. Celle de la presse à scandale. Crois-moi, mieux vaut éviter ça.

— Essaie de comprendre, Tiffany ! À ce stade de ma carrière, n'importe quel article est bon à prendre. Je vais la lui faire, sa robe.

— Mais elle est révoltante ! Tu as vu comment elle traite son clebs ? Sans parler de ses bottes de pouffe !

— Cette fille souffre de graves troubles psychologiques, Tiffany. Elle a besoin de notre aide, pas de notre réprobation. Il est évident qu'elle n'a personne dans son entourage pour lui apprendre à se comporter comme un être humain décent. Or, il faut absolument qu'elle change, maintenant qu'elle se marie à... à un prince ! Il s'agit de noces royales, que diable !

— En Grèce, ma vieille ! Inutile de te monter le bourrichon.

— Comment oses-tu dire ça ? La Grèce est le berceau de la civilisation occidentale, de la démocratie, de la philosophie politique, de la littérature, des Jeux olympiques...

— Tu as déjà goûté au houmos ?

— Pff ! Écoute, je vais lui créer sa robe. C'est à prendre ou à laisser. Choisis ton camp.

Tiffany pousse un gros soupir.

— C'est à cause du prince, hein ? Parce que toi-même, tu vas en épouser un, tu te sens une obligation morale de l'aider ?

J'ignore cette remarque perfide.

— Nous avons l'obligation morale de voler au secours de cette pauvre fille, en effet, mais juste parce que nous sommes les seules à être en mesure de le faire. Sans nous, elle continuera à se comporter comme une sotte, comme tirer les extensions de Lil' Kim dans *L'Arène des Célébrités*, et elle ne découvrira jamais son potentiel intérieur.

— Parce que tu crois réussir à l'aider dans cette quête ? Ha !

— Oui, dis-je avec gravité. Je pense en être capable.

Ou plutôt, j'en suis certaine.

— Très bien. Si tu tiens à jouer l'apprentie sorcière, à ta guise. Moi, je me contenterai de faire ce pour quoi tu me paies : répondre au téléphone.

Écartant le rideau, je regagne la boutique, où Ava Geck examine un mannequin revêtu d'une robe bustier de chez House of Bianchi[1] à laquelle j'ai ajouté des manches, car celle destinée à la porter doit se marier dans une synagogue très conservatrice.

— J'aime bien celle-ci, déclare Ava en se redressant (et en mâchouillant). Vous pourriez me concocter un truc dans le même genre ?

Voilà qui me surprend. Agréablement. Pour une fille qui a montré tant de fois sa petite culotte à la télévision, le choix est d'une pudeur étonnante.

— Nous devrions arriver à vous dessiner une robe qui vous plaira, qui vous ressemblera, je réponds.

Elle étouffe un cri de joie en tapant dans ses mains, le chihuahua aboie frénétiquement avant de se mettre à tourner comme un fou, et le garde du corps se fend d'un sourire – mince certes, mais quand même.

---

1. Célèbre maison de couture spécialisée dans les robes de mariage, implantée à Boston de 1949 à 2001.

— Oh, merci ! s'exclame-t-elle. C'est trop top !

— Oui. Une ou deux règles de base, cependant. Premièrement, quand vous entrez *Chez Henri*, vous êtes priée de cracher votre chewing-gum. Après, libre à vous de recommencer à vous bousiller les dents.

Je tends la main.

— Quoi ? balbutie Ava.

— Votre chewing-gum, s'il vous plaît. Ici, c'est interdit. Si c'est trop dur, vous n'avez qu'à aller chez Vera Wang[1]. Mais permettez-moi de vous dire qu'il est extrêmement impoli de ruminer comme une vache. Alors, vous crachez ou vous partez.

Ahurie, elle obtempère. Je balance le morceau de plastique dans la poubelle la plus proche. Aussi sec, le cabot s'empresse d'aller la renifler.

— Deuxièmement, je reprends, en m'essuyant la main dans un mouchoir en papier, soyez à l'heure à tous vos essayages. Au cas où vous auriez un empêchement, vous devrez nous avertir une heure à l'avance minimum. Oubliez plus d'une fois, et l'accord avec notre maison sera annulé. Il est impoli de faire attendre les gens. Nous avons des tonnes de clientes auxquelles nous ne serions que trop heureuses de donner un rendez-vous à votre place, si vous deviez être absente. Compris ?

Toujours aussi hébétée, Ava hoche la tête. Son costaud de service continue de sourire, quoique de façon un peu surprise lui aussi.

— Bon, et maintenant, veuillez entrer dans la salle d'essayage afin que je prenne vos mesures.

---

1. Papesse des robes de mariée aux États-Unis, également créatrice de mode et de parfums.

Elle se dépêche d'obéir, tout en trébuchant sur ses talons ridiculement hauts.

Je pressens que la matinée va être longue.

Brève histoire du mariage

Dans la Rome antique, les demoiselles d'honneur inaugurèrent la coutume de porter des tenues identiques, assorties à celle de la promise d'ailleurs. Il s'agissait d'une ruse destinée à empêcher les démons de voler l'âme de la future la nuit précédant ses noces. De là vient le dicton : « Trois fois demoiselle d'honneur, jamais mariée. » En effet, toute femme ayant protégé trois fiancées du mauvais œil était considérée comme trop impure pour elle-même convoler.

Bref, ces gens-là ne plaisantaient pas avec le proverbe. Aucun rapport avec votre vieille fille de grand-tante Judy.

Petites ficelles pour éviter un mariage désastreux, par Lizzie Nichols

Vous aimez vos amies à cause de leurs personnalités uniques. Eh bien, sachez que leurs silhouettes sont également uniques. Alors, ne les engoncez pas dans des tenues identiques, ce qu'elles détesteront de toute façon. Et, en vraie copine, vous devriez détester ce qu'elles détestent. Choisissez une couleur qui les flattera toutes et laissez-les élire une robe à leur goût qu'elles n'hésiteront pas à remettre à l'occasion.

Quelle importance si elles ne sont pas habillées exactement pareil ? Ce n'est pas pour cela que vous les appréciez, n'est-ce pas ?

6

Deux êtres aussi brillants que vous
Ne sauraient être séparés
Une fois qu'ils auront accepté
Que la vie n'est que l'éternité
À deux, ailes et rames mêlées.

Robert FROST (1874-1963),
poète américain

Luke a promis de passer ce soir et de préparer un bon dîner, vu la journée catastrophique que je viens de vivre – même si Madame Henri a appelé juste après dix-sept heures pour m'annoncer que son mari avait très bien supporté l'opération. En vérité, j'ai plutôt envie de prendre un bain chaud, de lire un magazine de mode et d'aller me coucher tôt. Sauf qu'il m'est impossible de dire ça à Luke, qui est allé au marché, a acheté deux filets mignons et les a mis à mariner (ses cours ne recommencent que fin janvier), tout ça pour moi.

Aussi, lorsque juste avant dix-huit heures il appelle et me lance « Écoute » d'une voix gênée, j'ai du mal à me retenir de sauter de joie. Il annule ! Alléluia ! Vive le dernier *Vogue* !

— Les Wolverines jouent ce soir, poursuit-il. Chaz m'a proposé de regarder le match ensemble. Tu connais son amour inconditionnel pour l'équipe de l'université du Michigan. Et puis, il m'a semblé un peu… déprimé, au téléphone.

— Déprimé ? Chaz ?

C'est nouveau, ça. Je n'ai pas eu le sentiment qu'il l'était, quand il a fourré ses mains dans mon soutif. Il va de soi que je garde cette réflexion pour moi.

— Eh bien, ça n'a rien d'étonnant, non ? Nous allons nous marier, alors que sa copine l'a largué pour une femme. Je pensais qu'il se serait déjà trouvé quelqu'un, figure-toi. Chaz n'est jamais resté seul très longtemps.

— Shari n'a rompu qu'à Thanksgiving[1], fais-je sèchement remarquer.

Tout en bavardant, je constate qu'une nouvelle tache rouge a remplacé celle d'avant, au creux de mon coude. Confirmation qu'il ne s'agit pas d'une piqûre de moustique. Mais quoi, alors ? Une allergie quelconque ? Sauf que je n'ai changé ni de lessive ni de savon, récemment.

— Pour Chaz, un mois et demi d'abstinence, c'est

---

1. Journée d'action de grâces, chaque quatrième jeudi de novembre. En 1621, un an après leur arrivée au Massachusetts sur le *Mayflower*, les premiers colons (des puritains ayant fui l'Angleterre pour pratiquer librement leur religion) organisèrent une fête destinée à marquer une année de sacrifices récompensée par des récoltes abondantes. Aujourd'hui symbole de liberté et de prospérité. Pour les Américains, fête la plus importante avec le 4 Juillet (Indépendance).

beaucoup. Et voilà que son meilleur ami épouse la plus jolie fille du monde. Pas étonnant qu'il ait le moral à zéro.

— Dans ce cas, reste chez toi et regarde le basket avec lui.

Je pense déjà au dîner chinois que je vais commander. Du poulet sauce aigre-douce. Et si je mangeais dans mon bain ? Ce serait la totale !

— Le truc, continue Luke, c'est que le match n'est retransmis que sur le câble. Nous nous sommes donné rendez-vous au *O'Riordan's Sport Bar*, qui est juste au coin de chez toi, sur Lexington Avenue. Alors, je me suis dit que si tu avais envie de passer…

— En effet, rien ne me ferait plus plaisir que regarder du sport à la télé en compagnie de ton copain déprimé, je réponds sur un ton moqueur.

— On commandera des ailes de poulet grillées, objecte-t-il, dans un ultime effort pour me tenter.

— Hum… difficile de résister.

— Sois sympa, insiste-t-il, plus sérieux. Chaz t'adore. Il tient à te féliciter de vive voix. Ça lui remontera le moral. Tu sais combien il aime te charrier à cause de tes tenues extravagantes. De plus, si tu ne viens pas, je ne t'aurai pas vue de la journée.

J'ai bien peur que ce ne soit pas ma robe dont Chaz se moquera ce soir. Autre réflexion que je garde pour moi.

— Notre décision de ne pas vivre ensemble repose sur l'idée de mettre à profit nos fiançailles afin d'explorer nos personnalités respectives. Ainsi, une fois mariés, nous aurons une meilleure notion de ce que nous attendons l'un…

— Lizzie, m'interrompt-il. Je sais tout ça. J'étais présent quand tu m'as servi ton laïus, je te signale. Mais un mec n'a donc pas le droit de voir sa copine ?

Je soupire en songeant que ma soirée plaisante agrémentée de photos de mode et de bulles de savon est en train de s'évaporer.

— D'accord, je serai là-bas vers dix-neuf heures.

Le bar est bondé. Dieu merci, pas enfumé, depuis que la ville a interdit la cigarette dans les lieux publics et, une fois n'est pas coutume, veille à ce que la loi soit appliquée. Je déniche les garçons dans un box, près d'un des écrans suspendus au plafond (une dizaine en tout). Luke saute sur ses pieds pour m'embrasser. Comme toujours (sauf lorsqu'il est en habit de soirée), Chaz s'est enfoncé l'une de ses omniprésentes casquettes de l'université du Michigan sur le crâne. Pas rasé, il a une allure quelque peu négligée… Encore plus négligée que quand il m'a quittée l'autre matin, après une nuit trop arrosée.

Et trop consacrée à d'autres choses également.

— Allez, me lance Luke en me gratifiant de son adorable sourire, montre-lui.

Je suis en train de retirer mon manteau et mon écharpe. Chaz couve sa bière, les yeux rivés sur le match.

— Non, je proteste en rougissant.

Ne me demandez pas pourquoi.

— Si, tu en as très envie, je ne suis pas dupe.

— Me montrer quoi ? s'enquiert Chaz.

Mon fiancé soulève ma main pour mettre à la lumière ma bague. Chaz laisse échapper un long sifflement admiratif, comme s'il découvrait le bijou pour la première fois.

— Joli, commente-t-il.

À présent, Luke sourit jusqu'aux oreilles.

— Que veux-tu boire ? me demande-t-il. Je m'en occupe. Inutile d'attendre la serveuse, elle ne sait plus où donner de la tête. Du vin blanc ?

— Parfait.

Se souvient-il que je le prends toujours avec un bol de glaçons ? Je déteste le vin blanc tiède, mais je mets des heures à le siroter. J'ai beau savoir que ça ne se fait pas, je me suis habituée à y ajouter de la glace quand la température ne me convient plus. Et puis, ainsi, c'est moins calorique.

— Je reviens dans une seconde, promet Luke avant que j'aie le temps de lui signaler mon caprice.

Bah ! Il n'aura pas oublié, j'en suis sûre. Je me lève de la banquette pour le laisser partir avant de me rasseoir. Chaz s'est de nouveau tourné vers la télévision. Je me racle la gorge.

— Merci pour les roses, dis-je en vitesse, histoire d'être débarrassée de ça avant le retour de Luke. Il ne fallait pas.

— Trop tard.

Constatant que Luke a du mal à attirer l'attention du barman, je cours le risque de poser ma main sur celle de Chaz.

— En tout cas, je te remercie. Tu n'imagines pas ce que ton geste signifie, pour moi.

Il baisse les yeux sur mes doigts avant de me regarder en face.

— Au contraire, riposte-t-il, j'en ai une idée très claire.

Je le lâche, sans trop savoir pourquoi.

— Qu'est-ce que signifie cette allusion ?

— Rien, bon sang ! s'esclaffe-t-il en s'emparant de son verre. Pourquoi es-tu aussi agressive ? Je pensais que toi et Luke seriez sur un petit nuage.

— C'est le cas !

— Alors, *mazel tov !* raille-t-il en levant sa bière dans ma direction.

— Tu ne m'as pas l'air particulièrement déprimé, ne puis-je m'empêcher de signaler.

Pour aussitôt avoir envie de me couper la langue. Chaz manque de s'étrangler avec la gorgée qu'il vient d'avaler.

— Déprimé ? Moi ? Qui a dit que j'étais déprimé ?

Je cherche des yeux un couteau. Malheureusement, je n'en trouve aucun, et je n'ai d'autre choix que de répondre à la question.

— Luke, je marmonne, honteuse. Il te croit au plus bas, parce que nous allons nous marier et que tu es seul.

— M'étonne pas de lui, se marre-t-il.

— Donc… ça va ?

Ouf ! Nous allons peut-être échapper à un suicide.

— Non, Lizzie, je suis maniaco-dépressif, parce que la fille dont j'ai enfin compris que je l'aimais depuis toujours et dont je croyais qu'elle commençait à m'aimer à son tour m'a rejeté pour se fiancer à mon meilleur ami qui, honnêtement, ne la mérite pas. Satisfaite ?

Bizarre, mais mon cœur a un petit soubresaut, j'ai des difficultés à respirer et je n'arrive pas à me détacher de

Chaz. Dieu soit loué, je me rends compte ensuite qu'il plaisante. Du coup, je m'empourpre. Évidemment qu'il blague ! Qu'est-ce que je suis bête !

— Estime-toi heureux d'avoir échappé à mon grappin, je rétorque. Tu es contre le mariage, lequel n'est qu'un bout de papier, non ?

Je suis furieuse contre moi pour avoir cru qu'il était sincère quand il a avoué m'aimer et, plus encore, pour avoir culpabilisé parce que je l'avais froissé. Chaz ne peut être blessé. Enfin si, mais pas par moi. Certainement pas par moi.

— Tu as raison, répond-il en reportant son attention sur le match. Quand on désire vivre une relation amoureuse, inutile de la gâcher en se mariant.

Je suis scotchée. Il n'est pas sérieux !

— Depuis quand as-tu pareilles bêtises dans la tête ? Tu n'as jamais critiqué le mariage quand tu sortais avec Shari. Vous deux incarniez le bonheur conjugal. Tu passais ton temps à lui préparer à manger, à t'occuper de la lessive, à…

— Ouais, acquiesce-t-il sans cesser de fixer l'écran. Et elle m'a largué, au cas où tu l'aurais oublié. Pour une *femme*. Crois-moi, je ne commettrai pas la même erreur. Le mariage, c'est pour les nuls.

— Tu plaisantes ! je m'écrie, choquée par l'amertume de son ton.

— Ah bon ? Figure-toi que je suis bien placé pour savoir de quoi je parle. Mon père est un avocat spécialisé dans les divorces, je te rappelle.

— Mais il est marié à ta mère depuis… combien ? Trente ans ?

Sa phrase affirmant qu'il m'a toujours aimée continue

de me perturber. Au vu de ce qui s'est passé entre nous sur la banquette du taxi la nuit du jour de l'an, j'estime qu'elle était déplacée. Mais me bouleverse encore plus la façon dont mon cœur a réagi quand il l'a prononcée. Qu'est-ce que j'ai ? Je suis malade, ou quoi ? Dire que, l'espace d'une seconde, je l'ai cru ! J'ai beau être une fille du Midwest un peu naïve, j'essaie de me comporter comme si ce n'était pas le cas.

La plupart du temps, du moins.

— Une réussite dont je ne me vante pas, réplique-t-il. Le couple heureux que forment mes parents ne correspond pas à mon personnage de récent célibataire préparant sa thèse de philo, vivant seul comme un vrai dur dans l'East Village, buvant sec, dangereux…

C'est à mon tour de ricaner.

— Ben quoi ? proteste Chaz en s'arrachant à la télévision. Tu ne me trouves pas dangereux ?

— Pas avec ta casquette.

— Pourtant, je le suis, insiste-t-il. Plus que Luke, en tout cas.

— Je n'aime pas Luke parce qu'il est dangereux.

— J'oubliais, oui. Tu l'aimes… pour quelle raison ? Parce qu'il est riche ? beau ? courtois ? nonchalant ? prévenant ? gentil ? Parce que, un jour, il soignera des enfants ?

— Pour tout ce que tu viens de citer, sa richesse mise à part. J'ai bien l'intention de réussir, alors je n'ai pas besoin de son fric. D'ailleurs, aujourd'hui, j'ai décroché une nouvelle cliente. Ava Geck.

— L'accro au crack doublée d'une traînée ? s'exclame-t-il, horrifié.

— Je me demande pourquoi tout le monde l'appelle

comme ça ! je rétorque, agacée. Personne ne l'a jamais vue prendre de drogue ou coucher contre de l'argent.

— C'est inutile. Il suffit de regarder *L'Arène des Célébrités*.

— Explique-moi ce qu'un thésard en philosophie qui boit sec et vit comme un vrai dur fait à regarder cette ânerie ?

— C'est une émission géniale, rigole-t-il. Pour peu qu'on soit d'humeur à étudier les abîmes de dépravation dans lesquels une société est capable de sombrer. Ou, pour le moins, les abîmes de dépravation dans lesquels l'industrie du spectacle est déterminée à nous faire croire que nous avons sombré.

— Me voici ! lance Luke à cet instant. Désolé d'avoir été si long. Cet endroit est complètement dingue. Il y a cinq matchs en cours.

Vaguement déçue, je constate qu'il n'a pas pensé à mon bol de glaçons. Bah ! Nous ne sommes ensemble que depuis six mois, après tout. Il ne peut se souvenir de tout.

— Tu as oublié la glace, lui signale Chaz. Et dis à ta copine qu'elle ne réussira pas à percer dans les robes nuptiales si elle accepte de bosser pour des accros au crack doublées de traînées.

Je sursaute. Chaz, lui, s'en rappelle.

— Quelle glace ? demande Luke, perdu. Et quelles accros au crack doublées de traînées ?

— Personne, je dis.

— Ava Geck, explique Chaz au même moment.

— Qui c'est, celle-là ? s'enquiert mon fiancé.

Son pote se fend la tirelire. Je m'empresse d'avaler une gorgée de vin, pressentant ce qui va suivre.

— Il t'arrive de regarder la télé ? se gondole Chaz. Tu lis autre chose que le *Wall Street Journal* ? Franchement, ça m'intéresse. Chez le dentiste, tu ne feuillettes jamais un *Us Weekly* ?

— Arrête ! j'interviens, énervée. Ce n'est pas parce que Luke ignore qui est Ava Geck…

— Mais tout le monde sait qui elle est ! proteste Chaz.

— Vous allez m'expliquer ? insiste Luke.

Brusquement, je suis trop fatiguée pour poursuivre cette conversation. J'en ai assez. Des commentateurs qui braillent sur les écrans, des téléspectateurs qui hurlent et applaudissent quand un joueur marque un panier, du SDF ivre qui traîne de l'autre côté de la vitrine, quémandant de la monnaie à tous ceux qui passent près de lui. Mais, par-dessus tout, j'en ai assez de la voix qui ne cesse de seriner dans mon crâne. Une voix familière. Normal, puisque c'est celle du gars assis en face de moi, le grand type aux vêtements froissés coiffé d'une casquette de l'université du Michigan. « Non, Lizzie, je suis maniaco-dépressif, parce que la fille dont j'ai enfin compris que je l'aimais depuis toujours et dont je croyais qu'elle commençait à m'aimer à son tour m'a rejeté pour se fiancer à mon meilleur ami qui, honnêtement, ne la mérite pas. »

En simultané, cette même voix ajoute : « Quand on désire vivre une relation amoureuse, inutile de la gâcher en se mariant… Figure-toi que je suis bien placé pour savoir de quoi je parle. »

Soudain, ma décision est prise. Et c'est d'une voix lourde d'émotion retenue que je dis :

— Écoutez, je me suis bien amusée avec vous, mais

je suis claquée. Ça ne vous ennuie pas que je rentre me coucher ? J'ai une journée chargée, demain.

— Allons, proteste Luke, tu viens juste d'arriver. Ne pars pas tout de suite. Le match a à peine débuté.

Je regarde Chaz. L'impassibilité de ses traits ne me trompe pas : il a les yeux fixés sur moi.

— Oui, renchérit-il, ne t'en va pas. Le match commence à peine.

C'est zarbi, mais ses prunelles et son intonation m'amènent à penser qu'il ne parle pas de la retransmission télévisée. Pas du tout, même.

— Non, non, je réponds d'une voix trop aiguë. Je me sauve.

Dans ma hâte, je pousse presque Luke hors de la banquette.

— Je te raccompagne, propose ce dernier, perplexe.

Je l'arrête d'un baiser léger sur la joue et d'un « Non, merci, reste ici et régale-toi ». Puis je file dehors. Une fois sur le trottoir, je m'octroie une pause et respire profondément l'air froid de janvier.

— Vous n'auriez pas une petite pièce, mademoiselle ? me demande le SDF en me tendant un gobelet crasseux.

Je ne prends même pas la peine de lui répondre. Voilà quelle horrible New-Yorkaise je suis devenue. De toute façon, je n'ai rien à lui donner. J'ai besoin du moindre de mes centimes. Dans ce quartier, les laveries en libre-service coûtent une fortune.

— Sale garce ! m'insulte le poivrot.

Mes yeux se remplissent de larmes. Je ne suis pas une garce ! Absolument pas ! Pas plus qu'Ava Geck n'est une accro au crack doublée d'une traînée. Pas plus que

Chaz Pendergast n'est amoureux de moi. Pourquoi m'a-t-il sorti ça, hein ? Pourquoi a-t-il été aussi méchant ? Après les roses merveilleuses qu'il m'a envoyées, j'étais prête à lui pardonner toutes les vacheries qu'il m'avait dites le matin précédent. Et voilà qu'il a tout gâché.

« … la fille dont j'ai enfin compris que je l'aimais depuis toujours… dont je croyais qu'elle commençait à m'aimer à son tour… »

C'était pour m'embêter. Depuis que je le connais, il adore m'embêter.

Quand on désire vivre une relation amoureuse, inutile de la gâcher en se mariant.

Où est l'intérêt, si on ne se marie pas ?

Brève histoire du mariage

L'ère élisabéthaine nous a apporté l'épanouissement de la poésie, du roman, du théâtre, de l'amour. Pas étonnant donc que nous soyons redevables à l'Angleterre de cette époque de bien de nos traditions maritales actuelles – échange des anneaux (usage plus traditionnel et moins guerrier des demoiselles d'honneur) et des vœux, bouquet, etc. Certes, les unions d'alors étaient encore arrangées, souvent depuis la naissance des deux tourtereaux concernés. Dans les classes supérieures, s'entend. Seuls les pauvres avaient le luxe d'épouser celle ou celui de leur choix.

En eût-il été autrement cependant, William Shakespeare n'aurait pas eu matière à écrire, n'est-ce pas ?

Petites ficelles pour éviter un mariage désastreux, par Lizzie Nichols

Votre future belle-sœur a les enfants les plus adorables du monde. Il est donc légitime qu'elle souhaite les voir participer à votre mariage. Toutefois, ne l'autorisez pas à vous persécuter en exigeant que vous sacrifiiez une de vos demoiselles d'honneur au profit d'un de ses moutards. Ne vexez pas une de vos amies ou un membre de votre famille pour lui faire plaisir. Il existe des tas de choses que les gamins peuvent faire au cours d'une noce : porter le livre d'or, distribuer les programmes ou les confettis, voire tenir le rôle de garçon d'honneur – en dépit d'un problème de taille, le spectacle risque d'être tellement mignon ! Bref, recourez à votre imagination, et tout le monde sera content.

7

Maintenant, joignez vos mains, et avec vos mains vos cœurs.

William SHAKESPEARE (1564-1616), dramaturge et poète anglais

— Ton copain m'a l'air d'un beau salopiot ! commente Monique quand, le lendemain, elle et Tiffany m'entendent raconter ma soirée au téléphone.

C'est à ma grand-mère – comme d'habitude, ma mère n'est pas disponible – que j'expose tout ça tandis que mes collègues et moi nous accordons un rapide déjeuner entre deux essayages, dans l'atelier.

— Bien envoyé ! acquiesce mamie, à l'autre bout du fil.

Moi qui m'apprêtais à mordre dans mon sandwich au poulet tandoori, je m'interromps pour défendre Chaz.

— Non, il n'est pas comme ça. En temps normal. C'est d'ailleurs ce qui rend son attitude aussi bizarre.

— Alors, c'est clair, décrète Monique.

Cette dernière est aussi belle, sculpturale et sûre d'elle que Tiffany. En revanche, elle est dotée, contrairement à son amie, d'un accent anglais qui lui donne des allures de prof d'université. Une prof d'université qui n'hésiterait cependant pas à traiter tous les hommes de branleurs, s'entend.

— Qu'est-ce qui est clair ? je demande.

Les deux filles échangent un regard, et Tiffany hoche la tête.

— Qu'il est amoureux de toi, naturellement, répond Monique.

— Mais tu n'en sais rien ! je m'exclame. Tu ne l'as jamais rencontré !

— Moi, si, intervient Tiffany, la bouche pleine. Et je t'assure qu'il est raide dingue de toi.

— Elle a raison, pépie mamie. J'ai toujours pensé que ce garçon avait envie de te fourrer sa pelle à charbon dans la chaudière.

Je manque de m'étouffer.

— Comment osez-vous dire des horreurs pareilles ? Le meilleur ami de Luke ! L'ex de ma meilleure amie !

— Et alors ? rétorque Tiffany, l'air de ne pas saisir.

Monique me sert le même air paumé. Sûrement un truc qu'ils leur apprennent dans les écoles de mannequins.

— Oui, renchérit-elle, qu'est-ce que ça change ?

— Bon, ça va durer longtemps, cette conversation ? s'impatiente ma grand-mère. *Docteur Quinn, femme médecin* passe dans dix minutes.

— Ça change que… Ça change que…

Une fois n'est pas coutume, je suis à court de mots.

— Ça change que… Écoutez, je suis certaine que les hommes tombent comme des mouches devant des filles comme vous. Il suffit de vous regarder. Dans la vraie vie, néanmoins, et pour ce qui concerne les vraies filles comme moi, cela n'arrive pas. Les mecs ne s'amourachent pas de moi. En tout cas, pas si je ne les encourage pas.

— Parce que l'autoriser à te tripoter les nénés à l'arrière d'un taxi n'était pas un encouragement ? ricane Monique.

— Pas plus que de passer la nuit avec lui ? renchérit Tiffany.

— Hé ! je proteste en refermant la main sur mon portable. Ma grand-mère écoute !

— Trop tard ! jubile l'intéressée. J'ai tout entendu. Et c'est encore mieux que *Docteur Quinn, femme médecin*.

— Nous étions ivres tous les deux, fais-je remarquer pour la millionième fois au moins.

Je regrette d'avoir évoqué ce sujet. Une sensation qui m'est assez familière, au passage. Mais je regrette surtout de ne pas avoir raccroché au nez de mamie Nichols quand elle a répondu à mon appel.

— Bon, oubliez tout. L'incident d'hier soir n'a aucune importance.

J'aurais mieux fait de me taire. Surtout devant ces nanas. Cela ne se serait pas produit si j'avais pu me confier à Shari. Malheureusement, c'est impossible. Parce que Chaz est son ex. Lui rapporter les mots de Chaz aurait été par trop étrange. Monique et Tiffany ne sont pas des substituts satisfaisants à Shari. Loin de là, même.

— Sa dernière remarque, réattaque d'ailleurs Monique, celle sur le match qui commençait tout juste, ne m'a pas l'air d'être sans importance. N'est-ce pas, Tiff ?

— C'est clair. Pour moi, il est prêt à tomber dans les bras de Lizzie.

— Ha ! triomphe mamie. Qui avait raison, hein ?

— Omondieu ! je soupire. Ce n'est pas vrai. Et même si ça l'était, c'est inutile. Ce qui s'est passé avec Shari a complètement démoli Chaz. D'ailleurs, il affirme que…

Dieu soit loué, à cet instant, la porte de la boutique s'ouvre à la volée, et Ava Geck déboule, suivie de son garde du corps et son chihuahua. La jeune fille a l'air hagard, presque hanté. Malgré la température glaciale, elle porte un mini-short sur une paire de collants résille. Sa mâchoire s'agite fébrilement, bien qu'elle ne parle pas. Tiffany baisse les yeux sur le carnet de rendez-vous et fait la grimace.

— Qu'est-ce que vous fichez ici ? aboie-t-elle. Votre prochain rendez-vous est dans quatre semaines.

— Désolée, halète Ava en continuant de ruminer.

Elle s'affale sur la chaise longue que j'ai demandé à Madame Henri d'installer à l'entrée de l'atelier pour soulager les mères anxieuses. Ava regarde dehors, dissimulée derrière le mannequin qui occupe la vitrine, revêtu d'une robe de princesse des années 1950 à la jupe volumineuse en tulle brodé de strass.

— Nous étions dans le coin, explique-t-elle. Nous cherchions un appartement quand, tout à coup, une nuée de paparazzi a débarqué. On peut se réfugier ici quelques instants ? Le temps qu'ils s'en aillent ? Pas question qu'ils me tirent le portrait ! Je n'ai même pas d'eyeliner !

— Une minute, mamie, dis-je au téléphone.

M'approchant d'Ava, je tends la main.

— D'accord.

L'héritière contemple ma paume pendant quelques secondes avant que la lumière ne jaillisse et elle crache son chewing-gum que je retourne jeter dans la poubelle, près du bureau de Tiffany. Puis j'attrape un mouchoir en papier.

— Little Joey ? j'ajoute à l'adresse du costaud de service, auquel j'ai été dûment présentée lors de la dernière visite d'Ava. Vous pouvez descendre les volets, si vous voulez.

L'armoire à glace – cent cinquante kilos pour presque deux mètres dix, ce qui m'incite à penser que son sobriquet est ironique – entreprend de baisser les protections métalliques que j'ai fait installer quand je travaillais sur la robe de Jill Higgins, laquelle était également traquée par des photographes indiscrets.

— Pourquoi voulez-vous un appartement à Manhattan ? je demande ensuite à ma cliente.

— New York est tellement mieux que Los Angeles ! soupire-t-elle en prenant son chien sur ses genoux. Excepté la météo. N'empêche, ici, pas la peine d'avoir une voiture pour se déplacer d'un endroit à l'autre. Ce qui est super, quand on est bourré. Et puis, personne ne vous réclame d'autographe ni autres âneries du même tonneau. Certes, les gens me reluquent, mais ils ne me harcèlent pas. Enfin, sauf les ados chez H&M.

Il nous faut un petit moment pour digérer la nouvelle. Tiffany est la première à se ressaisir.

— Vous voulez quoi, au juste ? s'enquiert-elle, très mondaine. Un deux- ou un trois-pièces ?

— Un cinq-pièces avec trois salles de bains, une cuisine assez grande pour y manger, au moins six cents mètres carrés de terrasse et une exposition plein sud, se charge de préciser Little Joey quand son employeuse se borne à nous dévisager d'un regard bovin.

Ahuries, Monique, Tiffany et moi la contemplons. À ma connaissance, il n'existe pas de propriété de ce genre sur l'île de Manhattan – sauf à y mettre cinq millions de dollars. Gênée, Ava hausse les épaules et se justifie d'une voix de petite fille :

— Je souffre d'un désordre affectif saisonnier. Il me faut de la lumière, en hiver. Dites donc, vous avez quelque chose à grignoter ? Je n'ai rien avalé d'autre qu'une barre de céréales et je meurs de faim.

Je lui tends la moitié de mon sandwich, mais elle grimace.

— C'est quoi, cette crème blanche dégueu ?

La question a le don de déclencher l'hilarité de Monique et de Tiffany. Comme elles ont l'air parties pour un bon moment, je me charge de répondre :

— Du tzatziki. Voyons, Ava, comment pouvez-vous épouser un prince grec et ne pas connaître ça ?

— C'est lui que j'aime, pas la bouffe de son pays, rétorque-t-elle en s'emparant du sandwich avant que son chien ne le lui vole.

Lequel se révèle être une chienne, prénommée Blanche-Neige. (« Comme dans le film de Disney. »)

— Eh bien, goûtez avant de décider que ça ne vous plaît pas.

Haussant les épaules derechef, elle mord dans

le pain. Maintenant qu'elle a la bouche pleine, je me tourne vers mes deux employées, qui s'essuient les yeux, encore ravies de leur sous-entendu d'un goût plus que douteux.

— Franchement, les filles, je reprends, vous pensez que je devrais lui parler ? Luke le croit déprimé. Et s'il avait raison ? Cela aiderait sûrement Chaz, si je discutais avec lui, non ? Histoire d'éclaircir la situation ? Souvent, une fois les choses formulées, elles perdent de leur importance.

— Et c'est la nana qui est incapable de garder un secret qui le dit ! s'esclaffe Tiffany.

Je ne vois pas ce que la remarque a de drôle. En plus, elle est fausse. J'ai gardé des tas de secrets, dans ma vie. Bon, d'accord, aucun exemple concret ne me vient à l'esprit, là. N'empêche, je suis sûre qu'il y en a.

— De quoi vous parlez ? lance Ava.

Elle a mangé un centimètre de ma moitié de sandwich. Blanche-Neige est en train de régler son compte à un autre centimètre. Pas difficile de deviner comment ces deux-là restent aussi minces.

— Le plus vieux pote du fiancé de Lizzie est amoureux d'elle, et elle ne sait pas quoi faire, explique gaiement Monique, qui a partagé son sandwich végétarien avec Little Joey.

Je lève les yeux au ciel avant de corriger le tir.

— Il n'est pas amoureux de moi, il prétend seulement…

— Oh, fastoche ! me coupe Ava en suçotant ses doigts (que vient de lécher Blanche-Neige, beurk !). Vous n'avez qu'à baiser avec lui, Lizzie.

— Qui c'était, ça ? exige de savoir mamie, à l'autre bout du fil. Elle me plaît, cette petite.

Décontenancée, je pose ma canette de Coca light sur le bureau.

— Premièrement, Monique a tort, Ava. Chaz ne m'aime pas. Nous sommes amis, rien de plus. Deuxièmement, vous ne devriez pas conduire en état d'ivresse. Sachez que j'ai fait une recherche sur Google, hier soir, et que je n'ignore rien de vos ennuis avec la police à ce propos. Soyez plus prudente. Vu l'argent que vous avez, pourquoi n'engagez-vous pas un chauffeur ? Enfin, et c'est mon troisième point, même si, en tant que féministe convaincue, j'admets que chacune d'entre nous a le droit de choisir dans quel registre de langage elle veut s'exprimer, y compris en recourant à des termes que les anciennes générations considéraient comme « peu bienséants aux dames » ou carrément « grossiers », user de vulgarité dans une conversation de tous les jours n'est ni élégant ni très imaginatif. Sauf si vous êtes bouleversée, bien sûr. Mais employer le terme « baiser » pour parler de faire l'amour ? Vous valez mieux que cela, j'en suis sûre. Et puis, songez-y : qu'en penserait le prince Aleksandros ?

Ava me gratifie du même regard de vache que tout à l'heure.

— Vous l'entendriez enchaîner les *putain*, *foutre* et autres *connasse*, se défend-elle. Il est encore plus vulgaire que moi.

Sainte patience !

— OK, laissons tomber ! je lance à la cantonade. Et toi, mamie, pas un mot de ce qui s'est raconté ici. Surtout à maman, compris ?

— Je vais vous dire ce qu'il faut que vous fassiez, intervient Little Joey après avoir bu délicatement une gorgée de jus de fruit d'une canette qu'il a sortie d'une de ses énormes poches. Coincez ce gars seul dans une pièce aux lumières tamisées. Ouvrez une boutanche de champ', mettez un peu de musique douce. Voilà comment vous éclaircirez la situation.

— Enfin quelqu'un doté de deux sous de jugeote ! approuve ma grand-mère.

— C'est ab... absurde ! je bégaie. Je suis très, très éprise de mon fiancé… N'est-ce pas, Tiffany ? Tu nous as vus ensemble. Au repas de Thanksgiving. Tu te rappelles ?

— Oui, répond-elle en tapotant ses dents parfaitement régulières (et refaites). Mais Little Joey n'a pas tort. D'ailleurs, tu n'attends qu'une chose de nous : que nous te conseillions d'aller trouver Chaz afin de discuter avec lui. Voilà pourquoi tu nous as parlé d'hier soir.

— Exact, renchérit Monique.

— Et j'ai l'impression que tu ne détestes pas qu'il te tripote les nénés, au point d'espérer qu'il recommencera.

Alors ça, c'est trop fort de café !

— On se calme, les filles ! On se calme !

Little Joey ricane.

— C'est ce que je disais ! persiste Ava en contemplant Tiffany de ses grandes prunelles bleues de bébé. Elle devrait le baiser, histoire de se débarrasser de ses fantasmes une bonne fois pour toutes. C'est ce que j'ai fait, moi, quand j'ai découvert que j'avais un penchant pour DJ Tippycat, dans *L'Arène des Célébrités*.

Je tressaille.

— Il est hors de question de coucher avec le meilleur ami de mon fiancé, je déclare ensuite d'une voix ferme. Votre suggestion est grotesque. Et d'une, je ne trahirai jamais Luke. Et de deux, si vous continuez à vous comporter ainsi avec les amis d'Aleksandros ou DJ Tippycat, vous allez vous retrouver célibataire avant peu. Sans compter que j'aime mon chéri. Sans compter que Chaz est l'ex de ma plus vieille copine…

— Sauf qu'elle ne veut plus de lui, m'interrompt Tiffany, vu qu'elle est homo et qu'elle l'a largué pour une gonzesse.

Ava en reste coite, Little Joey a l'air radieux comme s'il venait de gagner le gros lot, et Blanche-Neige bâille avant de se rouler en boule pour piquer un roupillon.

— Je crois que je vais enregistrer l'épisode de *Docteur Quinn, femme médecin*, claironne mamie. Merde, ça marche comment, ce truc ?

Je continue à plaider désespérément ma cause :

— Chaz ne croit même pas au mariage ! Il estime que ce n'est qu'un bout de papier sans importance.

— Ah ! se réjouit le garde du corps. Nous atteignons enfin le cœur du problème. C'est donc pour ça que vous ne sautez pas sur le poil de ce type.

— Mais oui, bien sûr ! s'écrie Monique en écarquillant les yeux. Je comprends, maintenant ! Une femme qui gagne sa vie en concrétisant les rêves d'union d'autres femmes n'a rien à faire avec un homme qui ne croit pas en l'institution du mariage ! Ça n'a aucun sens !

— Sauf qu'elle pourrait l'amener à changer d'avis, souligne Ava, comme si je n'existais pas. C'est difficile, mais ça s'est déjà vu.

— Mouais, marmonne Tiffany, dubitative. Il s'agit

d'un thésard en philosophie. Il étudie l'existentialisme, ce genre de bêtise. À mon avis, c'est déjà dur de l'amener à changer de chaussettes. Alors, d'avis…

Trop, c'est trop ! Je décide de mettre un terme à cette conversation ridicule.

— Bon, on arrête, vous oubliez tout.

— Nooon ! braille mamie au téléphone, si fort que je suis obligée d'éloigner l'appareil de mon oreille.

Je persiste et signe, néanmoins :

— Parlons plutôt de votre robe, Ava. Il me semble que vous avez raison de vouloir un modèle un peu strict. Après tout, vous épousez un membre d'une famille royale. Néanmoins, comme les noces auront lieu en été, je pense que des mancherons…

— Cette conversation m'ennuie, décrète mamie. Je raccroche.

Je l'ignore et referme mon portable. Je m'occuperai d'elle plus tard. Parce que, enfin… *sa pelle à charbon dans la chaudière ?* Passons !

— Vous êtes jeune, mince, ça vous ira très bien. Et comme la cérémonie se déroulera en Grèce, j'ai songé que le style Empire serait parfaitement dans le ton. Tenez, laissez-moi vous montrer ce que j'ai en tête.

Non sans difficulté, je réussis à intéresser les filles à autre chose qu'à ma vie sentimentale. Ava paraît apprécier ce que je projette pour sa tenue. Soudain, Tiffany jette un coup d'œil à la pendule et s'écrie :

— Nom d'un chien ! Il faut que j'aille bosser. Mon autre boulot, s'entend. OK, les enfants, pas question de reprendre cette passionnante discussion sans moi. Et toi, Lizzie, je t'interdis de décider quoi que ce soit concernant Chaz sans m'en avoir d'abord informée.

Il est clair que tu as besoin de conseils en la matière. Téléphone-moi s'il y a du neuf.

— Le sujet est clos, je déclare avec hauteur. Je te répète que j'aime mon copain, enfin, mon fiancé, et qu'il ne se passera rien entre Chaz et moi.

— Ha ! ricane Tiffany.

Ricanement repris par tout le monde dans la boutique, sauf moi.

Et le chien.

Tiffany partie – non sans nous avoir avertis au préalable que les paparazzi rôdent encore dans le coin –, j'annonce que, moi aussi, je dois me mettre au travail. Il faut que je dessine quelques croquis pour la robe d'Ava, que je termine la Bianchi, que je m'attaque à tout un tas de projets, puisque mon boss sera absent pendant au moins les quatre à six prochaines semaines (d'après sa femme, qui m'a appelée pour me tenir au courant de son état de santé). Je me retire donc dans l'arrière-boutique.

Sauf que, au lieu de m'atteler à la tâche, je regarde dans le vide en m'interrogeant sur ce qu'ont dit les autres, à savoir que Chaz m'aime. Est-ce vrai ?

« Je suis maniaco-dépressif, parce que la fille dont j'ai enfin compris que je l'aimais depuis toujours et dont je croyais qu'elle commençait à m'aimer à son tour m'a rejeté pour se fiancer à mon meilleur ami qui, honnêtement, ne la mérite pas. »

Il a prononcé ces paroles, c'est indéniable. Mais c'était juste pour m'embêter. Et, parce que je suis une dinde naïve du Midwest, je les ai prises pour argent comptant. N'empêche… pourquoi mon cœur s'est-il affolé en les entendant ? Je me suis engagée à cent pour cent auprès de Luke.

Certes, Chaz m'a assuré qu'il n'envisageait pas son avenir sans moi. Même sans ma gaine.

Luke ignore encore que j'en porte. Des gaines. J'ai réussi à garder le secret.

J'ai aussi réussi à ce qu'il ne s'aperçoive pas que j'ai pris dix kilos depuis mon installation à New York. Ça n'a pas été simple. Il a fallu que je m'arrange pour qu'il ne me voie que de dos quand j'étais nue et que je le laisse toujours… hum... me chevaucher pendant nos moments d'intimité. Afin qu'il ne remarque pas mon bedon. Vive les lois de la gravité !

Malheureusement, je ne sais pas combien de temps encore je vais pouvoir lui cacher la vérité. Il serait sûrement plus facile que je renonce aux sandwichs au poulet tandoori pour privilégier des salades ou que – dieu m'en garde ! – je me mette à la gym. J'ai envie d'être mince pour mon mariage. Ou, à défaut, d'être moins grosse que maintenant.

Mais je vais le trouver où, le temps de faire de la gym, moi ? Maintenant que je gère la boutique toute seule ou presque (il y a aussi Tiffany et Monique), et que ça risque de durer puisque, à en croire Madame Henri, il est délicat de prévoir comment un patient se rétablira d'un pontage coronarien, tout dépendant de l'individu concerné. Je n'ai même pas le loisir de planifier mes propres noces, alors retrouver la forme pour le grand jour…

Bizarre. Chaque fois que je songe à mon mariage, ma poitrine se serre. J'ai même du mal à respirer. Et puis, qu'est-ce que c'est que cette tache rouge qui me démange au creux du coude ? Pourquoi ne cesse-t-elle de disparaître pour mieux réapparaître, en plusieurs endroits parfois ? Serait-ce... Omondieu ! De l'urticaire ? Non, c'est impossible. Je n'en ai pas eu depuis le lycée, lorsqu'on m'a chargée de réaliser les costumes pour *Jésus-Christ Superstar*, et que le proviseur exigeait des pantalons à pattes d'eph'. C'était avant qu'ils ne reviennent à la mode. Quand j'ai compris que j'allais devoir fendre les jambes des pantalons des soixante-quinze acteurs et figurants afin d'y coudre des bandes de tissus colorés, tout ça en un seul week-end, j'ai eu une telle crise d'eczéma que le docteur Dennis, le père de Shari, a été obligé de me faire une piqûre de corticoïdes.

Omondieu ! Il y a une nouvelle rougeur au creux de mon *autre* coude !

Pitié ! Que je ne réagisse pas à ce foutu mariage avec Luke comme j'ai réagi pour les pantalons à pattes d'eph' ! Pourquoi ? Pourquoi ce genre de truc m'arrive, hein ? Est-ce la faute de ma mère, de son insistance à souligner que notre jardin est aussi bien que Château Mirac ? Parce que ça ne peut pas être cette autre chose... vous savez, ce qu'a dit Monique à propos de Chaz qui serait épris de moi. Non, il est exclu que ce soit à cause de ça.

C'est maman. Juré craché. Et la perspective de déplacer toute ma famille dans la propriété familiale de Luke. Et d'imaginer leur comportement une fois sur place. Entre mamie qui picole, Rose et Sarah qui n'arrêtent pas de se chamailler et de m'asticoter...

Bon sang ! Encore une ! Sur mon poignet droit, cette fois. J'en étais sûre ! Parce que je n'arrête pas de me représenter Angelo, le mari de Rose, en train de rôder dans le château en exigeant à cor et à cri une bière américaine… Ou mamie, allant trouver Madame de Villiers pour savoir quand passe le prochain numéro de *Docteur Quinn, femme médecin*…

Omondieu ! Deux autres !

Chaz s'avançant quand le maire demandera si, dans l'assemblée, quelqu'un s'oppose à ce mariage, et déclarant que oui, lui, parce qu'il méprise cette institution, laquelle n'est qu'un morceau de papier…

Omondieu ! Là encore ! Sur mon poignet gauche !

OK. Stop ! Arrête ton cirque, ma fille. Tu cesses de penser à Chaz, à tes noces, à *tout*. Ce qui s'est passé entre Chaz et moi est fini. Basta ! De toute façon, à quoi bon ? Notre relation n'a aucun avenir, puisqu'il est mariageophobe. Alors que moi, désolée, traitez-moi de débile, mais j'y crois. Dur comme fer.

Là. C'est décidé. Je ne reverrai ni ne reparlerai à Chaz. Mieux vaut éviter la tentation. Sauf quand j'y serai obligée, bien sûr, puisqu'il est le meilleur ami de mon fiancé, et ce serait trop bizarre que je n'adresse pas la parole au garçon d'honneur le jour de mon union officielle.

Et voilà. Oublié, le Chaz !

Et mon mariage !

Pour l'instant.

Ouf ! Respire, ma grande.

Là, là, tout va bien se passer. Je vais me plonger dans le boulot. Je n'ai besoin que de cela, et les mois passeront si vite que je ne m'en rendrai même pas compte. Juin arrivera d'un seul coup, et alors, il sera temps que je me préoccupe de la cérémonie.

Il sera trop tard pour que Chaz essaie de me la gâcher. Et toc !

À ce moment-là, tout sera parfait. Plus que parfait, même.

Comme ça aurait dû l'être depuis le départ.

Ha ! Je me sens déjà mieux.

Regardez-moi ça ! Même pas de nouvelles traces d'urticaire !

Qui c'est, la plus forte ?

Ouf ! Génial. OK. Maintenant… Maintenant, au boulot !

AU BOULOT !

Brève histoire du mariage

Comme chacun sait, la coutume exige qu'une mariée porte sur elle quelque chose de vieux, quelque chose de neuf, quelque chose d'emprunté et quelque chose de bleu. Sauf que personne ne sait pourquoi. La superstition assure que le vieil objet garantit à la future que ses amies lui resteront fidèles, après qu'elle aura embarqué pour sa nouvelle existence avec son mari. L'objet neuf est censé apporter le succès dans cette vie future. L'objet emprunté symbolise l'amour de la famille de la promise, qu'elle emporte avec elle quand elle s'installe dans sa belle-famille. Quant au bleu, il incarne la fidélité et la constance.

D'aucuns ajoutent que la mariée doit également avoir une pièce de six pence dans sa chaussure.

Ça, c'était pour pouvoir payer le taxi, au cas où les choses tourneraient au vinaigre.

Petites ficelles pour éviter un mariage désastreux, par Lizzie Nichols

Soyez prudente et prévoyez le pire afin de ne pas vous ridiculiser. Tous vos invités ne connaissent pas forcément la route de l'église et de l'endroit où se tiendra la réception. Donc, n'oubliez pas de joindre un plan clair à vos cartons. Croyez-moi, certains membres de la joyeuse assistance seront tellement ivres – oui, oui, avant même la cérémonie ! – qu'ils en auront bien besoin.

8

Pour que votre mariage continue à déborder
D'amour comme le champagne déborde des
verres
Admettez qu'il vous arrive d'avoir tort ;
Et quand vous avez raison, bouclez-la.

Ogden NASH (1902-1971),
poète américain

Juin, six mois plus tard

— Nous avons un nouvel auvent ?

Telles sont les premières paroles de Monsieur Henri lorsqu'il entre dans l'atelier.

— Oui, mais vous êtes au courant, non ? je réponds avec un rire léger. Votre femme m'a aidée à le choisir.

— Il est… *rose* ! s'étouffe mon patron en jetant un coup d'œil par-dessus son épaule.

Son épouse lui assène une tape sur le bras.

— Arrête de faire l'idiot, lui intime-t-elle en français. Je t'ai montré les échantillons. Tu as choisi la couleur en personne.

— Non, ce n'était pas ce rose-là.

— Si, Jean ! Souviens-toi. Tu étais dans le jardin, je t'ai apporté les différents modèles, et tu as dit que le saumon te plaisait.

— Celui-ci n'est pas saumon. Il est rose ! Et… mon dieu ! La moquette aussi !

— Elle n'est pas rose, dis-je, mais poudre. Quasiment beige.

— Les clientes adorent, intervient Tiffany, sur la défensive. Elles trouvent ça très féminin.

Monsieur Henri la toise, horrifié.

— Qu'avez-vous fait à vos cheveux ? s'exclame-t-il en anglais.

Elle passe une main dans ses mèches ultracourtes.

— Vous aimez ? demande-t-elle. On appelle ça la coupe Ava. D'après Ava Geck. Tout le monde la porte, aujourd'hui. L'œuvre de Lizzie, ajoute-t-elle quand elle constate que le vieux monsieur ne comprend goutte à ce qu'elle raconte. Elle a complètement civilisé cette petite. C'était une vraie sauvage, avant. À peine capable d'aligner deux phrases intelligibles. Maintenant, elle n'oublie jamais de mettre une culotte. Enfin, presque jamais.

— Ramène-moi à la maison, marmonne Monsieur Henri à sa femme.

— Ne sois pas ridicule, Jean, répond-elle en l'entraînant vers l'un des fauteuils récemment retapissés qui sont placés près du comptoir à café tout neuf.

Avec un gros soupir, il se laisse tomber sur la soie

rose. Il ne s'est pas rétabli aussi vite et aussi pleinement qu'on pouvait l'espérer. Il y a eu des complications, notamment une double pneumonie, qui l'a obligé à garder le lit durant plusieurs semaines. Voilà pourquoi il ne revient au magasin qu'aujourd'hui, après des mois d'absence. Sauf que, sans mauvais jeu de mots, le cœur n'y est pas.

— Pourquoi avons-nous acheté ces fauteuils ? gémit-il en remarquant ce sur quoi il est assis. Et qu'est-ce qui sent comme ça ?

— Nous avons toujours eu ces fauteuils, je réponds. Je les ai juste fait retapisser. Ils étaient tachés et moches. Quant à l'odeur, c'est du café colombien. J'ai installé cette machine afin que les mères puissent boire quelque chose durant les essayages de leurs filles...

— Combien toutes ces extravagances me coûtent-elles ? me coupe-t-il en contemplant les murs fraîchement repeints (couleur poudre également) et les patrons de robes vintage que j'ai suspendus dans de beaux cadres dorés.

— Rien du tout, espèce de vieux grigou, le morigène Madame Henri. Je te le répète : grâce à Lizzie, notre chiffre d'affaires a augmenté de presque mille pour cent par rapport à l'an dernier. Tu te souviens de cette Jill Higgins ? Toutes les femmes du monde nous envoient leurs gosses tant elles ont admiré sa tenue de mariage. Tu n'écoutes plus ce que je te dis, ou quoi ? Ils ont oublié de te récurer les oreilles quand ils t'ont récuré les artères ?

Les épaules de Monsieur Henri s'affaissent. Il a tant perdu de poids depuis son opération qu'il a l'air différent. Grand, élancé, il ressemble à ses fils, âgés d'une vingtaine d'années. Si ce n'est qu'il a les cheveux tout gris, à présent.

— Je ne comprends plus rien, souffle-t-il. Montrez-moi le registre, Lizzie.

Je m'empare du vénérable carnet de rendez-vous. En dépit de l'insistance de Tiffany pour passer à l'informatique, j'ai décidé de conserver les vieilles habitudes de mon patron. Je ne le regrette pas.

— Tenez, dis-je. Jetez un coup d'œil.

Il se met à feuilleter les pages couvertes de noms écrits au crayon à papier, parfois gommés au profit d'autres noms, selon les caprices de notre clientèle. Sa femme en profite pour désigner du menton le rideau qui sépare la boutique de l'atelier. Le velours noir a cédé la place à un magnifique brocart saumon. J'emboîte le pas à Madame Henri.

— *Hola*[1], Lizzie ! me saluent les deux couturières qui sont occupées à garnir de perles la jupe en organsin d'une robe bustier.

Assises dans des chaises longues, elles regardent en même temps un feuilleton mexicain sur la télévision portable que je leur ai procurée.

— Marisol, Sylvia, vous n'avez pas oublié Madame Henri ?

Les filles secouent la tête, sourient et adressent un geste de la main à ma patronne, laquelle le leur rend.

— Elles sont courageuses, me dit-elle ensuite en français.

— Les aiguilles les plus rapides de Manhattan,

1. En espagnol dans le texte.

j'acquiesce dans la même langue. Shari nous envoie les plus grosses bosseuses.

— Oui, convint Madame Henri. Mais bon, entre retourner vers des maris violents ou travailler pour vous, j'imagine qu'elles n'ont guère le choix et sont prêtes à tout pour vous satisfaire. Néanmoins, vous auriez pu éviter de mentionner le syndicat. Elles vous auraient coûté beaucoup moins cher.

— Voyons, madame ! je m'exclame, réprobatrice.

— Moi, ce que j'en dis…, élude-t-elle en haussant les épaules.

La seconde qui suit, Tiffany débarque sans y avoir été invitée.

— Qu'est-ce qui débloque, chez lui ? gronde-t-elle. Il consulte le carnet de rendez-vous, *mon* carnet de rendez-vous, et il n'arrête pas de geindre !

— Dépression post-opératoire, avance Madame Henri en anglais. Je suis désolée, j'aurais dû vous avertir. Ce n'est pas très grave… Il est surtout contrarié de ne pas être autorisé à manger les fromages dont il raffole ni à faire ce qu'il avait l'habitude de faire sans même y penser. Il s'ennuie tellement, à la maison, que j'ai eu l'idée de l'amener ici. Je croyais qu'il reprendrait du poil de la bête, mais je me suis trompée, apparemment. Vous vous êtes si bien débrouillée, pendant notre absence, Lizzie. Je vous en prie, ne prenez pas ses commentaires pour des reproches.

— Ne vous inquiétez pas, je ne me laisserai pas intimider.

— C'est si joli, à présent, poursuit-elle. J'adore le bouquet de fleurs fraîches.

— J'ai passé un accord avec le fleuriste du bas de la

rue. Je le recommande aux promises qui n'ont encore personne pour leur mariage et, en échange, il me livre un nouvel arrangement toutes les semaines.

— Excellent ! J'espère que vous aurez une ristourne pour vos propres noces. Quoique… Luke et vous devez faire ça en France, non ?

Tiffany se met à rire puis, devant mon expression, dissimule son hilarité en toux.

— Non ! s'écrie Madame Henri. Ne me dites pas qu'il y a de l'eau dans le gaz entre vous !

— Bien sûr que non ! je m'offense. C'est le paradis. Seulement, Luke est très pris par ses cours, moi par l'atelier, et nous n'avons pas eu le temps de réfléchir à la chose…

— Ne vous bilez pas ! intervient Tiffany d'une voix ferme. Lizzie va s'y attaquer dès maintenant. D'autant que, depuis l'arrivée de Marisol et de Sylvia, elle a presque rattrapé le retard occasionné par les mariages à répétition du mois de juin. *N'est-ce pas*, Lizzie ?

— Euh… oui, absolument.

— Qu'est-ce que c'est que ça ? tonne tout à coup Monsieur Henri, depuis la réception. Qu'est-ce que c'est que ça ?

— Seigneur ! soupire sa femme. Quoi encore ?

Nous retournons à l'avant de la boutique. Monsieur Henri s'est levé. Serrant le grand agenda contre son torse, il a l'air à deux doigts de la crise d'apoplexie.

— Jean ! s'exclame son épouse en se ruant vers lui, toute pâle sous son maquillage. Que se passe-t-il ? C'est ton cœur ?

— Oui, il va se briser, je crois, tant je me sens trahi. Jure-moi que je rêve ! Dis-moi que Mademoiselle Nichols ne s'est pas servie de mon atelier pour lancer sa propre ligne de robes de mariage ?

Je suis toute décontenancée. Je n'ai encore jamais vu mon patron dans un tel état. Pourtant, il a perdu plus d'une fois son sang-froid devant des futures stupides et riches qui démolissaient son talent, son travail, sa patience et sa minutie en quelques mots insultants. Il atteint des sommets d'indignation, cependant.

— Ce… Ce n'est arrivé qu'à une ou deux reprises, je me défends. Pour quelques clientes triées sur le volet, après le mariage de Jill Higgins. De plus, le bouche à oreille a fonctionné à merveille, la boutique n'a jamais eu aussi bonne réputation…

— La boutique ou vous ? s'indigne Monsieur Henri.

— Arrête un peu ton cirque, Jean ! s'emporte sa moitié. Tu devrais être reconnaissant envers Elizabeth au lieu de lui crier dessus. Si tu ne te calmes pas tout de suite, je te fourre dans la voiture, comme je le faisais avec les garçons quand ils étaient petits.

— Tu as raison, marmonne Monsieur Henri, soudain vaincu. Je n'ai plus ma place ici, alors à quoi bon ? Personne n'a besoin de moi.

L'émotion me submerge et, en l'enlaçant, je proteste à hauts cris.

— Au contraire ! Vous nous êtes indispensable ! J'ai dirigé la boutique sans vous pendant des mois. J'adorerais me reposer un peu. Savez-vous que je n'ai pas eu un seul jour de congé, même pas mes dimanches, depuis votre opération ?

— Vrai ! renchérit Tiffany. En plus, elle compte se marier cet été. Alors, si vous lui filiez des vacances pour qu'elle puisse enfin se préparer au grand événement ?

Et, maintenant que j'y pense, elle compte partir en lune de miel.

— Inutile d'insister, soupire le vieux monsieur. Je l'ai perdue.

Les bras toujours autour de son cou amaigri, je demande en le regardant bien en face :

— Quoi donc ?

— La passion, répond-il en jetant le carnet de rendez-vous sur le bureau de Tiffany.

— Vous plaisantez ? je lance en le lâchant, avant de jeter un coup d'œil anxieux à Madame Henri. C'est le premier jour de votre retour, donc rien de grave. La passion reviendra avec le temps.

— Non, objecte-t-il, rêveur. Je me fiche des robes nuptiales, à présent. Je ne m'intéresse plus qu'à une chose.

— Ah non ! grommelle sa femme en levant les yeux au ciel. Tu ne vas pas recommencer !

— Et de quoi s'agit-il ? je m'enquiers, hésitante.

— De la *pétanque*[1] ! décrète-t-il en contemplant avec mélancolie le beau soleil qui envahit la 78e Rue, de l'autre côté de la vitrine.

— Jean ! gronde sa femme. Je te répète que c'est un loisir, pas un travail.

— Et alors ? J'ai soixante-cinq ans ! Je viens de subir un quadruple pontage coronarien. J'ai le droit de jouer à la pétanque si ça me chante !

À cet instant, le téléphone sonne.

— *Chez Henri*, ronronne Tiffany. En quoi puis-je vous aider ?

---

1. En français dans le texte.

En douce, elle ajoute : « Sortez-moi de cet asile de fous. » Ce que je suis la seule à entendre.

— Ça suffit ! déclare Madame Henri en s'emparant de son sac à main Prada. Nous partons. Je pensais que nous pourrions passer une journée agréable en ville, que nous nous offririons un bon déjeuner, mais tu as tout gâché.

— Qui ça, moi ? s'indigne son mari. Ce n'est pas moi qui ai insisté pour reprendre le collier avant d'être émotionnellement prêt. Tu sais ce que les médecins m'ont conseillé, non ? Chaque chose en son temps.

— Je t'en donnerai, moi, de l'émotionnellement prêt, rétorque-t-elle en brandissant le poing dans sa direction.

— Rappelez-vous, mademoiselle Elizabeth, me lance mon patron avec une courbette : la vie est courte. Profitez de chacun des instants qui vous sont offerts. Chérissez-en chaque minute, et ne les gaspillez pas à faire autre chose que ce que vous aimez. Si votre rêve est de devenir une spécialiste certifiée ès robes nuptiales – ou créatrice de robes nuptiales –, poursuivez-le. Quant à moi, j'ai bien l'intention de poursuivre mon propre rêve, qui est de jouer à la pétanque à la moindre occasion.

— Jean ! piaille Madame Henri ! Je t'avertis ! Ne recommence pas avec ça !

— *Toi*, ne recommence pas ! tonne-t-il. Au revoir, mademoiselle Elizabeth.

— Euh… au revoir.

Le couple quitte la boutique en continuant de se chamailler. Dans le dos de son mari, Madame Henri m'indique, d'un geste, qu'elle m'appellera plus tard. Tiffany raccroche le combiné.

— Ouf ! s'exclame-t-elle. J'ai cru qu'ils n'allaient jamais s'en aller.

— Tiff ! je proteste.

Même si, en vérité, je suis aussi soulagée qu'elle.

— N'empêche, enchaîne-t-elle, qu'est-ce qui lui prend, à ce vieux bougon ? Tu t'es échinée pour lui, et pour quoi ? Je n'ignore pas combien tu gagnes, je te rappelle et, crois-moi, ces gens-là te volent comme dans un bois. Tu devrais flanquer ta démission et ouvrir ta propre boîte.

— Avec quel argent ? Et puis, j'ai une dette envers les Henri. Il est encore malade, tu as entendu sa femme, non ?

J'ouvre le mini-réfrigérateur, astucieusement dissimulé en placard sous le comptoir du café, afin de prendre une canette de Coca light.

— En tout cas, s'il revient bosser, moi, je me tire, déclare Tiffany. Je ne rigole pas. Il n'est pas question que je reste ici avec ce vieux maboul sur le dos.

— L'atelier est à lui. L'endroit s'appelle *Chez Henri*. Il est le proprio.

— Je m'en fiche. C'est un mec. Il nuit complètement à l'ambiance que nous avons créée ici.

Elle n'a pas tort, même si je préférerais me faire écraser par un bus plutôt que l'admettre. Nous tenons un magasin de robes de mariage, après tout. Pourquoi Monsieur Henri a-t-il tellement protesté à propos de l'auvent saumon ? Sans compter que sa femme et moi y avons consacré beaucoup d'argent et de temps. L'effet est génial, espèce de mélange entre Lulu Guinness[1] et une boîte de chocolats de chez Fauchon. Tiens, d'ailleurs, à propos de chocolats... je m'en enfilerais bien une douzaine, là.

— Tu sais que j'ai raison, insiste Tiffany, qui n'est pas du genre à renoncer. Et puis, c'est quoi, cette histoire de *pétanque* ? Qu'est-ce que c'est que ce truc ?

— Un jeu de boules.

— Quoi ? s'offusque-t-elle. Pourquoi n'arrête-t-il pas d'en parler ? Il compte vendre des équipements de *pétanque* ici ?

— Non, je pense qu'il...

— Et tu vas réagir comment, Lizzie ? Il va gâcher tout ton boulot !

Autre caractéristique de Tiffany : elle a tendance à exagérer. Monsieur Henri ne gâchera rien. J'en suis certaine.

Enfin, presque.

Dieu merci, mon portable se met à retentir à cet instant, ce qui m'évite de discuter plus avant ce sujet... avec Tiffany, du moins. Reconnaissant le numéro de Luke, je m'empresse de répondre. Entre nous, les choses se passent vraiment bien. Sinon que nous n'avons pas encore choisi la date de notre mariage. Ni l'endroit où il se déroulera. En réalité, nous n'en avons pas beaucoup discuté. Pas du tout, même. N'empêche. Cette vie séparée est pleine d'avantages. Nous disposons chacun de notre espace, nous ne nous agaçons pas mutuellement, nous apprécions pleinement les moments que nous partageons. Conséquence, notre vie sexuelle est au top.

---

1. Créatrice britannique de sacs à main et accessoires très tendance.

Certes, il n'est toujours pas au courant des gaines que je porte.

Certes, je continue de refuser de le chevaucher quand nous faisons l'amour. Et de lui tourner le dos lorsque je me déshabille.

Certes, chaque fois qu'il affirme vouloir rester chez lui, seul, afin d'étudier, je suis persuadée qu'il couche avec des filles rencontrées en cours.

Certes, quand il prétend potasser un samedi après-midi à la bibliothèque, je reste convaincue qu'il en voit une autre, et je déploie de furieux efforts pour ne pas aller l'espionner à la fac – de toute façon, je n'ai pas de carte d'étudiant qui me permettrait d'accéder à la BU.

Mais bon, à part ça, tout baigne !

Naturellement, je n'ai aucune raison de le soupçonner d'infidélité, si ce n'est que, depuis presque un an que dure notre liaison, j'ai encore du mal à croire qu'un type aussi fabuleux que Luke soit attiré par une névrosée comme moi. Comme le dit souvent Shari, il est stupéfiant qu'une femme avec un sens aussi développé des affaires que le mien soit aussi peu sûre d'elle en matière d'amour.

À mon avis, la responsable, c'est mon obsession pour Lifetime Television, la chaîne centrée sur les films, les sitcoms et les émissions mettant en avant le rôle des femmes. Maintenant que je vis seule, je la regarde beaucoup plus qu'avant. D'autant qu'il n'y a aucun homme dans les parages pour s'en plaindre.

— Salut ! je lance à mon fiancé.

— Qu'est-ce qui ne va pas ? s'enquiert-il aussitôt.

— Rien du tout ! Pourquoi voudrais-tu que ça n'aille pas ?

— Parce que je te connais. Et que tu as la voix de celle venant d'apprendre la mort de Lilly Pulitzer[1].

Je baisse la voix, de façon à ce que Tiffany, qui vient de prendre un nouvel appel, ne m'entende pas.

— D'accord, Monsieur Henri vient de passer au magasin, et il n'a pas été très heureux des modifications que j'ai apportées depuis sa maladie. Il s'est comporté un peu bizarrement.

— Comment ? s'indigne mon chéri. Tu t'es épuisée pour ce type. Son affaire marche deux fois mieux qu'autrefois, grâce à toi !

Beaucoup plus, en vérité, ainsi que l'a souligné Madame Henri. Je ne rectifie pas, cependant.

— Ce n'est pas grave, je suis sûre que ça s'arrangera. Il a juste du mal à s'adapter à sa nouvelle vie. Il se relève d'un quadruple pontage coronarien, après tout.

— Quand bien même, il ne manque pas de toupet. Mais bon, je t'appelle pour autre chose. J'ai une bonne nouvelle, qui devrait te réjouir.

— Vraiment ? Je suis tout ouïe.

— Aujourd'hui, c'est mon dernier jour de cours…

— Super nouvelle, en effet.

Enfin ! Luke va cesser de s'échiner comme un malade ! De fréquenter la bibliothèque le week-end ! Non que cela m'ait inquiétée le moins du monde (sauf pour le détail de la question : « A-t-il une autre femme dans sa vie ? »), dans la mesure où les miens ont été occupés par mon boulot. D'ailleurs, j'étais plutôt sou-

1. Créatrice d'une très célèbre marque américaine de vêtements (au départ, de plage, car Lilly Pulitzer vivait en Floride), créée dans les années 1950, plutôt ciblée jeunes femmes.

lagée qu'il soit tellement pris par ses chères études. Aucun homme n'apprécie d'être rejeté par sa copine, sous prétexte qu'elle doit terminer l'encolure d'une robe pour le lundi chaque fois qu'il l'invite pour une escapade le dimanche. Dieu soit loué, ce problème ne s'est jamais présenté, puisque Luke ne m'a jamais invitée pour une escapade le dimanche. Parce que lui aussi était débordé.

— Je pensais t'emmener dîner dehors pour fêter ça, poursuit-il. Downtown. J'en ai assez que nous mangions toujours des plats à emporter dans Uptown[1].

— Formidable ! Je n'aurai qu'à prendre le métro pour te rejoindre.

— Exact. Retrouvons-nous chez Chaz.

Mon cœur tressaille immédiatement. Je n'avais pas du tout prévu ça.

— Chaz ? je répète. Il est invité lui aussi ?

Je serre les dents. Je ne suis pas particulièrement enthousiaste à l'idée de revoir Chaz. Non que les dérapages ayant eu lieu à l'arrière du taxi la nuit du nouvel an se soient reproduits. Chaz ne m'a même pas tourmentée avec des remarques déplacées, contrairement à ce qui s'était passé dans le bar, en janvier. Il s'est comporté en véritable gentleman. La théorie défendue par mamie Nichols, Tiffany et Monique, comme quoi il serait amoureux de moi, s'est révélée complètement erronée. Autrement, il aurait eu des tas d'occasions de me sauter dessus.

1. Les habitants de Manhattan ont l'habitude de diviser l'île en trois grands secteurs : Downtown au sud (avec, entre autres, le quartier financier), Uptown au nord (plus résidentiel) et Midtown au milieu (là où se concentrent les sociétés et les lieux de sortie).

Ce qu'il n'a pas fait.

Pas une fois.

Pour autant, je ne tiens pas à ce qu'il soit dans nos pattes, alors que c'est ma dernière soirée avec Luke avant qu'il parte en France pour trois mois.

Sauf que je ne le dis pas. Parce qu'il est exclu que je sème la zizanie entre mon fiancé et son meilleur ami. Tous les magazines féminins assurent que c'est un faux pas rédhibitoire.

— Eh bien, je risque de ne pas le revoir avant de quitter New York, répond Luke. Je pensais que ça ne te dérangerait pas. Et puis, comme ça, nous rencontrerons sa nouvelle copine.

Ma mâchoire se décroche. Presque littéralement. Au point que je dois la remettre en place avec la main avant de pouvoir parler.

— Sa… quoi ?

— Je sais, c'est étonnant, rigole mon fiancé. Nous qui croyions qu'il ne se remettrait jamais de sa séparation d'avec Shari.

Je n'en reviens pas.

— De… Depuis quand sont-ils ensemble ?

— Aucune idée. Un moment, semble-t-il. Ils ont gardé profil bas, parce qu'elle est sur le point d'être titularisée à la fac de philo et qu'il n'est que chargé de cours et encore étudiant. Bref, leur aventure est un peu clandestine. Et puis, tu sais combien Chaz est discret. Elle s'appelle Valencia quelque chose, j'ai oublié. Mais je suis sûr qu'elle doit être canon. Et intelligente. Sinon, Chaz ne serait pas tombé amoureux.

Je la hais. Je hais déjà cette pouffe !

J'ai également très envie de me poignarder. Pourquoi

pas avec cette paire de ciseaux de couture ? Il suffirait que je la plonge dans mon cœur. Ou dans celui de Valencia Machintruc, plutôt. Ça serait la meilleure solution. Pour moi. Pour le monde entier. N'importe quelle garce se prénommant Valencia, candidate à un poste de maître de conf' à la fac de philo dans une des universités américaines les plus prestigieuses, mérite d'être transpercée par une paire de ciseaux de couture.

Vous n'êtes pas d'accord ?

— Alors, continue Luke. Qu'en dis-tu ? On dîne dehors ? Tous les quatre ?

— Oui, c'est super.

Je ne précise pas que j'emporterai la paire de ciseaux. Parce que je ne compte pas le faire. Pas vraiment, du moins. Je tais aussi que nous – Luke et moi, s'entend – ne sommes jamais au grand jamais sortis en couple avec ma meilleure amie et sa copine. Même s'il n'y trouverait rien à redire, j'en suis sûre. Simplement, Shari ne l'a pas proposé – sans doute parce que ça ne l'intéresse pas. Ce que je regrette. Néanmoins, quand elle m'invite, c'est toujours seule, sans qu'elle mentionne Luke.

À la réflexion, ce n'est guère surprenant, vu le nombre d'heures que j'ai passées à pleurer sur le canapé de Pat, sa chérie.

Pleurer au sujet de Luke, naturellement.

Valencia. Il n'y a pas une variété d'orange qui s'appelle comme ça ? Je pense que si. Franchement, c'est n'importe quoi !

— Génial ! lance Luke. J'ai réservé au *Spotted Pig* pour vingt heures trente. On se retrouve chez Chaz, d'où on prendra un taxi pour aller dans le West Village. OK ?

— Impec'.

Le *Spotted Pig !* Un des restaus les plus à la mode du Village ! Je devrais sauter de joie. Je devrais me demander ce que je vais mettre. Au lieu de quoi, je me demande ce que Valencia va porter. Est-elle plus jolie que moi ?

Quelle importance.

Je ne sors pas avec Chaz.

Comment a-t-il osé fréquenter une fille sans que je le sache ? En est-il épris ? Va-t-il l'épouser ? Non, bien sûr que non ! Chaz ne croit pas au mariage.

À moins que Valencia ne le convertisse. Une nana ayant pareil prénom doit être capable de ce genre de bassesse. En plus, elle est intelligente. Ha ! Pas étonnant que Chaz sorte avec elle.

— Bon, à tout à l'heure, je dis.

— C'est ça, répond Luke. Je t'aime.

— Moi aussi.

Je raccroche.

— Comme ça, tu vas chez Chaz ? me lance Tiffany qui, après en avoir terminé avec son interlocutrice, m'a observée de près.

— Qui a téléphoné ? je demande afin d'éviter ses moqueries.

— À ton avis ? ricane-t-elle.

— Ava ? Mais je croyais que c'était bon, qu'elle adorait sa tenue ? Elle ne devrait pas être dans un avion pour la Grèce en ce moment ? Qu'est-ce qu'elle voulait, à la fin ?

— Je n'en sais rien, elle a refusé de me parler. Soidisant, elle ne pouvait raconter ça qu'à toi. Elle a dit qu'elle rappellerait.

— Super ! je soupire.

J'en ai par-dessus la tête, d'Ava Geck. D'accord, nos relations se sont grandement améliorées. Elle a cessé de mâcher du chewing-gum en ma présence et s'est souvenue de mettre une culotte pour les derniers essayages. Par ailleurs, il semble que la tutelle de notre atelier lui ait apporté d'autres choses. Ainsi, elle a renoncé aux extensions blond platine pour une coupe à la page. Et elle s'habille moins comme une prostituée.

Toutefois, son mariage avec le prince Aleksandros continue d'être l'objet de spéculations. À Las Vegas, les parieurs tiennent vingt-cinq contre un que les noces seront annulées. Personnellement, j'estime que ces deux-là iront très bien ensemble.

Voilà pourquoi ce coup de fil de dernière minute me flanque la frousse. Un peu.

Mais pas plus que la nouvelle de Chaz s'étant dégoté une copine prénommée Valencia. Une copine prénommée Valencia et en passe d'être titularisée à la chaire de philo.

Enfin, Ava a mon numéro de portable. Elle me recontactera si besoin est.

— Bon, réattaque Tiffany, une autre soirée avec le chéri et le meilleur pote dudit chéri ? Que va-t-il se passer quand le chéri aura mis les bouts pour la France en vous laissant seuls, toi et le meilleur pote en question, dans la grande ville désertée, durant un long été torride ?

— Rien, je réponds en attrapant deux autres canettes de Coca light pour Sylvia et Marisol. Et tu le sais très bien. Chaz et moi ne sommes qu'amis.

— Ha ! Je vous donne trois semaines après le départ de Luke pour coucher ensemble.

— Ha ! Tu as sous la main les heures de travail de la semaine ? Il faut que j'établisse les feuilles de paie.

— Disons plutôt trois jours ! réplique-t-elle en décrochant le téléphone. J'appelle tout de suite la Mo. Je suis sûre qu'elle voudra parier là-dessus.

— Laisse tomber. Chaz a une petite amie. Elle s'appelle Valencia.

— Comme les oranges ?

— Elle est docteur ès philosophie, et elle s'apprête à décrocher une chaire.

— Et alors ? réplique Tiffany. Est-ce qu'elle fait rire Chaz, elle ?

— Tu veux bien m'écouter cinq secondes ? Il a une copine. Je suis fiancée. À son plus vieil ami.

— Que tu n'aimes pas.

Furibonde, je quitte la pièce sans relever. Je n'ai pas besoin d'entendre pareilles horreurs en ce moment. Je connais la vérité, ce qui n'est pas le cas de Tiffany. J'aime mon fiancé, et c'est réciproque. Certes, nous n'avons pas encore fixé la date du mariage et, d'accord, il n'a pas remis le sujet sur le tapis depuis le nouvel an. Et, j'avoue, quand j'y songe, j'ai toujours l'impression que ma poitrine se serre, et je fais une éruption cutanée.

Mais toutes les futures sont nerveuses comme des poux. Prenez Ava Geck, par exemple. Elle est sur le point d'épouser un prince, et c'est moi, la créatrice de sa robe nuptiale, qu'elle appelle depuis l'avion privé qui l'emporte en Grèce ! Quoi de plus naturel ? Cela ne signifie pas pour autant qu'il y a erreur sur le fiancé. Pas du tout, même !

Surtout quand celui dont tout le monde vous serine qu'il est le bon ne croit pas au mariage. Si lui n'est pas une erreur ambulante, je voudrais bien savoir qui l'est. Ha !

Brève histoire du mariage

Aux premiers temps de l'Amérique, le mariage regorgeait de traditions, dont aucune ne stipulait l'échange des anneaux. Un couple sur le point de nouer des liens durables le faisait alors littéralement : en effet, l'homme offrait à la femme un mouchoir dans lequel il avait noué plusieurs pièces. Si la femme le défaisait, cela signifiait qu'elle acceptait la demande. On publiait les bans – une annonce était affichée à l'église ou à la maison communale, de façon à ce que quiconque objectant à ces noces ait le temps de s'exprimer. Ensuite, les heureux tourtereaux s'unissaient. Les femmes qui n'étaient toujours pas mariées à quatorze ans étaient considérées comme de vieilles filles.

Mais comme la plupart mouraient avant d'avoir atteint trente-cinq ans, ça n'a rien d'étonnant.

Petites ficelles pour éviter un mariage désastreux, par Lizzie Nichols

Vous souhaitez que vos invités dansent, mais ces idiots restent plantés sur leur chaise ! Peut-être est-ce parce que votre DJ ne passe pas la musique qui les inspirerait. Veillez par conséquent à ce qu'il ait les chansons suivantes dans le programme de la soirée. Il a été scientifiquement prouvé qu'elles étaient irrésistibles, y compris auprès des fêtards les plus assommants de la planète :

1. Abba – *Dancing Queen*
2. Prince – *1999*
3. Gloria Gaynor – *I Will Survive*
4. Dexy's Midnight Runners – *Come On Eileen*
5. Madonna – *Holiday*
6. Deee-Lite – *Groove in the Heart*
7. Kanye West – *Gold Digger*

8. The Weather Girls – *It's Raining Men*
9. The B-52's – *Love Shack*
10. Village People – *YMCA*

9

> Si vous rencontrez un homme qui sait cuisiner et tenir une maison, n'hésitez pas : épousez-le.
>
> *ANONYME*

Chaz est en retard. Luke aussi. J'ai sonné à l'interphone, mais personne ne répond. Je me suis assise sur le perron de l'immeuble, après avoir pris soin d'étaler un mouchoir sur les marches, histoire de ne pas salir ma jupe. Oui, j'ai des mouchoirs dans mon sac. Cette ville est tellement crasseuse qu'ils sont toujours utiles.

Bref, j'attends.

La soirée étant splendide, ça ne me dérange pas outre mesure. La rue est bondée de gens rentrant chez eux après une journée de travail ou se baladant après avoir dîné tôt ou encore errant sans but apparent. Certains m'adressent un sourire ou un hochement de tête, mais la plupart passent sans me regarder. Une habitude chez les New-Yorkais, qui craignent toujours qu'on leur tape du fric. Ai-je l'air d'une SDF, cependant ? Je porte une authentique robe de bain hawaiienne des années 1950 signée Alfred Shaheen[1] avec débardeur court et jupe évasée. Une clocharde ne s'habillerait jamais ainsi ! J'ai également un sac vintage de chez Halston[2] et des espadrilles à semelles compensées.

Au beau milieu de la chaussée, des mômes se sont lancés dans une tapageuse partie de base-ball. Ils braillent « Voiture ! » chaque fois qu'un taxi surgit au carrefour. Quelques étages plus haut, un air d'opéra s'échappe d'une fenêtre. Malgré moi, malgré Valencia Machinchose, je ne peux m'empêcher de songer que j'adore New York.

Ça n'a pas toujours été le cas. Au début, j'ai cru que je n'y arriverais pas, que, à l'instar de Kathy Pennebaker, je serais obligée de rentrer à Ann Arbor, la queue entre les jambes, et de terminer en épousant le garçon avec qui je sortais au lycée (sauf que le mien est gay) et en faisant mes courses au supermarché du coin avec une ribambelle de moutards ayant la morve au nez. Non que ce soit le pire destin qui soit réservé à une fille. C'est même un destin parfaitement respectable.

Sauf que, la dernière fois que j'ai croisé Kathy Pennebaker, elle achetait un nombre ahurissant de médicaments contre le rhume.

---

1. Créateur de tissus et styliste originaire de Hawaii né en 1922, il a mis à la mode le style local dans les années suivant la Seconde Guerre mondiale en répandant l'usage des chemises à fleurs, sarongs et autres kimonos.

2. Célébrissime créateur (1932-1990) des années 1960-1970, ayant habillé, entre autres, Jackie Kennedy. La maison existe toujours, bien qu'elle se soit séparée de son fondateur en 1984.

Bref, j'ai tenu bon. J'ai réussi à la grande ville. Presque. Certes, je n'ai pas les moyens de dîner dehors tous les soirs et j'ai dû emprunter la ligne de métro numéro six pour venir au Village plutôt qu'un taxi. Je ne possède pas non plus de maison d'été dans les Hamptons[1] comme tant de célibataires de mon âge, et je n'ai aucun vêtement ou accessoire signé Prada.

N'empêche, un jour, j'aurai tout ça. Enfin, pas une résidence secondaire dans les Hamptons, parce que j'ai vu sur MTV ce qui se passe là-bas : les gens dégobillent des quantités astronomiques de Bacardi-Coca et couchent à droite et à gauche, ce qui ne me correspond pas. Et puis, qu'est-ce qu'un Prada, comparé à un Lilly Pulitzer ? En revanche, ne me déplacer qu'en taxi et manger au restaurant tous les jours…

En attendant, je me débrouille. Et j'adore vivre ici. Vraiment. Je n'en partirai jamais.

Soudain, trois des gamins qui jouent au base-ball commencent à se disputer. Un des petits essaie de les calmer, un grand l'envoie balader (« Casse-toi, moustique ! ») et le repousse si brutalement qu'il tombe par terre. Aussitôt, je saute sur mes pieds en protestant.

— Hé !

— Vous en mêlez pas, m'dame ! me lance Moustique. Je peux régler mes comptes tout seul.

Sur ce, il se relève, se jette dans la bagarre… et se retrouve les quatre fers en l'air.

— Hé ! je crie de nouveau en descendant du perron.

---

1. Situés sur Long Island, les Hamptons sont un des lieux de villégiature préférés des riches New-Yorkais.

Si vous n'êtes pas capables de jouer gentiment ensemble, je vais chercher vos mères !

— Avec pour résultat un coup de couteau dans le ventre, m'informe un homme. Pas de la part des mômes, de celle de leurs mères.

Je me retourne, et mon cœur fait un saut périlleux dans ma poitrine. Pourtant, il ne s'agit pas de Luke. Ce type debout dans les ultimes rayons de lumière dorée, incroyablement beau en costume anthracite et cravate jaune à nœud double n'est pas mon fiancé.

C'est son meilleur ami.

Nom d'un chien ! Chaz vient de provoquer le grand huit de mon cœur. Pas question que j'essaie de comprendre pourquoi. En tout cas, je suis tellement paniquée que je sors la première chose qui me passe par la tête :

— Pourquoi t'es-tu mis sur ton trente et un ?

J'ignore pour quelle raison mon ton est aussi revêche. Après tout, Chaz n'y est pour rien, si mon cœur fait des siennes quand il ne porte pas sa sempiternelle casquette. Quoi qu'il en soit, je suis si émue par ma réaction physique à son apparence que ma voix ressemble à celle d'un garçon de douze ans qui mue.

— Il y avait un cocktail au département de philo, m'apprend-il tout en prenant ses clés dans sa poche.

Ses cheveux bruns qui, comme toujours, mériteraient une bonne coupe lui tombent devant les yeux. Je profite de ce qu'il ne me voit pas pour le reluquer davantage. Jolies chaussures, cuir italien au juger, dans les cinq cents dollars minimum. Le costard est admirablement taillé, onéreux également, et met en valeur ses épaules carrées. Il semble complètement déplacé, dans cette rue, laquelle comporte une boutique de paris délabrée, un restaurant de nouilles japonaises et un bouiboui crasseux. On dirait James Bond venant de débarquer dans une impasse de banlieue.

— Désolé d'être en retard, enchaîne-t-il. Tu n'as pas attendu trop longtemps, j'espère ?

Ses prunelles croisent les miennes, et je m'empresse de détourner le regard tout en sentant que je rougis. Pourvu qu'il n'ait rien remarqué !

— Non, je me dépêche de mentir. Pas du tout.

Omondieu ! Mais qu'est-ce que j'ai, bon sang ?

— Au moins, il ne pleut pas. Allez, entre, je t'offre un verre.

Je le suis dans le vestibule de l'immeuble, où il ramasse son courrier. C'est drôle, mais je me sens bizarrement intimidée. Est-ce à cause du grand huit cardiaque ? Ou parce que je suis au courant de l'existence de Valencia ? Ou parce que Chaz ressemble si peu à ce qu'il est d'ordinaire ? En tout cas, j'ai l'impression d'être en compagnie d'un inconnu, pas d'un mec que je fréquente régulièrement depuis ma première année de fac, et qui, un jour à la cafét', m'a fait tellement rire que mon café m'est sorti par les narines.

— Alors, quoi de neuf ? s'enquiert-il en grimpant l'escalier jusqu'à l'appartement qu'il occupe seul depuis que Shari l'a plaqué. J'ai le sentiment de ne pas t'avoir vue depuis des siècles sans ton chaperon.

Ben tiens ! Parce que j'ai soigneusement évité de te croiser sans la protection de Luke, histoire que ce qui vient de se passer – mon cœur jouant les acrobates – ne se reproduise pas.

Sauf que, bien sûr, je ne réponds pas ça. Adoptant un ton enjoué, je réponds :

— Oh ! J'ai été très occupée. J'ai bossé. Cette période de l'année est la plus chargée, dans mon domaine. Ça a été la folie.

Les couloirs de l'immeuble de Chaz ont une allure encore plus industrielle et déprimante que ceux du mien. Au moins, j'ai l'avantage de ne pas avoir de voisins, et le sol n'est pas jonché de menus pour des repas chinois à emporter et des journaux alternatifs.

— J'imagine, en effet, acquiesce Chaz.

Nous avons atteint son trois-pièces (à condition de considérer qu'une alcôve est une chambre à part entière) au sol en pente, et il s'échine sur une série de loquets compliqués.

— D'après Luke, poursuit-il, tu es la femme qui travaille le plus à Manhattan. Il se plaint de ne quasiment plus te voir. Et puis, il y a l'organisation de ton propre mariage. Tout ça doit prendre du temps.

Où est Valencia ? Nous rejoindra-t-elle au restaurant ou ici ? J'ai drôlement envie de poser la question, mais je ne veux pas aborder ce sujet pour autant. Je ne suis même pas capable de prononcer son prénom. Bon dieu ! Qu'est-ce que je la déteste !

— Eh oui ! je lance joyeusement. Une vraie fourmi !

Et j'éclate d'un rire qui ressemble à s'y méprendre au hennissement d'un poney. Chaz suspend son geste, la clé fichée dans une des serrures.

— Pardonne-moi, mais viens-tu de hennir ?

— Non, je m'empresse de mentir.

— Ah bon.

Et il se remet à déverrouiller sa porte. Cette dernière

enfin ouverte, je pénètre à l'intérieur derrière lui. Je suis ravie de constater que l'odeur qui y règne est fraîche. Contrairement à l'appartement de Luke qui, une fois que j'ai cessé d'y habiter, s'est coloré de relents fétides. Au point que Madame de Villiers, de passage lors d'un week-end, a envoyé une équipe de nettoyage afin de pallier les insuffisances de son rejeton en matière de vaisselle et de lavage des toilettes. Chaz est hyper propre et ordonné, si l'on excepte les piles de bouquins entassés un peu partout. Des piles bien rangées, cependant.

— Qu'est-ce que tu prends ? me demande-t-il en entrant dans la cuisine.

Elle est assez vaste pour qu'on y mange, une rareté à Manhattan… qui compense d'ailleurs la publicité mensongère vantant un placard en guise de chambre. Il ouvre le réfrigérateur.

— J'ai de tout, annonce-t-il. Bière, vin, soda, vodka, gin, jus de fruits… Qu'est-ce qui te tente ?

— Et toi ?

Je m'appuie contre le passe-plat, sur lequel des livres reposent en équilibre. Chaz attrape une Corona avant de me lancer un regard interrogateur. Je secoue la tête.

— Non, plutôt un verre de blanc.

— Vos désirs sont des ordres.

Il sort une bouteille de pinot gris de la porte du frigo. Elle est entamée. Sûrement ce que boit Valencia. La garce !

— Je voulais te demander, reprend-il. Qu'as-tu fait à Ava Geck ?

— Comment ça ? Rien du tout !

Je m'empare du verre qu'il me tend.

— Si. Elle n'est plus aussi chiennasse. Voilà des mois

qu'elle n'a pas fait la une de *Us Weekly* avec un grand bandeau « Censuré » au niveau de l'entrejambe.

Souriant, j'avale une gorgée.

— Oh, ça…

Surprise, je constate que Chaz dépose un bol de glace à côté de mon coude. Pour mon vin. Il s'est souvenu. Il s'est souvenu que j'appréciais mon vin blanc avec des glaçons. Mais ce n'est sans doute pas significatif. Ce n'est pas parce que Luke oublie toujours ce détail, et pas Chaz, qu'il faut y accorder une importance quelconque. Après tout, c'est la bague offerte par Luke que je porte à mon annulaire gauche, pas celle de Chaz. Lequel, d'ailleurs, ne croit pas aux bagues de fiançailles. Ni aux mariages.

— Oui, ça, enchaîne-t-il. Alors, comment as-tu réussi à la rendre aussi barbante ?

Je proteste en m'efforçant d'adopter une voix normale, pour qu'il ne remarque pas que son geste (les glaçons) m'a autant interloquée.

— Elle n'est pas barbante ! Elle est classe. Elle se comporte enfin comme une fille qui s'apprête à épouser un prince. Je suis certaine que ses parents s'en réjouissent.

— Certes, mais des millions d'abonnés à *Us Weekly* comme moi sont navrés. Comment t'y es-tu prise ?

— Je me suis contentée de lui suggérer qu'il serait dans son intérêt de ne pas être photographiée en train de descendre d'une voiture ou d'un bateau les jambes largement écartées.

— C'est bien ce que je disais. Barbante. Tu es personnellement responsable de la frustration de milliers, de millions peut-être, d'adolescents qui passaient leur temps à écumer l'Internet pour apercevoir les strings d'Ava, leur unique occasion de découvrir les merveilles cachées de la vie. En leur nom, je te remercie, très chère.

Je lève mon verre dans sa direction.

— De rien. Ils n'auront qu'à se renseigner sur les mystères de l'épilation féminine en feuilletant les *Playboy* que lisent leurs pères, comme nous l'avons tous fait avant eux.

Chaz quitte la cuisine pour aller s'affaler sur un des canapés dorés du salon, récupérés dans le cabinet juridique de son paternel quand ils ont entrepris de le rénover.

— Ooooh ! s'exclame-t-il. C'est donc ainsi que tu t'es toi-même rencardée ? Comme c'est intéressant ! Est-ce que Shari et toi piquiez les revues coquines de vos géniteurs pour les consulter ensemble ?

J'éclate de rire. Bien que parfois très agaçant, ce garçon sait se montrer hilarant.

— À propos de Shari, dis-je en le rejoignant sur le divan, où en es-tu ? Des rumeurs me sont p... parvenues, selon lesquelles… (Nous y voici ! J'avale une bonne gorgée revigorante de vin pour me donner du courage) … tu fréquentes quelqu'un.

— Les nouvelles vont vite. Oui, je vois une femme. De la chaire de philo. Valencia Delgado. Elle nous retrouvera au restau tout à l'heure. Je crois que tu vas l'apprécier.

Alors ça, ça m'étonnerait.

Omondieu ! D'où me vient cette certitude ? Du même endroit que le grand huit de mon cœur ? Mais qu'est-ce qui me prend ? Comment ai-je pu me montrer aussi sage pendant six longs mois pour me déliter maintenant, si près de la ligne d'arrivée ? Enfin, ce qui serait la ligne d'arrivée, si Luke et moi nous étions décidés à consacrer un peu de temps à l'organisation de nos noces. Pourquoi suis-je aussi hostile à cette Valencia Delgado ? Est-ce parce qu'elle est belle et instruite, contrairement à moi ? Le dernier bouquin que j'ai lu, c'était… Omondieu ! Un Agatha Christie qu'une cliente avait oublié dans la boutique ! Un thésard en philosophie ne s'intéressera jamais à moi !

Un instant ! Quelle importance, puisque je ne sors *pas* avec Chaz ? Il n'est même pas mon genre !

Puisque mon genre, ce sont les mecs qui croient au mariage.

J'essaie de paraître détendue, alors que l'anxiété me tord les boyaux à l'idée de rencontrer cette fille. Ce qui est grotesque.

— C'est super ! je m'écrie. Je suis heureuse que tu te sois remis de ta rupture avec Shari.

— Elle et moi nous sommes réconciliés, m'apprend-il. Nous avons déjeuné ensemble, l'autre jour…

— Quoi ?

Je suis éberluée.

— Tous les trois avec son amie Pat, confirme-t-il en dénouant sa cravate en soie jaune, celle qui a failli me flanquer une crise cardiaque. Désolé, ajoute-t-il en surprenant mon regard, mais cette chose me rend dingue. Je vais mettre de vrais vêtements. Ça ne te gêne pas ?

— Non, non, vas-y.

Il disparaît dans le couloir. Ne supportant pas d'en savoir si peu, je le hèle :

— Alors, comme ça, tu as déjeuné avec ton ex et sa nouvelle copine ?

— Oui, me répond-il depuis sa chambre. Si ce n'est que Pat n'est pas sa nouvelle copine, puisqu'elles sortent ensemble depuis quoi ? Six mois ? Plus, même.

J'ai du mal à digérer la nouvelle. Je lâche un glaçon dans mon vin tout en contemplant un empilement de papiers posés devant moi sur la table basse.

— Alors, vous êtes… amis ?

— Nous l'avons toujours été. Simplement, nous nous sommes moins parlé qu'à une époque durant un moment. Et, bien sûr, nous avons cessé de nous envoyer en l'air.

Il revient dans le salon, en jean et tee-shirt des Wolverines de l'université du Michigan. Une de ses casquettes habituelles est vissée sur son crâne. Je devrais être soulagée qu'il ait renoncé à la tenue qui m'a mise dans tous mes états. Bizarrement, je me sens plutôt décontenancée.

Sûrement parce qu'il est aussi beau en casquette qu'en costume.

— Elle a l'air d'aller bien, continue-t-il. Shari, s'entend. Et Pat est sympa. Du moins, pour quelqu'un qui semble me considérer comme un mâle hétéro opprimant les femmes.

Je m'efforce de tenir ma langue. Juré craché. Malheureusement, c'est plus fort que moi, et les mots m'échappent, des mots que je donnerais n'importe quoi au monde pour ravaler.

— Je sais que ça n'est pas mes oignons, mais je me demandais si tu avais fait part à Valencia de ton opinion sur le mariage…

— Lizzie !

Inutile de tenter de m'arrêter, cependant. À ma mauvaise habitude, les paroles coulent de ma bouche comme un torrent déchaîné que rien ne saurait tarir. Je continue donc à délirer :

— Parce que ce ne serait pas une bonne idée si tu veux que ça dure, entre vous. Je te préviens pour ton bien. J'imagine qu'une prof de philo sur le point d'obtenir une chaire à la fac n'est pas un joli spectacle quand on la met en colère…

— Lizzie.

Miracle ! Pour la première fois de mon existence, l'intonation d'une autre voix humaine m'amène à me taire. Fermant le bec, je fixe Chaz. Allez savoir pourquoi, mais ses yeux paraissent encore plus bleus que d'ordinaire. Depuis la cuisine, à travers le passe-plat, son regard croise le mien comme un laser.

— Quoi ? je demande, la gorge soudain sèche.

Rien qu'à la façon dont il me toise, je comprends que nous avons délaissé une conversation anodine pour quelque chose de beaucoup plus sérieux. Étrangement, je m'empourpre jusqu'à la racine des cheveux. Mes joues sont aussi brûlantes que l'asphalte de la rue tout à l'heure, quand j'attendais Chaz dehors. J'ai l'impression qu'il pourrait arriver n'importe quoi.

Chaz pourrait par exemple mentionner le fait que nous avons à peine discuté ces six derniers mois, mis à part quelques échanges polis et toujours en présence d'un tiers (Luke, en l'occurrence).

Ou alors que, six mois plus tôt, nous nous sommes embrassés comme des dingues.

Omondieu ! Va-t-il aborder l'un de ces sujets ? Et si

oui, lequel ? Je ne sais pas trop celui que je redoute le plus.

Et s'il tentait de s'approcher et de reproduire ce qui s'est passé la nuit du nouvel an ? L'en empêcherais-je ?

Stop !

Évidemment ! Non ?

Si ! Si ! Bien sûr que si ! Je suis fiancée ! À son meilleur ami !

N'empêche... ses yeux sont si bleus... j'ai le sentiment que je pourrais plonger dedans...

— Je m'étais juré de ne pas te poser cette question, dit-il.

Je déglutis. Omondieu ! Nous y sommes. Je m'efforce d'oublier le grand huit de mon cœur, un peu plus tôt. Je ne comprends même pas comment c'est arrivé, puisque je ne suis pas amoureuse de Chaz. *Je ne suis pas amoureuse de Chaz !*

— Es-tu...

L'interphone retentit, et je tressaille. Mes épaules, qui étaient raides comme du bois, s'affaissent.

— Quand on parle du loup, marmonne-t-il.

Il va ouvrir à Luke.

Sans un autre mot. Visiblement, il a renoncé à me poser sa fameuse question.

Découvrant que j'agrippais les coussins du canapé, je dénoue lentement mes doigts. Je me remets également à respirer. Je suis en sueur, comme si je venais de courir un kilomètre.

Non que cela me soit jamais arrivé. Mais avec un peu d'imagination...

Que se passe-t-il ? Pourquoi suis-je un tel paquet de nerfs ? Je vais dîner avec mon fiancé et son meilleur pote. Ainsi que la nouvelle copine dudit meilleur pote, la femme que je compte assassiner. Il n'y a vraiment pas de quoi me mettre dans un tel état ! Serais-je malade ?

Vivement la fin de cette soirée, que je puisse rentrer chez moi et me tuer !

Brève histoire du mariage

Plus tard, dans le Far West, le mariage a moins consisté en une belle cérémonie qu'en une fête à tout casser. C'est alors qu'est apparue la tradition du charivari, laquelle suppose que les invités se rassemblent sous les fenêtres des jeunes mariés la première nuit de leur lune de miel et tapent sur des casseroles en entonnant des chants avinés, soi-disant pour éloigner les mauvais esprits… En réalité, le but est de forcer l'époux à jeter de l'argent par terre pour obliger les gêneurs à décamper. Il arrivait que l'enthousiasme atteigne de tels sommets que le malheureux marié était tiré *manu militari* de sa chambre nuptiale, et que sa femme devait payer une rançon pour le récupérer.

Ce n'est pas pour rien qu'on parlait alors de l'Ouest sauvage.

Petites ficelles pour éviter un mariage désastreux, par Lizzie Nichols

Vous estimez avoir besoin d'une spécialiste en organisation de mariage ? Quoiqu'elles ne soient pas aussi chères qu'on le dit et qu'elles soient en mesure de vous économiser pas mal d'argent grâce à leurs relations chez les fournisseurs, sachez qu'elles ne sont pas toujours indispensables. Si vous prévoyez de très grandes noces, que vous avez un boulot très prenant ou que vous ne pouvez compter sur personne pour déléguer une partie des multiples tâches qui vous incombent, employer quelqu'un n'est pas une mauvaise idée. Cherchez une professionnelle qui ne fait que ça, qui a une assurance et de bonnes références, et n'oubliez pas de lui demander ce qu'elle prend (taux horaire, forfait ou pourcentage de votre budget) ; si elle accepte d'être commissionnée par les fournisseurs, voyez si elle répercute la ristourne sur vous.

L'organisatrice de votre mariage n'est pas censée être votre meilleure amie… en revanche, elle risque de vous sauver la vie en cas de pépin.

10

Un mariage réussi exige de tomber amoureux à de nombreuses reprises, mais toujours de la même personne.

Germaine GREER (1939), auteur et féministe australienne

J'ai du mal à imaginer que Jim Halpert, de *The Office*, a dîné au *Spotted Pig*, ce que, paraît-il, il a cependant fait une fois, lors d'un rendez-vous amoureux avec sa bonne amie Karen. Je sais qu'il ne s'agit que d'une série télé, de fiction, mais l'endroit est super hype ; or, ce qui rend ce feuilleton aussi sympathique, c'est que les personnages qui y figurent sont complètement à la ramasse.

Il y a là une faune qui porte des lunettes comme seuls les Scandinaves en ont et qui arbore des tatouages sur toute la surface des bras. J'entends un mec installé au bar dire à un pote qu'il a été admis à la session de rattrapage à la Harvard Law School ; je vois une fille qui remonte sa jupe pour montrer à ses copines son nouveau string. Tous ceux qui fument dehors sur le trottoir ont des pantalons de treillis, les cheveux soigneusement ébouriffés à grand renfort de gel et consultent leurs mails sur leur BlackBerry.

— Pourquoi sommes-nous encore une fois dans cette taule ? ne cesse de répéter Chaz.

Nous n'avons obtenu de place que grâce à une camarade de classe de Luke, Sophie, qui connaît le maître d'hôtel.

— On est censé bien y manger, répond mon fiancé avec bonne humeur. Oh, regardez ! Des ris de veau !

— C'est nul, râle Chaz. Faire une heure de queue pour s'asseoir sur un banc inconfortable autour d'une table minuscule et bouffer des rognons ! On aurait mieux fait d'aller chez le Polak de mon quartier. La tripaille n'y coûte que cinq dollars, et on n'attend pas. En plus, on a droit à des sièges sympas.

— Certes, mais tu n'aurais pas eu droit au string de cette nana, objecte Valencia en riant.

— C'est vrai, admet-il.

Je jette un sale regard à ladite Valencia. Bien sûr, ce n'est pas sa faute si elle est parfaite – grande, mince, des cheveux bruns somptueux qu'elle a rassemblés à l'aide d'une barrette en argent très classe, touche finale à son fourreau sans manche couleur rubis. Elle n'y peut rien non plus si elle a de l'esprit, du charme et de l'intelligence à revendre. Même sa pédicure est sans faille.

J'ai envie de l'attraper par sa chevelure si opulente, de lui flanquer la figure sur la nappe et de la tirer à travers tout le restaurant et, peut-être, quand nous aurons atteint la table où une joyeuse bande enterre une vie de jeune fille (Depuis quand New York abrite-t-il autant d'enterrements de vie de jeune fille ? On ne peut plus sortir sans tomber sur l'un d'eux !), de la lâcher et de balancer aux greluches : « Tenez, les filles, je vous l'offre. À propos, elle est sur le point de décrocher une chaire de prof dans une université privée très select. » Ensuite, quand elles en auront terminé avec elle, je la rendrai à Chaz – pour peu qu'il en veuille encore. Ha !

Un instant ! Je ne peux pas avoir songé à pareilles horreurs, non ?

Non. Pas moi. Parce que je suis bien trop occupée à échanger des textos avec Ava Geck.

Ava : LIZZIE, OU ETES-VOUS ?

Moi : Au Spotted Pig, dans le West Village. Pourquoi ?

Ava : LE PIED !

Moi : Quoi ? Ava ! Pourquoi n'êtes-vous pas en Grèce ?

Pas de réponse. J'appelle aussitôt, pour tomber sur son répondeur. Je ne sais pas trop si son « LE PIED » signifie qu'elle est en train de prendre le sien tout en m'envoyant des messages. La connaissant, elle en est capable.

— Je voulais vous poser une question, les enfants, annonce Chaz au moment où la serveuse apporte la douzaine d'huîtres commandées par Luke.

Je n'en mangerai pas, ce soir. Pas parce que je n'aime pas ça, mais parce que nous sommes au mois de juin, et que je ne tiens pas à risquer l'intoxication alimentaire. J'ai vingt robes nuptiales à fabriquer pour vingt jeunes filles nerveuses, faute de quoi on me traînera dans la boue.

Enfin, l'atelier sera traîné dans la boue.

— Vas-y, lance Luke.

Il est d'excellente humeur, maintenant que ses cours sont terminés. S'il n'est pas certain qu'il réussira les doigts dans le nez – il pense avoir planté sa bio, même –, il n'a pas l'air trop inquiet. Il se réjouit d'en avoir fini pour l'instant et de prendre l'avion dans deux jours à destination de Paris. D'ailleurs, si je n'éprouvais pas autant de culpabilité à l'idée que je lui ai à peine consacré deux minutes ce mois-ci, et que je ne lui en consacrerai pas plus dans les quarante-huit heures à venir, je m'offusquerais quelque peu de son enthousiasme à quitter la ville tout l'été.

— Allez-vous enfin arrêter une date ou allez-vous nous servir les fiançailles les plus longues de l'histoire de l'humanité ? demande Chaz.

Je m'étrangle avec ma gorgée de vin blanc. Je n'en reviens pas qu'il ait le culot de mettre cela sur le tapis. D'accord, il est bon que, une fois n'est pas coutume, quelqu'un s'adresse à nous deux, pas seulement à moi, concernant ce sujet. Luke a en effet une fâcheuse tendance à toujours l'éviter et à se satisfaire de la situation présente – lui dans le luxueux appartement avec portier de sa mère sur la Cinquième Avenue, et moi dans mon minuscule bouge de la 78e Rue Est, où je suis obligée d'ouvrir en personne la porte, armée d'un briquet et d'une bombe de laque, des fois que mon visiteur soit un violeur et non un livreur d'UPS.

D'accord aussi, je ne parviens toujours pas à envisager mes noces sans me couvrir d'urticaire... Omondieu !

Une plaque rouge vient d'apparaître à la seconde sur mon coude !

N'empêche. Pourquoi faut-il, quand on parle mariage, que les gens questionnent systématiquement la future et pas le futur ? Ma famille me harcèle depuis des mois. En revanche, pas un son de cloche de la part des de Villiers. Ont-ils seulement songé à organiser une fête ? Des clous ! Au moins, ma famille s'est portée volontaire pour accueillir l'événement. Certes, j'ai décliné, vu que j'ai trop de travail sur les bras en ce moment.

— Charles ! le morigène Valencia.

Ça aussi, ça m'énerve, chez elle. Cette manie qu'elle a d'appeler Chaz Charles. Personne ne lui donne du Charles. Sauf ses parents.

Qu'il ne peut pas supporter, du reste. Ha !

— Non, non, c'est OK, le défend Luke après avoir gobé une huître. Bien sûr que nous allons fixer une date. Nous pensions à septembre, n'est-ce pas Lizzie ?

Première nouvelle ! Je le contemple avec ahurissement.

— Ah bon ? je marmonne.

— Eh bien, Château Mirac est libre, à ce moment-là. De plus, il n'y fera pas trop chaud. Par ailleurs, à cette époque, la plupart des amis de mes parents seront rentrés de vacances. Or, nous tenons absolument à leur présence, puisqu'ils sont susceptibles de nous offrir les plus beaux cadeaux.

Il m'adresse un clin d'œil. Que j'accueille fraîchement. Je n'ai pas la moindre idée de ce qu'il raconte. Enfin, si. Mais je ne comprends pas qu'il ait osé le formuler. À voix haute, qui plus est.

— Cela devrait te laisser largement le temps de planifier les choses, enchaîne-t-il. Trois mois suffiront, non ?

Je baisse les yeux. C'est drôle, une nouvelle plaque orne le creux de mon autre coude. Tout ce rouge – mon allergie, les murs du restaurant, la robe de Valencia – me donne le vertige.

— Je… Je… Je ne sais pas. J'imagine que oui. Mais tu n'auras pas repris les cours, à ce moment-là ?

— Oh, je peux bien manquer une ou deux semaines. Ça se rattrape.

Quelque chose dans sa voix m'incite à délaisser mes taches – deux de plus se sont ajoutées aux premières – pour le dévisager.

— Une minute ! Tu comptes bien retourner à la fac à la rentrée, n'est-ce pas ?

— Naturellement ! se récrie-t-il en me gratifiant de son sourire enchanteur, celui qui m'a séduite dès le début, lors de notre rencontre dans le train qui m'emmenait à Sarlat. Lizzie, on dirait que tu as avalé de travers. Tout va bien ?

— Elle est épuisée, à force de travailler comme ça, intervient Chaz. Regarde-la, tu as vu ces cernes ?

Horrifiée, je porte la main à mon visage.

— Je n'ai pas de cernes !

— Charles, répète Valencia, hilare.

Ses dents sont parfaitement alignées et d'une blancheur éclatante. Je voudrais bien savoir quand elle a le temps d'obtenir un poste à l'université *et* de se brosser les dents.

— Lui arrive-t-il encore de dormir ? insiste Chaz.

— Bah ! commente Luke. C'est un véritable robot. Je n'ai jamais vu quelqu'un abattre autant de boulot.

— Il est normal que je travaille comme une dingue, je proteste en cherchant mon miroir de poche dans mon sac afin d'examiner mes yeux. Nous sommes en juin. Vous êtes au courant de ce qui se passe, en juin ? Les gens se marient. Les gens normaux, s'entend. Ceux qui discutent de leur date de mariage au lieu de fuir le sujet comme s'il s'agissait d'une bombe à retardement que nous devons désamorcer, Luke. Je suis en train de bosser sur vingt robes en même temps. J'essaie de me faire un nom, je vous rappelle. Et je suis seule, puisque mon boss est absent pour maladie depuis six mois. Vous entendre me dire que j'ai des cernes et que je m'esquinte au travail ne m'aide pas du tout !

— Je me moquais de toi, Lizzie, se défend Chaz. Tu es belle, comme toujours.

— Franchement, Lizzie, me lance Luke en gobant tout rond une huître, qu'est devenu ton sens de l'humour ?

— Elle est affreusement solipsistique, n'est-ce pas ? murmure Valencia.

Elle a beau avoir baissé la voix, je l'entends. Il faudra que je vérifie plus tard ce que ce mot signifie. Des larmes me piquent les paupières. J'ignore ce que j'ai, je sais juste que j'ai envie de tuer toute la tablée.

Sans rire.

À commencer par Valencia.

— Si je ne parle pas de nos noces, reprend Luke, c'est que tu parais flipper chaque fois que je soulève la question. Ta famille voudrait faire cela chez elle, je suis au courant. Je suis également conscient que tu préférerais mourir, sauf que tu n'arrives pas à le leur dire. Du coup, j'ai songé qu'il valait mieux que je te fiche la paix, jusqu'à ce que tu aies démêlé tout ça. Point barre. Ce n'est pas que j'ai changé d'avis ni rien, espèce de bêtasse !

Il m'attire à lui et m'embrasse sur la tête. Je garde les yeux fixés sur la nappe, tant j'ai peur, si je les relève, que tout le monde aperçoive mes larmes – et ma honte.

Je n'arrive pas à croire que j'ai eu des envies de meurtre envers Luke.

Ni qu'elles ne m'aient pas entièrement quittée.

Je n'en devine pas les raisons. Je dois être tarée. Omondieu !

Suis-je folle ?

— Comme c'est mignon ! se moque Chaz, devant le baiser.

— La ferme, Chaz, je lance.

— Oui, boucle-la, mon vieux, renchérit Luke en souriant avant de manger une nouvelle huître.

— Septembre, donc, lâche Valencia. C'est un peu tôt, non ?

— Rien n'est arrêté, je réponds en fouillant derechef dans mon sac, en quête de mon rouge à lèvres, cette fois. J'ai deux commandes pour la rentrée. Je ne sais pas si elles seront prêtes… et je ne vous parle pas de ma propre robe.

Ces derniers mots me retournent l'estomac. Si j'avais avalé autre chose que du vin, je crois que je vomirais.

— Lizzie ! gronde Luke, menaçant.

— Que veux-tu que je dise d'autre, à la fin ? je m'emporte. (J'ai conscience de mal me conduire, mais je m'en fiche.) Je souligne juste que les affaires marchent bien, à l'atelier, et que si ça continue comme ça le mois de septembre devrait être aussi plein…

— Explique-moi un peu quand tu as du temps libre ?

m'interrompt-il. J'ai l'impression de ne plus te voir du tout.

— Excuse-moi, mais tu n'es pas très dispo non plus, figure-toi ! Notamment quand tu acceptes un boulot à Paris !

— Hé, du calme, les enfants, intervient Chaz.

— J'ai pris ce job pour nous, rétorque Luke. Afin de payer notre mariage.

— Ben tiens ! Un mariage qui, si j'ai bien compris, devrait se passer chez toi, dans tes vignes. L'alcool et le séjour sont d'ores et déjà réglés. Alors, arrête de te réfugier derrière le fric pour justifier ton départ.

Il me regarde avec stupéfaction, blessé.

— Hé ! murmure-t-il. D'où ça sort, ça ?

En vérité, je n'en ai pas la moindre idée. Sauf que les mots flottent à présent autour de nous.

Impossible de les ravaler.

Ça tombe bien, parce que je n'ai aucune envie de m'excuser. Oh que non !

Et même, je repars à l'attaque !

— T'est-il venu à l'esprit que je préférais peut-être un petit mariage plutôt qu'une fiesta qui exige que mon fiancé soit absent tout l'été ?

— C'est vrai, Lizzie ? riposte-t-il, acide. Parce que, dans ce cas, je pense que ça peut s'arranger. Il nous suffit d'accepter la proposition de ta mère, avec tes sœurs qui se battront pour déterminer laquelle des deux prépare le gâteau le plus collant et ta grand-mère ivre morte sur la pelouse en guise de divertissement.

Un instant, j'ai l'impression que toute activité s'est interrompue, dans le restaurant. Je respire un bon coup. Chaz se prend la tête entre les mains.

— Oh merde, Luke ! gémit-il.

Mais ce dernier me toise d'un air de défi. Il ne reculera pas.

Moi si, en revanche.

Parce que, brusquement, je sais ce qui ne va pas, chez moi. Je sais exactement ce que j'ai.

Et je décide que trop, c'est trop. J'arrête les frais.

— Tu ne connais même pas ma famille, je lance en attrapant mon sac et en me levant de table. Je te rappelle que, depuis tout ce temps, tu n'as pas pris la peine de demander à la rencontrer.

— Écoute, Lizzie, commence Luke, un peu moins sûr de lui.

Je lui coupe la parole en brandissant un doigt plein de cals sous son nez. Si je n'ai pas de jolie manucure comme Valencia, je suis prête à parier que mes mains ont créé plus de ruchés de dentelle que les siennes. Ces cals, je les dois à mon seul acharnement. Et j'en suis salement fière.

— Personne ne manque de respect à ma grand-mère, surtout sans la connaître.

— Je suis…

— Pas un mot de plus ! Si c'est ce que tu ressens envers les miens, je te conseille de te marier avec toi-même, puisque, visiblement, tu es tellement épris de toi.

Bon, d'accord, ce n'est pas une repartie très astucieuse, mais rien d'autre ne me vient, sur le moment. Et puis, j'y vois à peine, car les larmes brouillent ma vision. Et j'espère que Luke l'a remarqué, cette fois.

Chaz soulève un sourcil, aussi surpris par mon éclat que je le suis. Valencia a piqué du nez dans son verre, l'air gênée qu'on la voie en ma compagnie. Sauf que je ne peux plus reculer, à présent. D'ailleurs, je n'y tiens pas. Aussi, ignorant Luke qui se lève, je tourne les talons et m'en vais.

Par bonheur, une serveuse chargée d'un énorme plateau lui bloque le chemin, et je me précipite dans la rue… à l'instant où une longue limousine noire se gare près du trottoir. Tandis que je cherche un taxi libre, une des vitres fumées à l'arrière de la voiture descend, et une voix familière lance :

— Lizzie ? Omondieu !

Ava Geck, engoncée dans un haut rose et ce qui ressemble à une culotte en cuir blanc de style autrichien, se penche vers moi et ajoute :

— Montez vite avant que quelqu'un m'aperçoive.

— Qu'est-ce que vous fabriquez ici, Ava ? Pourquoi n'êtes-vous pas en Grèce ?

En vérité, tout les badauds présents l'ont déjà remarquée. Les fumeurs et autres consulteurs de BlackBerry ont relevé la tête, et les chuchotements vont bon train. « Omondieu ! C'est Ava Geck ! Tu sais, de Geck'onomise avec Geck ! »

— Je vous expliquerai dans la voiture. Venez, s'il vous plaît.

— Que s'est-il passé ? j'insiste en essuyant mes larmes. Vous êtes censée vous marier demain.

— Je sais. Montez, et nous en parlerons.

— Lizzie ! crie un homme.

Jetant un coup d'œil derrière moi, je découvre Luke qui sort du *Spotted Pig*, sa serviette de table à la main. Je suis surprise, car je ne pensais pas qu'il me suivrait jusque-là. Sans hésiter, j'ouvre la portière et je plonge dans la limousine d'Ava.

— Roulez ! je crie au chauffeur. Je vous en supplie, roulez !

— C'est votre petit ami ? s'enquiert Ava tandis que je l'enjambe pour m'asseoir sur la banquette. Il est mignon.

— Oui. Peut-on y aller ? Il faut que je file en vitesse.

— Où vas-tu ? beugle Luke en approchant de la fenêtre encore ouverte.

— Démarrez ! dis-je au chauffeur.

À mon grand étonnement, il obtempère. Bientôt, Luke, le restaurant et les branchés plantés sur le trottoir ne sont plus que des petits points noirs au loin.

Brève histoire du mariage

C'est l'époque victorienne qui a élevé le mariage – comme à peu près tout d'ailleurs – à une échelle supérieure. La révolution industrielle ayant démontré que n'importe quoi était susceptible d'être produit en masse, les commerçants les plus rusés ont vite compris qu'ils pouvaient convaincre leurs riches clients d'exiger autre chose que des gâteaux faits maison et des robes nuptiales toutes simples.

Dès lors, la mariée moderne a eu besoin de l'aide de ses demoiselles d'honneur, non pas pour éloigner les mauvais esprits ou pour la défendre ainsi que sa dot, mais pour lancer les invitations, choisir la pièce montée, les arrangements floraux, sa robe, leurs robes, etc.

Ces marchands avaient vu juste, non ?

C'est ainsi qu'est né le mariage tel que nous le connaissons de nos jours. Alléluia !

Ou crotte de bique !

C'est selon…

Petites ficelles pour éviter un mariage désastreux, par Lizzie Nichols

Qui paie quoi ? Cette question ne rate jamais. De nos jours, où les couples choisissent de régler eux-mêmes leurs propres noces, les choses ont tendance à changer. Mais, jusqu'à récemment, la norme était la suivante :

La mariée et ses parents :

La robe, les accessoires (voile, chaussures, étole…), la mise en beauté (coiffeur, esthéticienne…)

Les faire-part, les invitations à la réception, les cartons de remerciement, les enveloppes et les timbres

L'insertion d'une annonce dans le carnet mondain d'un journal

La décoration florale pour l'église, le lieu de réception

Les vêtements ainsi que les accessoires des enfants d'honneur

Le photographe et le développement des photos

L'animation musicale à l'église

La location de la voiture

Les dragées et petits cadeaux aux invités

Les frais d'hébergement de leurs invités

Le marié et ses parents :

La bague de fiançailles

La tenue du marié : achat ou location du costume et des accessoires

Les alliances

Le bouquet de la mariée et des enfants du cortège

L'enveloppe pour le célébrant religieux

La nuit de noces

Le voyage de noces

Les pourboires et les faux frais

Les frais d'hébergement de leurs invités

Les deux parties :

Les frais de traiteur et de service

Les boissons (vin, champagne...)

La location de la salle et du matériel (vaisselle, tente, éclairage si la réception se passe à l'extérieur)

La décoration non florale des salles

L'animation musicale pour la soirée

Le matériel pour le vestiaire

Le parking

La baby-sitter

11

Le mariage représente l'aboutissement de l'amour qui ignorait ce qu'il cherchait.

Ralph Waldo EMERSON (1803-1882), essayiste et poète américain, leader du mouvement Transcendantal

— Vous vous disputiez à propos de quoi, Luke et vous ? s'enquiert Ava.

Elle caresse Blanche-Neige qui se tient sur ses genoux minces et bronzés. Je constate qu'elle porte des bottes en daim rose à talons compensés. Certes, elle ne montre ni ses seins ni son derrière, mais du cuir et du daim en juin ? Elle est folle, ou quoi ?

— Bah ! j'élude. Juste des broutilles concernant le mariage.

J'ai conscience que je devrais me montrer plus gentille et lui avouer la vérité, vu qu'elle vient de me sauver la mise. Sauf que… j'ignore quelle est la vérité. Et puis, j'ai des soucis plus urgents. Comme de comprendre ce que je fiche dans une limousine en compagnie d'Ava Geck.

— Expliquez-moi ce que vous faites ici, je lui enjoins.

— Je n'ai pas pu m'y résoudre, répond-elle avant de pousser un petit cri et d'attraper mon bras : Omondieu ! Que vous est-il arrivé ? Luke vous aurait-il battue ?

Je regarde mes plaques d'eczéma qui, à présent, se sont répandues sur toute la surface de mes bras. Il est vrai qu'on dirait des hématomes. Je ris, car l'idée de Luke me frappant est absurde, dans la mesure où je serais sans doute capable de l'expédier jusque dans le New Jersey d'une seule baffe, si l'envie m'en prenait.

— Non, ce n'est qu'une allergie. Ça apparaît chaque fois que je pense à… vous savez, quoi.

— La sodomie ? lâche Ava, complice.

— Bien sûr que non ! je m'écrie, choquée. Mon mariage ! D'ailleurs, qu'est-ce que ça signifie que vous n'avez pu vous y résoudre ? Que vous avez simplement… annulé vos noces avec le prince Aleksandros ?

— Oui, c'est à peu près ça, répond-elle avec décontraction en tapotant la tête de son chihuahua, qui tremble de froid à cause de la clim' poussée à fond dans l'habitacle. J'étais en train de monter à bord du jet privé de papa quand, soudain, j'ai eu un déclic : je m'apprêtais à épouser quelqu'un. Du coup, j'ai songé : *C'est quoi, ce délire ?* Je n'ai que vingt-trois ans ! Je n'ai même pas fait d'études supérieures ! Qu'est-ce qui me prend de vouloir me marier ? Bref, j'ai bondi dans la voiture et, depuis, j'erre dans la ville en essayant de rassembler mes esprits.

Je la contemple avec émotion, touchée par ces paroles. D'autant que, moi aussi, j'ai vingt-trois ans.

— Alors, vous avez décidé de reprendre vos études ? C'est formidable !

— Ça va bien, la tête ? s'exclame-t-elle, ahurie. Je dis juste qu'il y a des tas de trucs que j'aimerais entreprendre et que je n'ai pas encore entrepris, comme les études. Pas question de gâcher ma vie pour un mec, même s'il est prince. J'ai des tonnes de choses à accomplir. Je ne sais pas encore quoi, mais… genre, je me disais que je devrais sortir un album. Classieux, genre Hilary Duff.

— Euh… eh bien, oui, c'est une excellente idée.

— Et puis, je n'ai toujours pas ma propre ligne de vêtements. Mes parents possèdent une des plus grosses chaînes de distribution du monde, et je n'ai pas encore de fringues griffées à mon nom ? C'est dingue, non ?

— Complètement dingue, en effet. Sauf que vous pouvez toujours faire ces choses en étant mariée, Ava. Le prince Aleksandros ne vous l'interdirait pas. Pas s'il vous aime vraiment. Il serait sûrement très fier de vous, même.

— C'est tout le problème, figurez-vous. Je ne crois pas qu'il m'aime. Et c'est en partie votre faute, Lizzie. Si j'ai annulé mon mariage, s'entend.

— Quoi ? Qu'est-ce que j'ai à voir là-dedans ?

— Depuis que je vous fréquente, vous m'avez aidée à améliorer mon image. Du coup, Alek… j'ai l'impression que j'ai perdu de mon intérêt à ses yeux. Genre, il n'arrête pas de me demander pourquoi je n'étale plus ma petite culotte. Je crois qu'il aimait bien que je fasse des machins pareils, parce que ça rendait ses parents complètement fous. Ils étaient à fond contre notre mariage, vous savez ? Ce qui, d'après moi, a juste renforcé la décision d'Alek. Maintenant que je me comporte un peu mieux, ils sont bien plus gentils avec moi, et lui est moins empressé.

J'en reste bouche bée. Quoique je ne devrais pas être surprise. Je comprends mieux à présent qu'Ava ait porté son choix sur une tenue nuptiale stricte et pourquoi elle s'est adressée à moi plutôt qu'à Vera Wang… par esprit de rébellion, je pense. Elle voulait plaire à ses futurs beaux-parents tout en restant elle-même, en partie du moins. Malheureusement, c'est ainsi qu'elle a déplu à son fiancé.

Oups !

— Conclusion, je reprends, vous avez arrêté les frais avant qu'Aleksandros ne tire le premier ?

— Exact. Sinon que je ne crois pas qu'il aurait annulé. C'est un tel lâche ! Il s'oppose à ses parents en affirmant vouloir épouser une traînée, mais pour rien au monde il ne renoncerait à elle, par peur d'avoir mauvaise presse.

— Vous n'êtes pas une traînée, Ava, dis-je en lui tapotant l'épaule.

— Oh, si, j'en suis une, et de première ! lâche-t-elle sans se décontenancer. Ça ne me gêne pas. Je préfère être une traînée plutôt qu'une hypocrite sans couilles comme Alek. Désolée pour la robe.

— Pardon ?

— La magnifique robe nuptiale que vous avez créée pour moi.

— Oh, ne vous inquiétez pas ! Je suis certaine que je lui trouverai une acheteuse. Pensez ! Une tenue conçue pour vous, ça va se bousculer au portillon.

— Pas question que je la rende ! s'exclame-t-elle,

boudeuse. Elle est à moi. Je me disais plutôt que vous pourriez la raccourcir, la teindre en mauve, y ajouter des brillants. Je la porterai aux MTV Video Music Awards en septembre. Des centaines de gens la verront, et vous aurez la couverture presse que vous méritez. Comme c'est moi qui dois donner la récompense des téléspectateurs, je serai en première ligne. En plus, Tippy m'a demandé d'être sa cavalière, puisqu'il est toujours sous le coup d'une mesure d'éloignement qui l'empêche d'approcher de sa femme. Si j'avais été mariée à Alek, ça aurait posé problème, mais plus maintenant. Super !

— Oh ! Euh… d'accord, pas de souci, je modifierai votre robe.

— Génial.

Ava a l'air drôlement plus joyeuse, maintenant. La limousine est remontée le long de la Sixième Avenue, et nous roulons dans Central Park, une de mes balades préférées, à Manhattan. Je n'aurais d'ailleurs jamais rêvé que je la ferais dans un véhicule aussi luxueux. Nous doublons des couples romantiques se promenant dans des charrettes tirées par des chevaux (et des couples moins romantiques en taxi-vélo). Se demandent-ils quelle célébrité se cache derrière les vitres fumées de la voiture ? Je suis prête à parier qu'aucun ne soupçonne qu'il s'agit d'Ava Geck et de sa couturière.

— Que fait-on, à présent ? je m'enquiers.

Mon estomac gargouille. Je n'ai rien avalé, sinon du vin blanc. J'aimerais bien que ma compagne propose de me déposer chez moi afin que je puisse casser la croûte. Ou, du moins, qu'elle suggère que nous dînions quelque part. Je ne sais pas combien de temps je vais encore tenir le ventre vide. Si Ava est en mesure de se nourrir de barres de céréales, moi pas.

— Euh…, marmonne-t-elle. Je cherchais à vous contacter pour vous poser la question, justement.

Je me redresse.

— Un dîner, ça vous tente ? Des sushis, autre chose ?

Grâce à Monique, Tiffany et moi, Ava a appris à élargir ses horizons culinaires. Elle ne se contente plus de cheeseburgers ou d'en-cas protéinés. Elle s'est même découvert une passion dévorante (ha !) pour les sushis. Rien d'étonnant à cela, le wasabi est réputé pour provoquer des addictions.

— L'*Atlantic Grill* est juste à côté, sur la Troisième, je continue. Il y a aussi *Sushi of Gari*…

— Non, ce n'est pas ça, répond-elle. Enfin, on peut grignoter si vous avez faim. En réalité, je voulais vous demander un service.

— Oh, d'accord. Tout ce que vous voudrez.

— Géant ! s'écrie-t-elle. Joey ! Elle a dit oui !

Un peu tardivement, je me rends compte que Little Joey est assis à côté du chauffeur, en partie caché par l'écran fumé de séparation qu'Ava vient de baisser pour lui annoncer la bonne nouvelle.

— Salut, Lizzie ! me lance-t-il. Comment va ?

— Salut, Joey. Je vais bien. Hum… Ava ?

— Oui ?

— Qu'est-ce que je viens de vous promettre, plus précisément ?

— De m'héberger, tiens !

Occupée à taper sur son portable, elle me répond de manière distraite.

— Comment ça ? Vous voulez dire… dans mon appartement ?

— Écoutez, je ne peux pas rentrer chez moi.

Elle a fini par se dégoter un foyer sur East End Avenue, juste à côté de la résidence du maire, Gracie Mansion. Elle habite à une dizaine de minutes de marche de l'atelier (non qu'elle se déplace à pied). Si elle a élu domicile dans l'Upper East Side, à la grande consternation des mémères à chien-chien qui y vivent, c'est parce que c'est le seul quartier de Manhattan où elle a trouvé ce qui correspondait à ses exigences : quatre chambres à coucher, trois salles de bains, une cuisine assez grande pour pouvoir y manger et six cents mètres carrés de terrasse exposés plein sud. Toutefois, elle s'est aussi amourachée de Carl Shurz Park, au bord de l'East River, lequel comprend un tapis de jeu réservé aux petits toutous.

— Mon immeuble est cerné par les paparazzi, poursuit-elle. La rumeur s'est déjà répandue au sujet d'Alek que j'ai laissé en plan devant l'autel. Ils assiègent également les hôtels, les maisons de mes parents et de mes amis. Vous êtes mon unique espoir, Lizzie. Vous n'auriez qu'à emménager chez Luke.

— Non, non, non ! je m'écrie en secouant la tête. Je ne peux pas aller chez lui.

Cette perspective me terrifie. Je ne veux pas voir Luke. Je… Je ne peux pas. Pas si tôt.

— Dans ce cas, décide Ava, vaguement agacée, j'irai chez lui, et lui chez vous.

— Pas question. Luke et moi… nous nous sommes disputés. Vous avez entendu, non ? Il est sorti du restaurant à toutes jambes et, moi, j'ai ordonné à votre chauffeur de démarrer.

Le souvenir me tire de nouvelles larmes. Omondieu ! Qu'est-ce qui m'arrive ?

— C'est vrai, me soutient Little Joey, depuis le siège avant.

Ava plisse le front pour tenter de s'en souvenir.

— Ah, oui, finit-elle par admettre. Eh bien, je logerai avec vous. Rien que pour quelques jours. Vous vous apercevrez à peine de ma présence. Blanche-Neige et moi ne prenons pas beaucoup de place.

Je jette un coup d'œil au garde du corps, ce qui déclenche les rires de la jeune fille.

— Ne vous bilez pas pour lui, il ne restera pas. Little Joey vit dans le Queens.

L'idée me traverse l'esprit de lui dire d'aller habiter chez lui, dans ce cas. Les photographes ne penseront jamais à la traquer là-bas. Mais me reviennent ses paroles affirmant que je suis en partie responsable de la situation. Voilà pourquoi, à la place, je tente une autre stratégie :

— Mon appartement n'a qu'une chambre à coucher, Ava. Et une seule salle de bains. Il n'est pas exposé au sud non plus. Ce n'est pas très luxueux…

— Vous inquiétez pas, j'ai l'habitude de vivre à la dure. J'ai passé quarante-huit heures en taule, je vous signale.

Allusion à ses ennuis pour avoir conduit en état d'ivresse.

— N'exagérons pas quand même ! je proteste, vexée. C'est mieux que la prison.

— Oh ! Je savais que vous accepteriez !

Elle se jette sur moi et m'enlace de ses bras maigrelets, étouffant au passage la malheureuse Blanche-Neige.

— Qu'est-ce qu'on va s'amuser ! reprend-elle. Ça sera comme au camping. On commandera nos repas par téléphone, on se vernira les ongles, on regardera la télé, on bavassera toute la nuit pour dire du mal de nos mecs. Que vous soyez fâchée avec Luke est géant !

— Je ne peux pas me permettre de nuit blanche, je réponds d'une voix étranglée (elle continue à me serrer le kiki). J'ai du travail, des robes à terminer.

— Mais c'est encore mieux ! s'exclame-t-elle en me lâchant. Je pourrais vous aider ?

Je me frotte le cou.

— D'accord.

Tout est allé si vite, je n'en reviens pas.

— Je suis super excitée, ajoute-t-elle. Vincent ? Tournez ! Nous allons dans la 78e !

C'est ainsi que, peu après, Ava Geck, son chihuahua et sept de ses valises encombrent mon appartement. Son garde du corps nous souhaite une bonne soirée et me promet de revenir le lendemain à neuf heures pour accompagner Ava à son cours de gym. Présentement, mon « invitée » est perchée sur le canapé – nous sommes cependant convenues que je dormirai ici, et elle dans mon lit, à cause de sa sciatique – et zappe à tout-va sur la télévision, en quête de nouvelles annonçant l'annulation de ses noces. Je suis censée commander le dîner – pas de poulet chinois, hélas. Ava veut une salade César et des fettucine de chez *Sistina*, un restaurant quatre-étoiles sur la Seconde Avenue qui ne livre pas. Sauf Ava, apparemment.

Je suis au téléphone avec le maître d'hôtel quand

l'interphone retentit. Aussitôt, Blanche-Neige se met à japper comme une perdue, tandis qu'Ava s'écrie, toute contente :

— C'est la bouffe !

— Mais non, je réponds. Je suis encore en train de la commander.

Elle me jette un regard affolé. Elle s'est changée pour enfiler un jogging en velours rose. Malgré le « Pulpeuse » écrit sur son derrière, je trouve cette tenue préférable – au moins, elle ne dévoile pas ses fesses. Je l'ai donc autorisée à la porter, mais seulement à l'intérieur.

— Ce sont les paparazzi ! panique-t-elle. Ils m'ont déjà retrouvée !

— Impossible. À moins que vous n'ayez averti quelqu'un de votre séjour ici.

— Juste ma mère. Et Tippy. Il ne vendrait jamais la mèche. Il sait ce que c'est qu'être harcelé sans répit par la presse.

Bien que n'ayant toujours pas la moindre idée de qui est ce DJ Tippycat, je pars du principe qu'elle dit la vérité. Lui tendant le combiné, je vais répondre à l'interphone.

— Qui est là ? je demande de ma voix la plus mauvaise.

— C'est moi, Luke. Tu me laisses monter ?

Je contemple l'appareil comme si, soudain, il s'était transformé en un nid de serpents. Luke ? Avec l'intrusion d'Ava dans ma vie, je l'avais presque oublié, celui-là. Pas ma nouvelle copine, cependant, car elle se redresse et lance, les yeux brillants :

— C'est Luke ? Vous voulez lui ouvrir ? Je peux me

cacher dans la salle de bains ! Vous ne saurez même pas que je suis ici.

J'hésite. D'un côté, je suis encore très en colère contre lui ; de l'autre, c'est Luke. Je l'aime.

Enfin… je crois.

Et pourtant… il s'est vraiment mal comporté.

— Sauf si vous préférez que je lui verse un seau d'eau sur la tête, propose Ava avec une grandeur d'âme confondante.

Elle est près de la fenêtre qui donne sur le trottoir et d'où l'on aperçoit mes visiteurs, pour peu qu'ils ne se cachent pas sous l'auvent de la boutique, comme a l'habitude de le faire le livreur d'UPS quand il pleut.

— J'en serais capable, poursuit-elle. Ou alors, je pourrais lui pisser dessus. Je ne suis pas allée aux toilettes depuis un moment. Il suffirait que je remplisse une tasse, et…

Je m'empresse de décliner.

— Non merci. Je… Je vais descendre lui parler. Vous, passez la commande. Prenez-moi la même chose que vous.

— Vous êtes sûre ? Parce que je me suis retenue toute la journée, et…

— Sûre et certaine. Et vous ne devriez pas vous retenir, vous risquez une infection urinaire. J'en ai pour cinq minutes.

Attrapant mes clés, je me précipite au rez-de-chaussée. Ça m'ennuie un peu de laisser Ava seule chez moi et, en même temps, ça me soulage. Bien que ce ne soit que pour affronter Luke. Lequel a une drôle de réaction quand, mes multiples serrures déverrouillées, je lui ouvre la porte :

— Oh ! Ce n'était pas la peine de descendre. Il te suffisait de déclencher l'interphone.

— Pas possible. J'ai du monde là-haut.

Je ne souris pas. Lui non plus. Au moins, il prend la situation au sérieux. Il a trop tendance, quand nous ne sommes pas d'accord, à sembler amusé par ma colère. Comme si j'étais un chaton vexé parce que quelqu'un a caché sa souris en caoutchouc. Je ne suis pas un chaton. Et je suis lasse d'être traitée comme tel.

— Du monde ? répète-t-il, surpris (avant de se mettre à sourire, le chien !). Toi et cette nana qui était dans la limousine avez ramassé des marins en route, ou quoi ?

— Non, je rétorque. Ava va passer quelques jours ici. Elle et son fiancé viennent de rompre, et elle ne peut rentrer chez elle, car les paparazzi la traquent.

Le sourire de Luke s'efface.

— Nom d'une pipe ! Pourquoi as-tu accepté ? Elle ne pouvait pas se payer l'hôtel ?

— Ce n'est pas… Écoute, on s'en fiche. Elle reste avec moi. Ça te pose un problème ?

— Il se trouve qu'elle est une cliente, et que tu la traites comme une amie. Tu ne peux mélanger les affaires et les relations personnelles, Lizzie. C'est exactement ce dont nous parlions, d'ailleurs, tout à l'heure au restaurant.

— Ah bon ?

Je m'efforce d'ignorer, non sans difficulté, le bonhomme qui promène son chien de chasse. Il fait semblant de ne pas écouter notre conversation, sauf qu'il ne se gêne pas. Ça m'est égal, sinon que l'animal m'empêche de me concentrer. Il est tellement… maigre. J'ai beau savoir qu'il est né ainsi, ça me dérange. Comment arrive-t-il à digérer, avec un estomac aussi réduit ?

— Explique-moi un peu ce que l'alcoolisme de ma grand-mère a à voir avec mon métier, alors.

Luke me prend par les épaules et me secoue gentiment.

— Je suis désolé, s'excuse-t-il sur un ton plus gentil. Je suis allé trop loin, je le regrette. Lorsque je t'ai suivie dehors, au restau, je voulais te demander de me pardonner, mais tu as sauté dans cette voiture. Si les badauds ne m'avaient pas expliqué qu'il s'agissait de celle d'Ava Geck, j'aurais cru que... eh bien, que tu avais été enlevée.

J'essaie d'oublier à quel point le contact de ses mains tièdes sur ma peau est agréable.

— Non, je n'ai pas été enlevée. C'est juste que... que...

Qu'est-ce que je dis, là ? Qu'est-ce que je *veux* ?

Qu'est-ce que je fabrique ici ?

Et pourquoi ce type n'emmène-t-il pas son clebs ailleurs ? La 78e Rue est très longue. Est-il obligé de faire pisser son chien juste devant ma boutique ?

— J'ai réfléchi, Luke... Je pense que... Je pense qu'une pause s'impose. Entre nous.

Ça y est ! Les mots m'ont échappé sans que je puisse les retenir. Comme de l'air.

Ou du vomi.

Omondieu !

Brève histoire du mariage

Au Moyen Âge sont apparues les premières invitations de mariage. Elles étaient calligraphiées par les moines, rétribués pour l'occasion par les familles régnantes. Après l'invention de l'imprimerie, les cartons arrivaient recouverts d'une feuille de papier tissu destinée à empêcher l'encre de baver. Ils n'ont pas tardé à l'emporter sur les invitations manuscrites, et on continue de procéder ainsi de nos jours. Les plus chic des cartons comportent encore la feuille protectrice. Autrefois, ils étaient enfermés dans deux enveloppes, dans la mesure où le courrier était porté par malle-poste : personne n'avait envie que les blanches mains de la récipiendaire soient salies au moment de l'ouverture du pli. Il était d'usage que le maître d'hôtel décachette l'enveloppe extérieure et donne la propre à sa maîtresse.

Pauvres de nous, malheureux hommes modernes privés de maîtres d'hôtel !

Petites ficelles pour éviter un mariage désastreux, par Lizzie Nichols

N'oubliez pas que vos invitations ne doivent pas être envoyées à la dernière minute. Mais pas question non plus de les expédier trop tôt ! Le moment idéal, c'est entre huit et quatre semaines avant la cérémonie. Six semaines nous semble le délai parfait.

Et, s'il vous plaît, évitez l'ordinateur ! Rien de plus nul. Les enveloppes se doivent d'être manuscrites ! D'accord, vous n'avez qu'à embaucher un étudiant pour vous décharger de la corvée, à condition qu'il ait une belle écriture.

12

Un mariage est bon, dans lequel chacun nomme l'autre gardien de sa solitude.

Rainer Maria RILKE (1875-1926), poète autrichien

— Tu penses que quoi ? tressaille Luke en me lâchant.

— Oh !

L'exclamation m'échappe dans un souffle. Enfin, je crois, car je ne suis plus sûre de rien. C'est vous dire le peu de contrôle que j'ai sur moi.

Me laissant tomber sur le perron, j'enlace mes genoux. L'homme au chien s'est carapaté. Le spectacle d'une fille en robe vintage signée Shaheen en train de péter un câble l'ennuie sans doute. Luke s'assoit près de moi.

— Lizzie, raisonne-t-il, explique-moi ce que tu entends par cette histoire de pause.

— Je ne sais pas trop. Seulement… tu pars en France pour trois mois, donc, nous allons être séparés, que nous le voulions ou non.

Mais qu'est-ce que je raconte ? Je ne veux pas être séparée de Luke ! Je l'aime !

N'est-ce pas ?

— Tu m'aimes, j'enchaîne, je n'en doute pas, mais j'ai le sentiment que tu ne me *respectes* pas toujours. Du moins, mon travail. Comme si tu le considérais comme un passe-temps, quelque chose que je fais pour m'amuser en attendant qu'une offre plus sérieuse se présente. Or, ce n'est pas ça du tout. C'est mon métier. Celui que je souhaite exercer pour le restant de mes jours.

Luke cligne des yeux, ses yeux magnifiques au regard toujours un peu vague.

— Tu te trompes, Lizzie, proteste-t-il. Je suis conscient de l'importance que revêt ton boulot pour toi et je le respecte. Comment as-tu pu t'imaginer le contraire ? Ma réflexion sur le mélange des genres tient à ce que j'évolue depuis des années dans le monde des affaires. J'ai appris à ne pas laisser les clients tirer avantage de moi, ce qu'il t'arrive de faire, malheureusement.

— Je me moque de ce que tu as dit au sujet d'Ava. Ce qui est grave, c'est que tu aies cru que j'étais en mesure de te suivre en France cet été. Tu te rappelles ?

— Attends, là ! Tu es en train de me parler d'un truc que j'ai dit en *janvier* ?

— Oui. Et puis, ce n'est pas parce que je conduis mes affaires différemment de toi que c'est mal.

— Tu as raison. Écoute, Lizzie…

— Par ailleurs, j'enchaîne, incapable de me taire (flûte !), j'ai le sentiment que tu ne respectes pas beaucoup ma famille non plus. Certes, elle n'est pas aussi sophistiquée que la tienne. Mais tu ne l'as jamais rencontrée. Alors, comment peux-tu la mépriser ? Nous sortons ensemble depuis un an, dont six mois de fiançailles. Durant tout ce temps, tu n'as pas exprimé le désir de faire la connaissance des miens, et tu te permets des remarques comme celle de tout à l'heure…

— Je me suis déjà excusé, me coupe-t-il en passant un bras autour de mes épaules. Je sais quelle importance ta grand-mère a pour toi. Je te signale aussi que Chaz ne s'est pas gêné pour me l'expliquer, au restau. Qu'est-ce qu'il m'a mis ! Mais admets que tu te plains souvent de tes sœurs. Quant à ta grand-mère… tout le monde ne cesse d'évoquer son problème avec la boisson. Enfin, si je n'ai pas encore rencontré les tiens, c'est que mes études m'ont beaucoup occupé.

— Tu aurais pu m'accompagner chez eux à Noël au lieu d'aller en France. Ou à Pâques. Au lieu de quoi, tu as préféré rendre visite à ta mère à Houston. Nous ne sommes pas aussi riches que vous. Mes parents n'ont pas les moyens de passer en coup de vent à New York pour te voir, comme les tiens le font.

Je lui jette un coup d'œil, histoire de jauger sa réaction. Il ne me regarde pas, cependant. Il contemple la Honda Accord garée de l'autre côté de la rue.

— Oui, finit-il par murmurer. Tu as sans doute raison là aussi. J'aurais dû.

— Rencontrer ma famille t'importe peu, j'insiste, malgré moi.

J'ai l'impression qu'une force extérieure m'arrache ces paroles. Comme le jour où mamie Nichols, complètement pétée au cognac, a décidé de s'attaquer à cette canalisation rétive dans la cuisine avec la clé à molette de papa. L'alcool lui ayant donné des forces surhumaines, elle a réussi à dévisser les joints et à retirer toutes les saletés qui s'y étaient accumulées depuis six mois, lesquelles se sont tout bonnement déversées sur le carrelage.

C'est pareil avec les saletés qui se sont accumulées en moi. Et que j'aurais dû vidanger en janvier. À présent, j'assiste à la purge, en dépit de ma volonté, cette purge qui salit ma relation toute propre. En même temps, j'ai conscience que le pus doit sortir – c'est toujours ainsi, avec le pus.

— Ce n'est pas vrai, objecte Luke.

Je l'interromps.

— Ne prétexte pas que tu n'as pas le temps. Si tu y avais tenu, tu l'aurais trouvé, le temps. Pour moi, c'était important. Mes parents ne cessent de me demander quand ils vont enfin faire ta connaissance. Il aurait été sympa que ça ait lieu avant le mariage.

Il ouvre la bouche pour intervenir, je ne lui en laisse pas le loisir.

— Il est trop tard, maintenant. Vu que tu pars en France après-demain. Alors, que tu le souhaites ou non, nous interrompons notre liaison. De toute façon, j'ai besoin de réfléchir. De m'interroger sur l'avenir. Sur ce que nous allons faire. Sur ce que *je* vais faire.

— Très bien.

Il retire son bras de mes épaules. Nous gardons le silence un moment, même si la ville bruisse. Les taxis passent en grondant, une sirène claironne quelque part sur la Troisième Avenue. J'ai aussi l'impression que, au-dessus de nos têtes, une fenêtre s'ouvre. Sûrement Ava qui nous espionne.

Pourvu qu'elle se borne à ça et ne nous verse rien sur la tronche !

Dans la quiétude, je perçois autre chose, cependant – le fracas de mon cœur qui se brise.

Lorsque je remonte à l'appartement, Ava a regagné le canapé. Elle zappe d'un air innocent, le portable vissé à l'oreille. Levant les yeux, elle me sourit, cependant que Blanche-Neige fait mine de m'attaquer.

— Alors ? s'enquiert-elle. Comment ça s'est passé ?

— Comme si vous n'aviez pas écouté, je rétorque en lâchant mes clés dans le bol placé sur la bibliothèque près de la porte.

— Pas du tout ! s'insurge-t-elle. Bon, d'accord, si, ajoute-t-elle en voyant mon expression. Mais je n'ai rien entendu. N'empêche, j'étais prête à lui balancer du jus d'orange sur le crâne si vous fondiez en larmes. Sauf que vous n'avez pas pleuré, n'est-ce pas ?

— Non, admets-je en m'affalant à côté d'elle (Blanche-Neige en profitant pour sauter sur mes genoux, je la caresse distraitement). Nous marquons une pause.

— Ah bon ? Qu'est-ce que ça veut dire ?

— Aucune idée. Les mots m'ont échappé. Ça m'arrive, quelquefois.

Tout le temps, oui !

Ce que j'ai dit à Luke n'a aucun sens. Qu'est-ce qui m'a pris ? J'aime Luke. Enfin, j'en suis presque certaine. J'adore me réveiller le matin avant lui et le contempler, avec ses cils tellement longs et sombres sur sa peau pâle. J'adore, quand il se réveille à son tour, découvrir ses yeux marron ensommeillés qui ont l'air de receler la promesse de milliers de rêves secrets. Par-dessus tout, j'adore constituer l'un de ces rêves, moi, Lizzie Nichols, qu'aucun garçon du lycée n'a jamais invitée à sortir parce que je n'étais pas le genre de fille qui sort… aucun, sinon des gays qui ne voulaient pas que ça se sache. Des tas d'homos m'ont invitée à sortir avec eux. J'étais la grosse dondon qui servait de cavalière aux homos.

Alors, quelle mouche m'a piquée de dire à ce type, ce type que j'aime tant, et qui, plus important encore, m'aime aussi, que j'avais besoin d'une pause pour songer à l'avenir ? Suis-je cinglée ? Pourquoi n'ai-je pas réussi, une fois au moins dans ma vie, à fermer ma grande gueule ? Hélas, les paroles se sont déversées toutes seules et, ensuite, je ne pouvais pas les ravaler, hein ? Enfin, j'aurais pu essayer, mais…

Je n'en ai pas eu envie.

Ce qui est sûrement le plus bizarroïde, là-dedans.

— Omondieu ! s'exclame Ava. Il a accueilli ça comment ?

— Avec calme. (À la réflexion, c'est sans doute ça, le plus bizarroïde.) Il a assuré comprendre que mon travail passe en premier pour le moment, que je n'aie pas le temps d'organiser le mariage. Sauf que… il part quand même pour la France. Il n'a pas proposé de rester. Alors que je lui ai dit que je me contenterais d'un petit mariage peu onéreux, si bien qu'il n'est pas obligé d'aller à Paris gagner des sous. Il part, pourtant. Cela me chagrine, est-ce normal ?

— Les mecs sont tous des enfoirés, décrète Ava avec une grimace.

Ah ouais ? Alors, ma réaction est assez normale.

— Ne m'en parlez pas, j'acquiesce. Vous êtes toujours avec *Sistina* ? je demande ensuite en regardant le téléphone.

— Oh non ! Ils livreront dans une demi-heure. C'est votre grand-mère. Elle voulait savoir comment enregistrer une rediffusion. Je lui ai expliqué. Il est vrai que ce n'est pas si facile. Puis elle m'a raconté qu'elle adorait Byron Sully de *Docteur Quinn, femme médecin*, le vieux feuilleton. Quand je lui ai annoncé que vous étiez en bas avec Luke, elle m'a dit qu'elle attendrait. Vous la prenez ?

Dans un état d'ahurissement grandissant, je m'empare de l'appareil.

— Allô ?

— Alors, tu te l'es tapé ? demande mamie.

Je manque de m'étrangler.

— Quoi ?

— Ce Chaz, pourquoi ne lui as-tu pas encore sauté dessus ?

— Parce qu'il se trouve que je suis fiancée à son meilleur ami.

— C'est à propos de Chaz ? intervient Ava depuis le canapé. Figurez-vous que je me posais la même question. Quand allez-vous foncer, tous les deux ? Maintenant que vous et Luke marquez une pause, s'entend ?

— Il ne s'agit pas de ce genre de pause ! je proteste.

— Ben, de quel genre s'agit-il ? Parce que si vous ne pouvez pas bais… pardon, vous amuser avec d'autres, à quoi bon, hein ?

— C'est juste que… c'est pour…

Je regarde la télévision sans vraiment la voir. Ava a zappé sur une rediffusion de *L'Arène des Célébrités*, dans laquelle elle lutte contre une femme bien plus imposante qu'elle dans ce qui semble être une cuve de pudding. Me secouant, je reprends :

— Cette pause est censée nous permettre de nous focaliser sur nos objectifs professionnels et non nous pousser à nous enliser dans des problèmes d'ordre romantique.

— Omondieu ! gémit mamie Nichols à l'autre bout du fil.

— Oh ! s'exclame Ava. Comme Alek et moi. Enfin, comme moi, du moins.

— Exactement, j'opine. Sauf que Luke et moi n'avons pas rompu. Nous prenons juste un peu de recul.

— Qui c'est, cette fille avec laquelle je viens de discuter ? demande ma grand-mère.

— T'occupe ! Une amie. Elle s'appelle Ava.

— On aurait dit Ava Geck, insiste la vioque. Tu sais, l'accro au crack doublée d'une traînée. Qu'est-ce qu'elle fiche chez toi ?

— Elle n'est ici que pour quelques jours. Un instant, mamie, j'ai un autre appel.

— Pfff !

— Allô ?

— Lizzie ? C'est Shari. Tu vas bien ? Je t'ai téléphoné dès que j'ai su.

Je tressaille. Sur l'écran, l'adversaire d'Ava l'a attrapée par ses extensions blondes et la trimbale dans le pudding.

— Bien sûr que ça va ! Pourquoi ça n'irait pas ?

— Je viens d'avoir Chaz. Pendant qu'on discutait, il a eu un coup de fil de Luke lui annonçant votre rupture. Je pensais que tu serais bouleversée, mais tu as l'air de prendre les choses avec calme.

— Parce que nous ne rompons pas, je gronde. Nous nous octroyons une pause. À mon initiative. Je n'ai donc aucune raison de m'énerver.

— Oh ! marmonne Shari. Une pause. J'avais cru comprendre que c'était fini. Chaz a dû se tromper. Il m'a laissée, parce qu'il voulait bavarder avec Luke…

— Regardez ! s'écrie Ava en désignant la télévision. C'est là que je l'ai forcée à bouffer du pudding.

— Qui est avec toi ? s'enquiert Shari.

— Ava Geck. (Laquelle me fait aussitôt les gros yeux.) Mais ne le dis à personne. Elle s'est réfugiée ici pour quelques jours. À cause des paparazzi. Elle vient de jeter le prince grec qu'elle était censée épouser ce week-end.

— Merdalors ! commente ma meilleure amie. Et elle s'est invitée chez toi ? Elle n'a donc pas les moyens de se payer quelque chose d'un peu mieux ?

— Merci du compliment.

— Oui, eh bien, désolée, mais c'est vrai. Bref, tu es sûre que cette histoire avec Luke ne te chagrine pas ?

— Naturellement. Je te répète que c'est moi qui l'ai proposé. C'est comme si tout ce que je gardais pour moi depuis des mois s'était soudain échappé. Je lui ai même avoué que je mettais des gaines.

Rien qu'à ce souvenir, je m'empourpre. Shari observe un silence, que je mets à profit pour rapporter le carton de jus d'orange à la cuisine.

— Ton fiancé ignorait ce détail ? finit par lâcher Shari.

— Oui, admets-je en ouvrant le réfrigérateur. Pas étonnant qu'il me manque de respect, hein ? Je suis d'une fausseté absolue.

— Non, chérie. Tu es seulement… compliquée.

Je claque la porte du frigo.

— Inutile de me rassurer. Autant être franche : je patauge dans un mensonge permanent. Je suis une menteuse superficielle qui préfère restaurer des robes nuptiales plutôt que passer du temps avec son fiancé.

Ce qui est vrai. Qu'est-ce que ça peut bien vouloir dire ?

— Cette pause est une bonne idée, soupire Shari. Vous aurez l'été pour éclaircir vos idées et remettre les choses en perspective chacun de votre côté. Donnez-vous un peu d'air. Ces douze derniers mois ont été très intenses.

— Oui.

Elle a raison. Ces paroles sont la sagesse même. Comme celles que j'ai adressées à Luke. Tout est parfaitement clair, sain et logique.

Dans ce cas, pourquoi mon cœur se serre-t-il aussi douloureusement, tout à coup ?

— Il faut que je te laisse, j'ai mis mamie en attente. Ne t'inquiète pas. Luke et moi ne… nous ne rompons pas. N'est-ce pas ?

Ma voix s'est mise à trembler.

— Bien sûr que non, Lizzie ! Enfin, je ne crois pas. Pas nécessairement. Pas si tu ne le souhaites pas. Tu ne le souhaites pas, hein ?

J'avoue :

— Je n'en sais rien.

Je suis paumée. Je me souviens de son baiser d'au revoir sur le seuil de l'immeuble. Ai-je rêvé, ou ce baiser a-t-il été empreint d'un certain soulagement ? Pas parce que nous avions décidé de rompre, mais parce que… nous n'en étions plus très loin.

Non, non, non ! C'est mon imagination débordante qui m'incite à pareilles pensées. Après tout, Luke m'a demandée en mariage. Et c'est moi qui ai cassé, la première fois. C'est lui qui est revenu en rampant et m'a supplié de lui pardonner. Comme ce soir. S'il tenait tant à me larguer, pourquoi se conduirait-il ainsi ?

Et moi ? Ai-je envie de rompre ?

Qu'est-ce que Shari m'a dit, déjà, il y a des mois, dans cette même cuisine ? Ah oui ! « J'ai peur que tu n'aies accepté l'offre de Luke que parce que tu désirais tant l'épouser au départ. Tu t'es ensuite ravisée quand tu as découvert qu'il n'était finalement pas aussi enclin que toi à ces noces, puis tu as de nouveau fait volte-face lorsqu'il est revenu vers toi, sous prétexte que c'est ce que tu voulais dès le départ. Mais tu as le droit de changer d'avis, ma chérie. »

Non, pas ça. Elle m'a dit autre chose. Que j'aime moins Luke que l'idée que je m'en fais.

C'est grotesque. N'est-ce pas ? Comment peut-on aimer *l'idée* de quelqu'un ? Il est évident que j'aime Luke. J'aime qu'il désire devenir médecin afin de sauver les enfants, j'aime ses cils, j'aime qu'il soit toujours en retard, j'aime qu'il égare constamment ses clés, j'aime qu'il soit aussi élégant, qu'il sente si bon quand il sort de la douche. Ce ne sont pas des idées, ça. C'est la réalité.

N'est-ce pas ?

— Pareilles disputes consolident parfois un couple, continue Shari. Elles sont presque toujours positives.

Jouer cartes sur table ne peut qu'arranger la situation. Chaz affirme que…

— Quoi ? je sursaute en entendant ce prénom. Qu'est-ce qu'il a encore raconté, celui-là ? Et pourquoi t'a-t-il téléphoné ? Depuis quand êtes-vous copains comme cochons ?

— Lui et moi sommes restés amis, tu le sais. Je l'aime comme un pote. Et il t'adore, je te rappelle. Il s'inquiète pour toi. Il m'a dit que tu étais sortie du restaurant en courant, que tu avais sauté dans cette limousine…

— Celle d'Ava Geck.

Laquelle réagit en me lançant :

— Vous devriez vraiment regarder ça. C'est le moment où Tippy déboule et commence à se raser les jambes. Avec du pudding !

Docilement, je regagne le salon en expliquant les choses à Shari.

— J'étais en colère contre Luke, rien de plus. Il s'est permis des horreurs à mon encontre, devant Chaz et sa nouvelle copine, en plus. Valencia. Une bombe, au passage. Tu la verrais ! Pas un gramme de cellulite, toute bronzée. En plus, elle a une thèse, et elle m'a traitée de solipsistique.

— Quoi ?

— Solipsistique.

— Elle a *osé ?*

— Oui. Qu'est-ce que ça veut dire ?

— Euh… je ne sais pas trop (sauf qu'elle me ment, là, je le devine). Écoute, rappelle-moi quand tu en auras terminé avec ta grand-mère. Pat et moi organisons un barbecue la semaine prochaine, pour le 4 Juillet. Tu es invitée.

— C'est gentil, ça. Je viendrai avec plaisir.

— Super. Les copropriétaires ont accepté de nous laisser le jardin et le toit. Comme ça, après la bouffe, on pourra tous monter là-haut pour assister au feu d'artifice. La vue est géniale.

— Tout ça m'a l'air formidable. Qu'est-ce que j'apporte ?

— Rien du tout. Chaz se charge des desserts. Un, sûr, deux s'il trouve le temps.

— Parce qu'il sera là aussi ?

— Évidemment ! Je n'allais quand même pas le laisser tout seul ou en compagnie de cette horreur de Valencia un 4 Juillet !

— Non, bien sûr.

Je ne peux m'empêcher de songer que si Luke avait été présent je n'aurais pas été conviée. Pas si je risquais de venir avec lui.

— J'ignorais seulement que vous étiez restés si proches, j'ajoute.

— Je te signale que je n'ai pas rompu avec lui parce que je ne l'aimais plus, mais parce que je suis tombée amoureuse de quelqu'un d'autre. C'est un mec très chouette, et j'espère qu'il se trouvera une fille susceptible de l'apprécier à sa juste valeur. Il a beaucoup à donner.

— J'ai l'impression qu'il l'a déjà, sa dulcinée, je réponds, morose.

Inutile de mentionner le saut périlleux de mon cœur ce soir, quand je l'ai revu. Je n'ai pas encore éclairci ce point. Et je ne suis pas très certaine de le vouloir.

— Je parlais d'une nana sympa. Pas de cette saleté sans cellulite du département de philo. Tiens ta langue, mais je compte lui présenter une nouvelle collègue de bureau adorable. J'ai précisé à Chaz de venir seul. À mon avis, ils formeront le couple idéal. Comme lui, elle est fan des équipes de basket universitaires. Et je sais qu'elle n'emploiera jamais le mot *solipsitique* dans une conversation.

C'est comme si Shari venait de m'enfoncer un couteau dans le cœur. Franchement ! Ma meilleure amie ! Je suis tellement blessée que j'ai du mal à respirer.

— Elle est jolie ? je me surprends à demander, haletante.

Il est étonnamment difficile de s'exprimer, le cœur transpercé de part en part.

— De quoi ? s'exclame Shari. Jolie ?

— Non, j'ai dit polie. Tu sais combien l'éducation compte, pour Chaz.

Omondieu ! Mais qu'est-ce qui me prend ? Comment puis-je m'inquiéter de ce genre de chose ? Je suis peut-être – bon, d'accord, certainement – en train de rompre avec l'homme de mes rêves, et je m'inquiète que Shari tente de pousser Chaz dans les bras d'une de ses collègues ? Je débloque ! Je m'exhorte à me rappeler que je suis fiancée au meilleur ami de Chaz, que nous nous octroyons simplement une pause de réflexion. À compter de demain, s'entend.

— En tout cas, c'est super, je dis avec un enthousiasme forcé.

— Je sais. Bon, je t'attends le 4 vers dix-neuf heures ?

— J'y serai.

Shari me demande une nouvelle fois si je tiens le

coup, je réponds que oui, bien que je n'en sois pas intimement persuadée, puis nous raccrochons.

— Et merde ! je souffle quand j'entends la respiration de grand-mère.

— C'est vrai, ça, acquiesce-t-elle. Je suis toujours là. Tu m'as oubliée ? Ta mamie.

— Désolée, c'était Shari.

— Tu n'as pas répondu à ma question. Pourquoi ne l'as-tu pas sauté ?

— Parce que je suis fiancée à son plus vieux copain. Et tu n'as pas honte d'employer de pareilles expressions ? De qui tiens-tu ça ?

— Non, je n'ai pas honte. D'Esther Rosenblatz. Qu'est-ce que ça change, que tu sois fiancée ? Moi, je dis, quand c'est le bon, il n'y a pas à tortiller. Et celui-là, c'est le bon.

— Qu'est-ce que tu en sais, mamie ?

Je me sens épuisée, soudain.

— Je le sais parce que je suis drôlement plus âgée que toi. Bon, qu'envisages-tu de faire ?

— Rien. Il a une nouvelle bonne amie. Très jolie et très intelligente. Elle s'appelle Valencia.

— Comme les oranges ?

— Arrête ! Elle est parfaite pour lui.

— Et pas toi, peut-être ? s'offusque l'ancêtre.

— Non, pas moi. Moi, je ne suis qu'une…

Je ne termine pas ma phrase, faute de mot adéquat. Une fois n'est pas coutume, j'ignore que dire. Je ne suis pas en mesure d'expliquer pourquoi Valencia est la fille destinée à Chaz – à n'importe quel mec, d'ailleurs – et pas moi. Cela n'empêche pas mamie Nichols de voler à mon secours.

— Inutile de détailler, je te connais, lance-t-elle. Mais tu sais, fiancée, ce n'est pas mariée. Écoute, il faut que j'y aille, c'est l'heure de mon feuilleton. Je l'ai déjà vu. Je les ai tous vus. Ce qui est bien, quand on vieillit, c'est qu'on ne se rappelle pas un seul épisode de ces foutues séries. Je te reparle plus tard.

Sur ce, elle coupe. Je l'imite et me retourne. Ava me contemple, l'air offensé.

— Vous êtes invitée le 4 Juillet ? lâche-t-elle d'une voix triste.

Je mets un instant à comprendre, puis je secoue la tête.

— Ce ne sera qu'un barbecue. Chez ma meilleure amie. À Brooklyn.

Comme elle continue à tirer une tête de trois pieds de long, j'ajoute :

— Vous pouvez m'accompagner, Ava. Mais… vous n'aurez pas d'autre projet ? Le 4 n'est que dans une semaine. Vous serez sûrement conviée à une fête plus intéressante, d'ici là.

Et, si dieu le veut, vous ne serez plus chez moi.

— Possible, élude-t-elle. Chaz sera-t-il là-bas ?

— Oui, je réponds, soupçonneuse.

— J'ai envie de le rencontrer. Vous en parlez tellement. Je ferai peut-être un saut. Oh, le voilà !

Elle tend un doigt manucuré vers la télévision. J'ai l'honneur de découvrir DJ Tippycat. Il est bizarrement banal. Un peu court sur pattes, vaguement chauve, attifé d'un tee-shirt immonde. Si Shari était là, elle le traiterait de type sans envergure.

— Wouah ! je souffle. Il est… c'est…

— Oui ! s'extasie Ava. Il est craquant, non ?

Je saisis alors que les goûts importent peu, finalement. Quand il s'agit de DJ, du moins.

Et de princes.

Et de thésards en philo.

Brève histoire du mariage

Au cours du Moyen Âge, le mariage a non seulement symbolisé l'union de deux êtres mais aussi celle de deux familles, voire de deux nations. Il était alors indispensable que l'épousée soit vêtue avec la prestance qu'exigeait son rang. Autrement dit, elle devait multiplier les couches tape-à-l'œil, et pas uniquement en matière de bijoux. Elle croulait sous les fourrures et les tissus d'une valeur inestimable, car elle incarnait un noble héritage.

C'est ainsi que sont nées les robes nuptiales. Plus la famille de la promise était riche et puissante, plus larges étaient les manches, et conséquentes les traînes. Puis les classes moins opulentes se sont mises à imiter celles qui leur étaient supérieures, et tout le monde a terminé en robe longue.

Ce n'est qu'après que la reine Victoria a décidé d'épouser le prince Albert en blanc que cette couleur est devenue la norme. Auparavant, elle n'était guère choisie par les mariées, et c'était le bleu qui représentait la pureté. Toutefois, le blanc s'est imposé, et nous le devons à l'époque victorienne. Comme nous lui sommes redevables de la notion d'évolution, de l'école libre et gratuite et de Jack l'Éventreur.

Encore merci les gars !

Petites ficelles pour éviter un mariage désastreux, par Lizzie Nichols

Si les starlettes comme Sarah Jessica Parker peuvent se permettre de porter une robe nuptiale noire, une touche de blanc censée souligner le côté particulier de cette journée est généralement la bienvenue. On considère même qu'une tenue de noces noire porte malheur. Bien que cela ne se soit pas révélé vrai pour Sarah (à l'heure où nous écrivons ceci), franchement, pourquoi tenter le sort ?

13

Maintenant donc ces trois choses demeurent : la foi, l'espérance, l'amour ; mais la plus grande de ces choses, c'est l'amour.

Première Épître aux Corinthiens, 13 : 13

Le lendemain matin, je suis réveillée par un cri d'horreur. Faisant fi du torticolis que j'ai récolté pour avoir dormi sur un matelas pour le moins inconfortable, je bondis du canapé et me précipite vers la fenêtre, près de laquelle se tient Ava.

— Qu'y a-t-il ? je demande.

Je m'attends presque à découvrir un cadavre allongé sur le trottoir. Au lieu de quoi, je ne vois qu'une meute de paparazzi. Ava les désigne d'un doigt tremblant. Ils n'ont pas encore remarqué qu'elle les a repérés. Appuyés contre des voitures en stationnement, ils fument et boivent du café.

— Comment m'ont-ils localisée ? gronde la jeune femme d'une voix enrouée de sommeil.

Je contemple la mêlée de photographes barbus en pantalon de toile, chargés d'énormes appareils.

— Comment voulez-vous que je le sache ? Je n'ai vendu la mèche à personne.

Je m'efforce de réfréner ma mauvaise humeur. Je ne suis pas du matin, et ma nuit a été pénible.

— Eh bien, moi, rétorque Ava en serrant Blanche-Neige sur son pyjama en soie, je n'ai mis personne au courant non plus.

— Et Little Joey ?

— Impensable. Vous êtes sûre de n'avoir rien dit ? À Luke, par exemple ? Pour peu qu'il vous en veuille de votre rupture, il est peut-être capable d'aller répandre la rumeur sur tous les toits.

Ava a commencé à rassembler son bazar dans ses sept valises. Je rectifie le tir :

— Nous n'avons pas rompu. Ce n'est qu'une pause. Par ailleurs, il ignore qui vous êtes.

La nouvelle semble vexer mon invitée. Mais ça ne dure pas.

— Et votre amie Shari ? persiste-t-elle. Vous lui avez recommandé le silence, j'espère ?

— Naturellement. Cette fille est une tombe. Parlons plutôt de votre chauffeur.

— Exclu. Tous nos employés signent une clause de confidentialité. À moins de vouloir perdre son emploi, il n'aura pas moufté. Qu'en est-il de votre grand-mère ?

Ava a entrepris de composer un numéro sur son portable. Sa remarque m'inquiète, soudain. J'ai complètement oublié d'ordonner à mamie Nichols de la boucler. Mais bon, il semble improbable que…

— Mouais, grogne Ava en me tournant le dos. Je me disais aussi… Allô ? Joey ? Code numéro un. Nous sommes découverts. Rendez-vous ici sur-le-champ !

— Voyons, j'insiste en suivant Ava dans la salle de bains, mamie n'aura pas soufflé un mot de votre présence ici. D'ailleurs, à qui ? Elle n'a aucun contact dans la presse.

— Il faut croire que si, me rembarre Ava.

Ça me démange la langue de lui balancer à la figure qu'elle n'avait qu'à pas répondre au téléphone quand ma grand-mère a appelé, hier. Cependant, j'ai conscience que c'est moins sa faute que la mienne. Et celle de ma grande gueule. Comme d'habitude.

— Je suis vraiment désolée.

— Le mal est fait. Je vais me doucher. Lorsque Joey arrivera, vous voulez bien lui ouvrir ? Il sonnera trois fois de suite, puis deux fois assez lentement. Compris ?

Je hoche la tête, terriblement embarrassée. Même si elle hausse les épaules, la jeune femme refuse de croiser mon regard.

— Ava…

— Faite-le monter, d'accord ?

J'acquiesce derechef avant de reculer pour qu'elle puisse s'isoler dans la salle de bains. Je ne tarde pas à entendre l'eau couler. Quelle cata ! La discrétion légendaire de *Chez Henri* est entièrement compromise. Sans parler de la mienne. Non que j'en aie jamais eu beaucoup à disposition, remarquez. N'empêche, j'ai du mal à croire que mamie ait mouchardé Ava aux journaux. Elle n'aurait même pas su s'y prendre. Autant en avoir le cœur net, cependant. J'appelle chez mes parents. Mamie décroche à la première tonalité.

— Quoi ? beugle-t-elle.

— Mamie, je souffle, des fois qu'Ava m'espionne.

— Qui c'est ? Lizzie ? Il n'y a personne à la maison. Ton père est au boulot, et ta mère à la gym. Quant à tes sœurs, le diable sait où elles ont encore filé…

— C'est toi que je voulais. As-tu confié à quelqu'un qu'Ava Geck dormait chez moi ?

— Bonjour à toi aussi ! Tu te l'es tapé, oui ou non ?

— Mamie ! Je suis sérieuse. As-tu parlé ?

— Bien sûr que non ! À qui veux-tu que j'en cause ? Tout le monde m'ignore, sauf toi. Je ne suis que cette pauvre cinglée de mamie Nichols, trop bourrée pour qu'on la prenne au sérieux…

Je commence à me détendre. Finalement, je ne suis pas responsable. Pour une fois dans ma vie, ce n'est pas moi qui ai…

— Mais ta sœur Rose rôdait dans les parages, hier, pendant notre conversation, poursuit ma grand-mère.

Mon sang se fige. S'il s'était agi de Sarah, je ne me serais pas inquiétée. Rose, en revanche…

— Tu crois que…

— J'en suis certaine. Après, elle m'a bombardée de questions, style pourquoi je t'avais interrogée sur Ava, et pour quelle raison elle était chez toi. Je lui ai juste dit ce que je savais.

Un juron m'échappe. Ce qui n'impressionne guère mamie, qui en a entendu d'autres.

— Mets-toi à sa place, tente-t-elle de me réconforter. Elle a besoin de fric, avec tout ce qu'elle claque en vêtements nuls dans ces grandes surfaces pas chères. Chez

T.J. Maxx[1], surtout. Il y a aussi son bon à rien de mari qui s'est encore fait virer et qui adore le rayon bijouterie de chez JCPenney[2]. Tu ne devineras jamais le nombre de chaînes en or qu'il avait autour du cou, l'autre jour à la piscine !

Je ferme les yeux de toutes mes forces pour retenir mes larmes. Je suis convaincue que Rose est criblée de dettes. Ce qui ne m'empêche pas d'avoir envie de sauter dans le prochain avion pour Ann Arbor afin de l'étrangler.

— Si jamais tu la croises, aujourd'hui, aurais-tu la gentillesse de lui décocher un bon coup de pied dans le train de ma part, mamie ?

— Compte sur moi ! se réjouit la vieille, toujours heureuse de semer la zizanie entre mes frangines et moi. Et je ne manquerai pas de lui rappeler combien elle avait l'air grosse, dans cette robe de pute qu'elle portait, pour son bal de fin d'année, en terminale. Tu peux être sûre qu'elle fondra en larmes. Comme ces foutues chutes du Niagara. Ha !

— Merci.

Je raccroche, légèrement rassérénée. Juste un peu, cependant. Je suis dans de sales draps. Les choses ne pourraient être pires.

Ce qui se passe une demi-heure plus tard me prouve que je me trompais. Ava émerge de la salle de bains, impeccable dans une combinaison mauve, perchée sur des talons aiguilles orange. Little Joey patiente déjà sur mon canapé.

---

1. Chaîne de boutiques revendant les invendus des autres, où l'on peut dénicher de véritables bonnes affaires.

2. Grand magasin généraliste.

— Prêt ? lui lance-t-elle sans même daigner me jeter un coup d'œil.

— Ava ! je m'écrie en sautant sur mes pieds. Je suis navrée. J'ai parlé à ma grand-mère, mais elle n'y est pour rien. C'est ma sœur qui…

— Ce n'est pas grave, me coupe-t-elle avec un air pincé qui affirme le contraire. Nous allons partir tout de suite, n'est-ce pas Joey ?

— Oui, mademoiselle Geck, répond l'intéressé en soulevant ses cent cinquante kilos du divan. J'ai descendu les bagages.

— Ava…

— Tout va bien, Lizzie !

C'est faux. Rien ne va.

Rien n'ira plus jamais. Entre elle et moi du moins.

Postée derrière la fenêtre, je les regarde s'en aller. Les photographes balancent leurs cigarettes et leurs gobelets de café – je suis bonne pour nettoyer avant l'ouverture de l'atelier – et se ruent sur Ava à l'instant où elle apparaît. Little Joey la protège du mieux qu'il peut à grands coups de coude et de bedon, lui frayant un passage jusqu'à la voiture. Elle grimpe dedans, suivie de son garde du corps, et la limousine démarre en trombe, cependant que les paparazzi se jettent à leur poursuite.

La rue retrouve sa quiétude. Sans tous les débris qui salissent les trottoirs et les caniveaux – de même que la touffe de cheveux blonds qui obstrue mon lavabo –, on croirait qu'Ava Geck n'a jamais mis les pieds ici.

J'ai conscience d'avoir bousillé mes relations avec une cliente importante. Pire, j'ai bousillé un début d'amitié. Or, je n'ai à m'en prendre qu'à moi-même. Je suis responsable de cette embrouille, comme je le suis de tous les ennuis qui ponctuent mon existence. Formidable !

Tout simplement formidable !

Je ne suis encore jamais montée sur le toit de Shari et de Pat. Il se trouve que les habitants de l'immeuble y ont établi une sorte de petite oasis. Le caillebotis en bois rouge est entouré de jardinières dans lesquelles abondent géraniums et delphiniums. Debout, on a une vue imprenable sur les gratte-ciel de Manhattan qui surplombent l'East River. C'est sublime. Et les filles en sont propriétaires.

Enfin, autant que leurs voisins. Alentour, on fait la fête sur tous les toits du quartier. Néanmoins, Shari et Pat n'ont pas l'intention de s'en laisser remontrer par les stéréos de leurs voisins.

D'autant que Shari a des soucis plus urgents à régler.

— Je n'en reviens pas qu'il ait osé l'amener, grogne-t-elle après un coup d'œil en direction de Chaz.

— Je t'avais prévenue, pourtant.

Je me gave de glace comme s'il n'y avait rien d'autre à manger, ce qui n'est pas vrai – il y a également des hamburgers, des hotdogs, des frites, une dizaine de salades variées et, bien sûr, les deux tartes concoctées par Chaz. Bizarrement, seule la glace semble me redonner la pêche. La semaine qui vient de s'écouler a été longue.

Trèèèèèèès loooongue.

Par ailleurs, la vision de Chaz assis en compagnie de Valencia, laquelle a l'air parfaitement à l'aise et sereine en dépit des trente-deux degrés qui règnent à l'extérieur, très élégante en pantalon large blanc et débardeur noir qui dévoile ses bras impeccablement bronzés, ne me remonte en rien le moral.

— Alors, c'est elle, la fille ? je demande entre deux cuillerées de calories concentrées.

— Quoi ?

— La nana que tu voulais présenter à Chaz, c'est elle ?

Je désigne la beauté qui vient de rejoindre nos deux philosophes, près de la glacière contenant les bières.

— Oui, admet Shari, agacée. Tu ne trouves pas qu'ils seraient mignons, ensemble ? Le couple parfait, crois-moi. Si seulement il n'avait pas amené cette garce ! Et explique-moi ce que Tiffany fabrique avec eux ? Elle semble complètement monopoliser la conversation.

J'engloutis un énorme morceau de crème glacée.

— Aucune idée, je réponds la bouche pleine.

Ha ! Qui c'est, la plus maligne ?

Car il n'est pas question que je mentionne la promesse que s'est faite Tiffany, dans la voiture de location avec chauffeur que son chéri, Raoul, a insisté pour que nous partagions ; à savoir, qu'elle comptait bien empêcher Chaz de tomber amoureux de « cette salope du bureau de Shari, parce que ce mec t'est destiné, Lizzie. Et j'ai aussi l'intention de l'amener à rompre avec cette pétasse au prénom d'orange ». Sur le coup, je ne me suis pas donné la peine de lui rappeler, pour la millionième fois, qu'il m'était égal que Chaz sorte avec unetelle ou unetelle, dans la mesure où je suis fiancée à un autre, car elle n'aurait pas manqué, comme d'ordinaire, de me signaler que les fiancés heureux n'éprouvent pas le besoin de marquer une pause dans leur relation.

— Dis donc, où en es-tu avec Ava Geck ? me

demande Shari, en une diversion bienvenue. Est-elle toujours furieuse contre toi pour l'avoir vendue aux photographes ?

Je sursaute. Ma dispute avec l'héritière s'est révélée pire que ce que je craignais. Les Henri n'ont guère apprécié de voir leur boutique étalée en une des journaux du matin, le lendemain de l'annonce de l'annulation du mariage royal. J'ai tenté de les convaincre qu'une mauvaise presse valait mieux que pas de presse du tout, en vain. Pour commencer, ils ont refusé de comprendre pour quelle raison Ava avait passé la nuit dans mon appartement. À l'instar de Luke, ils ont estimé qu'il n'était pas professionnel de la part d'une employée d'héberger une cliente.

À la réflexion, ils ont sans doute raison. En même temps, j'ai moins invité Ava qu'elle ne s'est invitée elle-même.

— Elle ne m'adresse plus la parole, je réponds. Ce que je ne saurais lui reprocher, d'ailleurs.

— En tout cas, elle est bien la seule à ne pas désirer ta compagnie, ces derniers temps.

Shari fait allusion au petit groupe rassemblé autour des deux tartes de Chaz. Ils sont en train de lécher les plats vides avec les doigts. Il y a là Raoul et Tiffany, Monique et son mec, Latrell. Ils ont déjà débouché le champagne et distribué les boîtes de cierges magiques. C'était leur contribution à la fête, histoire d'aider à la bonne humeur ambiante et de faire oublier qu'ils n'étaient pas conviés.

— D'accord, je reconnais, penaude. Quatre personnes, c'est beaucoup. Mais ils tenaient tant à venir !

Inutile de préciser que la vue sur le feu d'artifice était

pour beaucoup dans cet enthousiasme. Ce 4 Juillet tombant un mercredi, tout le monde est coincé en ville.

— Je ne te reproche rien, reprend mon amie. J'ai juste l'impression que, si tu continues à devenir de plus en plus populaire, je vais être obligée de déménager pour plus grand afin de pouvoir recevoir tes fans.

— Je ne suis pas populaire ! je m'exclame, interdite. Je suis seulement…

— Allons, allons, pas de fausse modestie, s'esclaffe-t-elle. Sinon, comment ça se passe, avec Luke ?

— Bien. Enfin, aussi bien que possible, vu qu'il est à Paris et moi ici.

— Tu portes encore ça, souligne Shari en désignant ma bague.

En véritable névrotique, je m'empresse de me gaver de glace avant de répondre :

— Nous sommes toujours fiancés. Luke agit comme si tout était normal et m'a envoyé des fleurs, l'autre jour.

Shari semble étonnée.

— C'est gentil, ça. Il essaie sûrement de rentrer dans tes bonnes grâces.

Je plisse le nez tout en acquiesçant et en évitant de formuler à voix haute que ce geste pourrait avoir comme origine, ainsi que ma copine l'a signalé il y a quelques mois, le simple fait que Luke n'a pas couché avec une fille depuis une semaine.

— Oooohh ! s'écrie soudain Tiffany en sautant sur ses talons de dix centimètres. Ça commence !

Une explosion assourdie retentit, puis un immense œillet rouge s'étale dans le ciel.

— Vite, braille Shari, la radio ! Sinon, nous allons manquer l'accompagnement musical !

Elle se précipite sur l'appareil, sous les yeux médusés des convives. Tiffany en profite pour se rapprocher de moi.

— Bon, me chuchote-t-elle, j'ai tes renseignements.

— Mes quoi ?

— Les tuyaux qui te seront nécessaires. Et ne me dévisage pas comme ça, intéresse-toi plutôt au feu d'artifice. Elle s'appelle Mae Lin, est titulaire d'un quelconque diplôme en socio, vit à Alphabet City[1] et adore les Buckeyes – une équipe de basket. Elle collectionne la vieille vaisselle. T'es cuite, ma vieille.

— Combien de fois faudra-t-il que je le répète, Tiff ? Je ne suis pas intéressée par Chaz.

— À d'autres ! hennit-elle en avalant une gorgée de champagne. S'il était pro-mariage, tu lui aurais déjà sauté dessus, reconnais-le.

La radio beugle *Born to Run*, de Bruce Springsteen. Pat proteste.

— Allons, chérie, se défend Shari. C'est le Boss ! Il est incontournable.

— Voici ce que tu vas faire, rebondit Tiffany en me prenant mon bol de glace. Tu vas aller le trouver. Mae Lin et Valencia sont descendues se sécher, vu que je leur ai accidentellement renversé mon champagne dessus. Dis-lui que ses tartes étaient divines.

1. Les avenues de Manhattan (orientées nord-sud) sont numérotées de 1 à 11, d'est en ouest. Mais à l'est de la Première, là où l'île fait un renflement (East Village), quatre avenues supplémentaires sont appelées A, B, C et D. Quartier longtemps bohème, voire miteux, aujourd'hui en pleine *gentryfication*.

Sur ce, elle me pousse en direction de Chaz. Je résiste.

— Je suis fiancée, Tiff ! Et il est contre le mariage.

— Nom d'un chien, ce que tu peux être têtue ! Tu n'as qu'à le *changer*, merde ! Je sais bien que toutes les filles assurent qu'on ne change pas un homme, ce qui est vrai en règle générale, mais pas lui. Crois-moi, toi, tu y arriveras. Tu aides toujours les autres, Lizzie, pourquoi n'acceptes-tu pas qu'on t'aide un peu, une fois n'est pas coutume ?

— Parce que tes agissements ne m'aident en rien.

La radio hurlant et le feu d'artifice tonnant, j'ai dû élever la voix. Deux mecs portant des bracelets de cuir me dévisagent d'un air amusé. Je leur tourne le dos.

— J'aime Luke, Tiff. Pas Chaz.

Au moment où je prononce ces mots, j'y crois presque. Au point que j'ai même réussi à me convaincre que je n'avais pas passé la soirée à tenter de ne pas regarder du côté de Chaz et à me demander comment il est parvenu à bronzer autant, alors que l'été commence seulement, ni pourquoi il s'obstine à mettre des shorts kaki. Rien de plus ringard, chez un homme, en pleine ville. Quoique… avec des jambes aussi musclées, Chaz n'est pas si mal.

— Mon œil ! rétorque Tiffany en me propulsant vers lui. Et, pardonne-moi, je ne crois pas que Luke t'aime. Sinon, il ne serait pas parti en France. Et n'aurait pas accepté ton idée débile d'une pause. Vous êtes simplement trop effrayés pour admettre que c'est fini depuis longtemps entre vous. Ce n'était qu'une amourette estivale, laquelle a malheureusement perduré. Crois-moi, je sais ce qu'est le véritable amour, et il est là, en casquette, debout près de cette foutue glacière. Alors maintenant, fonce !

Elle me pousse avec une telle force que je trébuche dans mes espadrilles à semelles compensées et que je manque de m'affaler sur la fameuse glacière. Chaz me retient au dernier moment.

— Hé ! s'exclame-t-il. Ça va ?

— Oui, oui, j'assure en devenant rouge comme une pivoine. Tiffany m'envoie te dire qu'elle a adoré tes tartes.

Il me contemple d'un air surpris.

— Très sympa de sa part, finit-il par marmonner.

— Moi aussi, elles m'ont plu, je continue en essayant de reprendre contenance. Toutes les deux.

Suis-je vraiment la plus grande crétine sur terre ou est-ce une simple impression ?

— Merci. Alors, cette pause, ça roule ?

— La pause ?

— Entre toi et Luke.

— Oh, la pause !

Derrière lui, les feux d'artifice explosent en dessinant des formes extraordinaires, pommes, lèvres qui s'embrassent. Cet idiot ne les regarde même pas, car ses yeux sont rivés sur moi. J'espère bien qu'il n'a pas remarqué que j'étais toute rouge.

— Euh… très bien, j'enchaîne. Luke a l'air d'être très content, là-bas. Il a beaucoup de boulot, mais il était prévenu.

— Il a toujours été doué pour les chiffres, commente Chaz en sirotant sa bière.

— C'est vrai. Enfin, ce n'est qu'un service qu'il rend à son oncle.

— En effet.

L'ironie de son ton m'amène à réagir.

— Que veux-tu dire par là ?

— Comment ça ? se défend-il. J'ai juste acquiescé à ta remarque.

— Eh bien, je t'ai trouvé quelque peu moqueur.

— Loin de moi cette intention.

— Tu es persuadé qu'il ne s'agit que d'une excuse pour s'éloigner de moi parce que je suis étouffante.

Cela m'apparaît clairement, à présent. N'empêche ! Voilà que je recommence à ne plus contrôler ma grande gueule. J'ai beau avoir raison – cette lucidité m'incite à veiller, la nuit, alors que je devrais dormir après m'être épuisée à coudre des ourlets toute la journée en compagnie de Sylvia et de Marisol –, il n'était pas utile de le formuler à voix haute devant Chaz.

Lequel paraît partager cet avis, d'ailleurs.

— Tu as beaucoup bu ? me demande-t-il en riant, incrédule.

— Pas une goutte.

Ce qui est la vérité, aussi bizarre que cela puisse sembler. Néanmoins, j'aurais aimé retenir ma langue, laquelle continue de se comporter de manière incontrôlable.

— Et tu te trompes, je ne l'étouffe en rien. Il me reproche d'ailleurs de ne pas lui prêter assez d'attention. Et puis, cela contredit complètement ce que tu m'as balancé l'autre jour.

— Quel jour ?

— Celui où il m'a demandé ma main. Tu m'as dit qu'il ne le faisait que parce qu'il avait peur de la solitude, parce qu'il préférait être avec une fille dont il savait qu'elle n'était pas pour lui plutôt que seul.

Boucle-la, Lizzie !

— Eh bien… je pense que c'est la vérité, répond Chaz.

— Mais c'est paradoxal ! Soit je l'empêche de respirer, soit il a peur d'être privé de moi. C'est l'un ou l'autre, pas les deux. Alors, lequel ?

Au loin, les déflagrations du feu d'artifice s'accélèrent. Boum ! Boum ! Boum ! Chaque explosion semble s'accorder aux battements de mon cœur plutôt qu'à la chanson de Bon Jovi que dégueule la radio maintenant. Je suis si près de Chaz que, sous son polo, je vois sa poitrine se soulever au même rythme. J'ai du mal à me retenir de poser les mains sur son torse afin de vérifier si son cœur bat autant que le mien.

Omondieu ! Qu'est-ce que je débloque !

— Tu sais que tu es complètement tarée ? se marre Chaz.

Oui. Sauf que ça ne m'aide pas beaucoup.

— Tu es son meilleur ami, je m'entête. Tu le connais depuis plus longtemps que moi. Tu me donnes également l'impression d'avoir des avis bien tranchés sur notre relation. Du moins, tu en avais. Nous n'avons pas discuté depuis un bon moment, vu que tu étais accaparé par cette Valencia. Néanmoins, je suis certaine que tu t'es forgé de nouvelles théories à notre sujet. Alors, vas-y, je suis tout ouïe.

— Pas maintenant, riposte-t-il avec un sourire que je ne saurais qualifier autrement que de suggestif. Il y a trop de monde. Pourquoi ne me raccompagnerais-tu pas chez moi tout à l'heure ? Je me ferai un plaisir de t'exposer toutes les théories que tu voudras. Et de les illustrer par la même occasion.

Son sourire me coupe le souffle. Mais je me garde bien de le lui montrer.

— Tu aimerais ça, hein ? je gronde, si proche de lui à présent que nos visages ne sont plus séparés que par quelques centimètres. Est-ce donc ainsi que tu considères toutes les femmes ? Comme des objets sexuels ?

— Non, et tu en es parfaitement consciente, rétorque-t-il, faussement froissé. Qu'est-ce que tu as, ce soir ? C'est Valencia ? Serais-tu jalouse, par hasard ? Permets-moi de te rappeler que c'est toi qui es fiancée !

— Exact. À *ton* meilleur pote.

— Et il est *ton* fiancé, ce que tu as tendance à sembler oublier.

— Au moins, moi, j'ai un fiancé. Je ne suis pas un handicapé des sentiments qui a la frousse de s'engager parce que la fille qu'il aimait s'est trouvée aimer les autres filles.

Les yeux bleus de Chaz étincellent plus violemment que les fusées dans le ciel.

— Ah ouais ? En tout cas, moi, je ne me suis pas jeté au cou du premier mec qui m'a offert le mariage sous prétexte que je suis de la partie et que je ne supporte pas de voir de jolis diamants aux doigts de mes clientes alors que je n'en ai pas.

Outragée, j'avale ma salive. Au même instant, mon portable vibre, dans la poche de ma robe d'été en vichy. À cause de toutes mes urgences professionnelles, je suis contrainte de l'avoir toujours à portée de main. Néanmoins, cet appel est bizarre, car je n'ai aucun mariage prévu, aujourd'hui.

— Mensonges ! je braille au nez de Chaz. J'aime Luke. Et j'ai envie de passer le restant de mes jours à son côté.

— Ben tiens ! Continue à te mentir, tu finiras par y croire !

Pensant que le coup de fil émane de Luke, bien qu'il ne soit pas loin de deux heures du matin en France, je m'empare de mon téléphone. Flûte ! C'est ma mère.

— Et j'imagine que tu te considères drôlement plus destiné à moi que lui, hein ?

— Non, mais je ne serais jamais assez idiot pour partir à Paris tout l'été en laissant une fille comme toi toute seule alors que des types comme moi rôdent dans le coin.

Affolée par cette remarque, je me débats avec mon portable, manquant de raccrocher au nez de ma génitrice en essayant de lui répondre.

— Maman ? Je ne peux pas te parler maintenant. Je te rappellerai...

— Lizzie, je suis désolée de te déranger pendant la fête de Shari – je l'ai mise au courant un peu plus tôt dans la semaine –, mais je voulais te l'annoncer avant que tu ne l'apprennes par quelqu'un d'autre. Mamie est morte.

Le feu d'artifice est tellement bruyant que je pense avoir mal entendu. Plantant un doigt dans mon oreille, je crie :

— QUOI ?

— Chérie, MAMIE EST MORTE AUJOURD'HUI. Tu as compris ? Chérie, tu es là ?

Je murmure quelques vagues paroles, j'ignore lesquelles.

Je suis sous le choc.

Que vient-elle de m'annoncer ?

— Que se passe-t-il, Lizzie ? me lance Chaz en me regardant avec une drôle d'expression.

— Lizzie ? braille ma mère. Tu m'entends mieux ?

— Oui.

— Ouf ! Écoute, elle est partie de façon très paisible. Pendant son sommeil. Je l'ai trouvée dans son fauteuil, cet après-midi. Une bière à la main. Elle avait dû s'endormir devant *Docteur Quinn, femme médecin*. Après le barbecue que nous avons organisé pour le 4 Juillet, elle s'était retirée dans la salle télé. Bref, la cérémonie funéraire aura lieu ce week-end. J'ai conscience que tu es très occupée, mais j'espère que tu seras en mesure s'y assister. Tu sais combien elle t'aimait. Même si je désapprouvais qu'elle exprime ses préférences envers mes filles, il reste vrai qu'elle t'adorait…

Le monde semble basculer, soudain. C'est plus que je suis capable d'en supporter. Mes jambes flageolent… heureusement, Chaz me soutient et m'entraîne vers la glacière. Il m'aide à m'asseoir dessus, puis se pose à côté de moi et passe un bras autour de mes épaules.

— Ça va aller, chuchote-t-il. Détends-toi. Respire.

— Mamie est morte, je lui annonce.

Je le distingue mal, à cause des larmes qui obstruent mes yeux.

— Oh, je suis navré ! dit-il. Vraiment désolé, Lizzie.

— Elle regardait *Docteur Quinn, femme médecin*.

J'ignore pourquoi je lui confie ce détail futile, mais c'est plus fort que moi.

— Et elle buvait de la bière, j'ajoute.

— Eh bien, vu sa personnalité, c'était la meilleure manière pour elle de partir, non ?

Je hoquette, entre rires et sanglots.

— Lizzie ? poursuit ma mère. Qui est avec toi ?

— Chaz.

— Oh, chérie, ne pleure pas ! Mamie avait quatre-vingt-dix ans, tu sais ? Il fallait s'y attendre.

— Justement, moi, je ne m'y attendais pas !

Vaguement, je me rends compte que le fracas du feu d'artifice s'est tu, remplacé par un drôle de silence. Je m'aperçois alors que tous les invités de Shari sont tournés vers moi et me reluquent. Je tâche de me ressaisir, essuyant mes yeux du revers de la main. Hélas, mes larmes refusent de se tarir.

Comprenant le problème, Chaz m'enlace et me serre contre lui. Il n'en faut pas plus pour que je me transforme en véritable fontaine. Mon téléphone est cependant toujours collé à mon oreille.

— Je suis heureuse que Chaz soit près de toi, enchaîne maman. C'est un vieil ami, très gentil. Il va prendre soin de toi.

Je me garde de lui répondre que ledit ami si gentil m'a fait des propositions déplacées, à peine cinq minutes plus tôt.

— Oui, je balbutie.

En vérité, sans cet appel désastreux, j'étais à deux doigts d'accepter son invitation, à ce maudit Chaz.

— Il faut que je raccroche, m'man.

— Oui, chérie. Je t'aime.

Sur ce, nous coupons. Chaz continue de me consoler. Tiffany s'approche pour demander ce qui se passe, tandis que Shari me caresse le bras.

— Ça va aller, me rassure-t-elle.

Sauf que… non. Comment cela pourrait-il aller ?

Mamie est morte.

Et je ne lui ai même pas dit au revoir.

Brève histoire du mariage

Pourquoi l'annulaire de la main gauche est-il celui de vos doigts censé arborer votre alliance ? Dans l'Antiquité, les Égyptiens et les Romains croyaient qu'il renfermait une veine reliée directement au cœur et ils décidèrent que c'était l'endroit logique où placer l'anneau nuptial. Depuis, la science a prouvé que leur théorie n'était pas fondée.

Mais la tradition a perduré, et ce doigt s'appelle désormais l'annulaire. Par ailleurs, n'est-il pas terriblement romantique de songer que notre alliance est reliée à notre cœur ?

Bon, d'accord, par l'intermédiaire d'une veine pleine de sang, ce qui est assez beurk.

Petites ficelles pour éviter un mariage désastreux,
par Lizzie Nichols

Ça vous semblera évident, mais tant le marié que la mariée devraient essayer leurs alliances avant le grand jour. Imaginez un peu un anneau qui coince en pleine cérémonie, à cause de doigts ayant gonflé sous l'effet d'un accès de boulimie de dernière minute dû à la nervosité !

14

Vous êtes nés ensemble, et ensemble vous vivrez à jamais [...] Mais, dans votre vie commune, créez des espaces. Et laissez-y danser les vents célestes.

Khalil GIBRAN (1883-1931),
poète et écrivain libano-américain

— Tiens, encore un ! grommelle ma sœur Rose en laissant tomber un plat sur la table de la cuisine[1]. Des haricots, je crois. Enfin, une mélasse verte.

Mon autre frangine, Sarah, relève la tête du calepin dans lequel elle liste les noms de tous ceux qui nous ont apporté à manger afin de les remercier plus tard.

— De la part de qui ? demande-t-elle.

— Aucune idée, rétorque Rose, revêche, tout en fouil-

1. Aux États-Unis, lors d'un décès, il est d'usage que les amis et les voisins apportent de la nourriture dans la maison endeuillée, la famille du défunt n'étant pas censée avoir le temps de cuisiner alors qu'elle est accablée par le chagrin.

lant dans son sac à main. Je l'ai trouvé devant la porte. Tu n'as qu'à lire la carte d'accompagnement, idiote !

— Va chier ! riposte Sarah en s'emparant de la carte plantée dans le plat.

— Et c'est avec une bouche qui profère pareilles grossièretés que tu embrasses ton bonhomme ? s'esclaffe notre aînée. Oups ! Il t'a larguée, j'avais oublié ! À propos, où est Luke ?

— Oublie-moi, je réponds.

— Qu'est-ce qu'elle a ? lance Rose à Sarah.

— Elle ne te parle plus depuis que tu as vendu sa cliente aux journaux.

— Oh ! Ne me dis pas que tu es encore en pétard à cause de ça ! De l'eau a coulé sous les ponts, depuis. Notre grand-mère vient de mourir. Allez, explique-moi un peu où est Luke, ton *fiancé*. Il n'a pas l'intention d'assister à l'enterrement de ta mamie ? Il est trop pris par ses chères études ? Comme d'hab' ?

— Il est en France, je gronde, la mâchoire serrée.

— Voyez-vous ça ! En France ! Carrément !

— C'est vrai !

Omondieu ! Pourquoi suis-je incapable de tenir ma langue face à une fille à laquelle je me suis pourtant juré de ne plus adresser la parole ? Et voilà que je développe, en plus !

— Il aide son oncle à monter une antenne à Paris. Non que ce soient tes oignons. Il voulait revenir. Il est désolé. Malheureusement, il lui est impossible de se libérer.

Et puis, nous observons une pause dans nos relations. Ce que je ne précise pas à Rose, laquelle ne mérite pas de connaître les détails de ma vie personnelle. Mais c'est la vérité vraie.

— Ben voyons ! raille mon aînée. Nous commençons à nous demander si ce type existe, tu sais ? Peut-être l'as-tu inventé pour nous faire croire que tu avais un mec.

Riant aux anges, elle pousse la baie vitrée et sort dans le jardin sans se donner la peine de refermer derrière elle, si bien que tous les moustiques en profitent pour investir la maison.

— Je la déteste moi aussi, lâche Sarah avec décontraction. Ignore-la. Je te jure, tu es une sacrée veinarde d'avoir quitté ce bled.

Je suis assise, les bras croisés sur la poitrine. Je n'ai pas quitté cette position depuis mon arrivée ici. Je ne réalise toujours pas que mamie est morte. Même si j'avais conscience qu'elle était très âgée. Mais pas si âgée que ça, quand même.

Un peu plus tôt, le père de Shari est passé déposer une assiette de biscuits préparés par sa femme.

— C'était une mort naturelle, m'a-t-il répondu quand je l'ai interrogé sur les causes du décès. Ta grand-mère était très âgée.

J'ai failli demander s'il allait y avoir une autopsie – un regard de ma génitrice m'a retenue. Maman n'apprécie guère qu'on évoque devant papa le découpage en rondelles de sa mère. Ce que je peux comprendre.

Bref, mamie avait quatre-vingt-dix ans, et sa disparition n'a rien de mystérieux.

Mais pourquoi maintenant ? Alors que j'avais plus que jamais besoin d'elle ? Sans vouloir paraître égoïste, j'estime qu'elle aurait pu attendre un ou deux mois que je sois moins paumée.

Tout le monde a semblé intensément soulagé quand le docteur Dennis m'a tendu un flacon de cachets.

— Shari m'a prié de te prescrire ces pilules, s'est-il justifié, mal à l'aise. Elles t'aideront à te sentir mieux. Mais pas d'alcool, d'accord, Lizzie ?

Réflexion qui a déclenché l'hilarité générale, comme s'il venait de sortir une bonne blague. Il m'a regardée, l'air d'attendre que je prenne un cachet. J'ai fait semblant d'obéir, pour qu'on me fiche la paix.

Sauf que… s'ils croient que me droguer va m'empêcher d'aborder les sujets qui dérangent – par exemple, jouera-t-on la chanson préférée de mamie (*Highway to Hell*, d'AC/DC) à l'enterrement ? –, ils se fourrent le doigt dans l'œil jusqu'au coude. Mamie se contentait peut-être de traverser l'existence dans les bienheureuses vapeurs de l'alcool – et elle était douée pour ça –, pas moi.

Plutôt mourir.

— Franchement, poursuit Sarah, tu n'as pas idée de la garce qu'est devenue Rose. Enfin, elle l'a toujours été, garce ; simplement, ça empire avec le temps. Tu trouves qu'avoir dénoncé ta copine aux paparazzi était dégueu ? Attends un peu sa prochaine vacherie ! C'est sûrement le début de la ménopause. J'ai vu quelque chose à ce sujet chez *Oprah*[1]. D'accord, Chuck et moi vivons une période difficile. Mais il ne m'a pas larguée. Il prend seulement un peu de temps pour réfléchir. Comme si

1. Allusion à l'émission télé d'Oprah Winfrey, une des grandes prêtresses des talk-shows outre-Atlantique.

c'était le nirvana entre Rose et Angelo, en plus ! Lui n'a même pas de boulot. C'est elle qui l'entretient.

Que ma sœur croie que j'ai inventé Luke de toutes pièces me dépasse. Jamais je ne me serais donné autant de peine. Surtout pour elle.

Certes, mon fiancé n'a pas proposé de revenir pour me soutenir lors des funérailles. En même temps, c'est moi qui ai imposé cette pause dans nos relations. Il a sans doute cru qu'il ne serait pas le bienvenu. Rien de plus normal, non ? C'est ma faute, finalement. Le pauvre chéri pense sûrement que je ne veux plus de lui.

Et puis, ses grands-parents sont décédés depuis belle lurette. Il ignore ce que c'est que perdre sa grand-mère à l'âge adulte. Surtout quelqu'un d'aussi proche que l'était mamie. Il ne se rend pas compte. Moi non plus, au passage. C'est la première fois que je vis pareille épreuve.

Sans l'épaule de mon fiancé pour pleurer dessus.

— Et tu verrais ce qu'elle inflige à ses gosses ! poursuit Sarah. Ils sont surbookés comme personne. Danse classique, claquettes, karaté, gym, français… du français, nom d'un chien ! Ils habitent le Michigan, qu'ont-ils besoin de connaître cette langue de sauvages ? Bon, à ton mariage, peut-être, si jamais il a lieu. Ces pauvres petits n'ont pas une minute à eux. Ce ne sont pas des enfants. Pas étonnant qu'ils soient aussi bizarres.

À cet instant, l'aînée de Rose, Maggie, entre dans la cuisine, armée d'un calepin et d'un stylo.

— Je lance un journal, nous annonce-t-elle. Je voudrais vous poser quelques questions. Vous avez des infos ?

Sarah et moi la contemplons avec ahurissement.

— Quoi ?

— Des infos ! braille Maggie. J'écris un journal pour les enfants. Il me faut des infos. Vous en avez ?

— Ton arrière-grand-mère vient de mourir, ça ne te suffit pas ? s'emporte Sarah.

La gamine me contemple.

— Tatie Lizzie, que ressens-tu face à la mort de mamie ?

Des larmes me picotent les yeux. Je me retiens d'éclater en sanglots devant ma nièce.

— Je suis très triste. Elle va beaucoup me manquer.

— Puis-je te citer ?

— Oui.

— Super. Merci.

Sur ce, elle tourne les talons et sort sans un autre mot.

— Tu vois ? reprend Sarah. Cette petite est cinglée.

C'est le moment que choisit Rose pour revenir dans la pièce. Elle empeste la cigarette. Refermant la baie vitrée, elle laisse tomber son paquet de clopes et son briquet dans son sac.

— Quelle petite est cinglée ? lance-t-elle.

— La tienne, rétorque aussi sec Sarah. Maggie vient juste de nous demander des infos pour son journal.

Rose soulève le papier alu qui recouvre une génoise aux pêches et plonge une cuiller dedans.

— Au moins, elle a de l'imagination, elle, lâche-t-elle. Elle ne se contente pas d'être une débile qui se cure le nez, contrairement à certains mômes que je connais.

Sarah s'apprête à relever l'affront, mais je la précède.

— Qu'as-tu fait avec l'argent, Rose ?

— Quel argent ?

— Celui que tu as obtenu pour avoir raconté à la presse qu'Ava Geck se cachait chez moi. Dans quoi l'as-tu dépensé ? Il ne peut s'agir d'une liposuccion des bras, car ils sont plus gras que jamais.

Le cri de rage de Rose fait trembler la porcelaine. J'en déduis qu'il vaut mieux que je m'éloigne.

— Que se passe-t-il, dans la cuisine ? s'enquiert ma mère lorsque j'entre dans le salon.

Mes parents reçoivent le père Jim, qui sera chargé du service en mémoire de mamie.

— Rien, j'élude en m'affalant sur le canapé. Des histoires entre frangines.

— Désolée, mon père, dit maman au prêtre. Poursuivez, je vous en prie.

La conversation reprend. Je la suis vaguement, sans en saisir grand-chose dans l'hébétude où je me trouve. Je ne me souviens pas m'être jamais sentie aussi malheureuse. J'ai envie de mourir. Vraiment. Pourquoi ne m'a-t-on pas encore tuée ? Comment les gens arrivent-ils à continuer leur vie comme si de rien n'était, alors que c'est la fin du monde ?

— Une messe serait appréciée, suggère le curé.

— Excellente idée, approuve ma mère.

— Pas si sûr, objecte mon père. Ça risque de rallonger l'enterrement d'une heure. Ouille ! (Maman vient de lui décocher un coup de pied sous la table.) Ce que je veux dire, c'est que ma mère n'était pas une femme spécialement croyante.

Malgré ma tristesse, je perçois la justesse du propos. Grand-mère aurait souhaité qu'on rende hommage à Byron Sully, pas à dieu, vu que Byron Sully était son dieu.

Voilà qui me requinque un peu. Le chagrin commence à céder la place à autre chose. La colère.

— Ce qui rend un service religieux d'autant plus nécessaire, insiste l'homme d'Église. Il est vrai que la défunte n'était pas très assidue à la messe, surtout ces dernières années. Je pense néanmoins que c'est ce qu'elle aurait voulu, si elle avait eu toutes ses facultés.

De quoi ? Elle les avait, ses facultés ! Plus que ce crétin de curé, en tout cas ! Mais je me mords la langue pour ne pas lui balancer cette vérité à la figure.

— Pour ce qui concerne la sélection musicale, continue l'affreux, que…

— Sa chanson préférée était *Highway to Hell.*

Cette fois, je n'ai pas pu m'empêcher de l'interrompre. Omondieu ! Qu'est-ce qui me prend ? Même moi, je suis étonnée. Ma mère me fusille du regard, tandis que papa éclate de rire. Maman s'empresse de doucher son hilarité d'un coup d'œil réfrigérant.

— Euh…, marmonne le père Jim. Certes. Je songeais toutefois à quelque chose de plus traditionnel, susceptible de plaire aux paroissiens…

Derechef, je le coupe. Franchement, je deviens folle. Ma mère a raison d'être mécontente. Sauf que…

— Puisque je vous dis que c'était sa chanson favorite ! Ce n'est pas ce qu'on fait, en général, à l'enterrement de quelqu'un ? On ne respecte pas ses goûts ?

— Il existe peut-être une version instrumentale ? suggère papa, pensif.

Ma mère fronce les sourcils, furibonde.

— S'il te plaît, Lizzie, lance-t-elle ensuite, Mme Brunswick a promis d'apporter un ragoût. Tu veux bien aller l'attendre sur le perron ? Elle s'est foulé la cheville. Épargnons-lui de descendre de sa voiture avec une grosse gamelle. Sois gentille, occupe-t'en.

Je la contemple comme si elle avait perdu la boule, elle aussi. Quand il devient clair qu'elle ne plaisante pas (vu la façon dont *elle* me toise sans ciller), je soupire et me lève. Je suis presque à la porte quand je l'entends confier au curé à voix basse :

— Lizzie et sa grand-mère étaient très proches. Mieux vaut qu'elle n'assiste pas à cet entretien. Lizzie a toujours été la plus… émotive de mes filles.

Les larmes obstruent ma vision. Je sors en titubant sur le porche. La nuit commence à tomber, et personne n'a encore songé à allumer. Je m'écroule sur les marches, la tête entre les mains. Émotive ? Moi ?

OK. Est-ce faire preuve d'*émotivité* que ressentir de la tristesse à la mort de sa grand-mère ? Est-ce faire preuve d'*émotivité* que souhaiter que la cérémonie funèbre soit dirigée par quelqu'un qui la connaissait et soit en mesure de prononcer des paroles signifiant vraiment quelque chose ? Est-ce faire preuve d'*émotivité* qu'avoir l'impression d'être une étrangère au sein de ma propre famille, comme si ces gens que j'ai toujours côtoyés ignoraient qui je suis, comme s'ils ne se souciaient pas de moi ? Mamie a été la seule, la seule de tous, à m'avoir prodigué des conseils dignes de ce nom.

Même si je ne le lui ai jamais dit.

À présent, elle n'est plus là. Et l'occasion ne se représentera pas. Je ne lui parlerai plus.

Omondieu ! Je devrais sans doute prendre une de ces pilules prescrites par le docteur Dennis. Elles sont dans la poche de mon jean. M'aideront-elles à ne plus être aussi *émotive* ? M'anesthésieront-elles ? J'aimerais bien.

Les phares d'un véhicule apparaissent, et je relève la tête. Mme Brunswick et son ragoût. Je m'essuie les joues. Je ne tiens pas à ce que cette bonne femme, qui qu'elle soit, me voie dans cet état.

La voiture ne se gare pas dans notre allée, mais le long du trottoir, un peu plus loin. Il règne une telle chaleur humide dehors qu'une espèce de brume flotte dans l'air. Je contemple les feux arrière du véhicule, respirant à pleins poumons l'atmosphère estivale si familière et pourtant si bizarre après tant de mois passés à New York. L'odeur de l'herbe fraîchement tondue, les stridulations des cigales et des criquets… Ces parfums et ces bruits me sont presque étrangers, désormais. Voilà trop longtemps que je n'ai pas baigné dedans.

Le conducteur descend de la voiture. Malgré l'obscurité, je devine que c'est un homme. Grand et large d'épaules. Je détourne les yeux vers les profondeurs noires de notre jardin, ce même jardin où mes sœurs m'ont obligée à nettoyer au jet le couvre-lit de nos parents, un jour que mamie nous gardait et qu'elle avait vomi dessus, après avoir ingurgité trop de cognac de cuisine.

Oui, ça n'avait pas été très drôle.

Mais, avant ça, avant qu'elle ne soit malade, mamie m'avait raconté qu'elle avait travaillé dans une usine de munitions pendant la Deuxième Guerre mondiale, tandis que grand-père se battait en France. Tous les hommes de son bataillon étaient morts après avoir trouvé une bouteille de vin dans une ferme abandonnée des environs de Marseille ; ils l'avaient bue, ignorant qu'elle avait été empoisonnée par des sympathisants nazis. S'étant voué à l'abstinence, papi avait été le seul à en réchapper. Elle m'avait aussi raconté qu'elle et ses copines se peignaient des lignes noires sur l'arrière des jambes le samedi soir quand elles sortaient bringuer, histoire de faire croire qu'elles portaient des bas, lesquels manquaient, parce que toute la soie avait été réquisitionnée pour fabriquer des parachutes.

Voilà le genre de sujets que nous devrions aborder à son enterrement. Les jours heureux. Les sacrifices incroyables que cette génération a faits sans se plaindre. Pas des citations bibliques idiotes qui n'ont aucun rapport avec mamie.

L'inconnu approche de notre maison. Par la taille et la silhouette, il ressemble à… mon fiancé. Mon cœur se fige. Qu'est-ce que Luke fabriquerait ici ? Certes, ma grand-mère, le membre de ma famille que je chérissais le plus, est morte ; certes, je suis très déçue qu'il n'ait pas essayé de rencontrer les miens depuis que nous sommes ensemble. Mais il est en France. Et nous observons une pause dans nos relations. Il est impossible qu'il ait traversé l'Atlantique rien que pour assister aux funérailles d'une vieille dame dont il ignorait tout.

Soudain, au milieu des volutes de brouillard, je distingue un détail qui me coupe le souffle. Mon cœur qui, un instant plus tôt, était pétrifié, explose en millions de fragments brûlants, comme un feu d'artifice dans ma poitrine : l'inconnu a une casquette vissée sur le crâne.

La seconde suivante, je suis debout et je cours. Je cours vers lui, jusqu'à ce que je l'aie rejoint. Je m'arrête. Lui aussi. Et, semble-t-il, le temps également. Je ne perçois plus que les cigales et les battement respectifs de nos cœurs.

— Qu'est-ce que tu fiches ici ? je demande d'une voix étonnamment rauque.

— À ton avis ? riposte Chaz, d'une voix tout aussi grave. Je suis venu voir comment tu t'en tirais.

La rue est déserte.

— Où est Valencia ?

— Que Valencia aille se faire mettre.

— Et moi qui croyais que tu t'étais déjà occupé de ce détail !

— Je peux m'en aller, si c'est ce que tu veux.

Mon cœur tressaille, j'avance d'un pas et je pose une main sur l'épaule de Chaz.

— Non. Désolée… Oh, Chaz ! C'est horrible !

— Je sais.

Je ne vois pas ses yeux, dissimulés sous la visière de sa casquette.

— Non, je réponds, en me mettant à pleurer. Il ne s'agit pas seulement de mamie. C'est plus que ça.

Et voilà que, sans crier gare, ça se reproduit : ma bouche l'emporte sur mon cerveau, et les mots m'échappent sans que je puisse les retenir :

— Je suis dans le caca… Je crois bien… Je crois que je suis amoureuse du meilleur ami de mon fiancé.

— Et alors ? rétorque-t-il, pas tellement surpris. Moi, c'est pire. Je suis amoureux de la fiancée de mon plus vieux copain.

Le silence tombe. Ni Chaz ni moi ne semblons plus respirer, et même les insectes se sont tus.

Ai-je bien entendu ? La fiancée de son plus vieux copain ? Mais... Mais c'est moi, ça !

Omondieu ! Chaz m'aime !

Voici pourquoi il est venu jusqu'ici en ce soir brumeux. Voici pourquoi il se tient devant moi, bras ballants, paumes ouvertes, sans rien cacher, sans plus d'ironie, sans plus de remarques mordantes, sans plus de Luke ou de Valencia, sans plus rien…

Sauf nous deux.

Il n'a fallu pour cela que quelques milliers de kilomètres entre Luke et moi, l'oubli de tous les sentiments qui n'étaient pas réels, et la mort d'une des personnes au monde à laquelle je tenais le plus.

Alors, comme poussés par une force extérieure, nous faisons chacun un pas vers l'autre et nous tamponnons.

— Oups !

— Lizzie !

Je jette mes bras autour de son cou, j'attire sa tête pour l'embrasser.

Ensuite, nous ne disons plus rien pendant très longtemps.

Brève histoire du mariage

La première liste de mariage fut créée par le grand magasin Marshall Fields, à Chicago, en 1924. L'idée était d'aider les couples à définir quels cadeaux ils souhaitaient recevoir afin d'équiper leur foyer. Rapidement, tous les magasins du monde ont repris le concept à leur compte.

Target a instauré la première liste de mariage en ligne en 1993.

En revanche, personne n'a su déterminer avec précision quand le premier galant jaloux s'est connecté sur le site de la belle qui l'avait éconduit afin de se moquer de sa liste devant tous ses collègues de bureau.

Petites ficelles pour éviter un mariage désastreux, par Lizzie Nichols

Personne n'aime à imaginer qu'un mariage puisse être annulé. Malheureusement, cela arrive. Voilà pourquoi l'étiquette exige qu'on n'ouvre jamais les cadeaux reçus à l'avance, de façon à pouvoir les retourner à l'envoyeur en cas de naufrage précoce. Ce qui est la moindre des politesses.

15

Viens partager ma vie, sois mon amour,
Nous inventerons des plaisirs nouveaux,
De sables d'or, de cristallins ruisseaux,
De lignes soyeuses, d'hameçons argent.

John DONNE (1572-1631)
poète anglais

— C'est si mal, je murmure, vautrée toute nue sur Chaz, lequel est également à poil.

— Est-ce pourquoi c'est si bon ?

— Si l'enfer existe, nous sommes cuits.

— Au moins, nous y serons ensemble. Et je suis certain que nous y retrouverons Elvis. Et Einstein. Lui aussi s'adonnait à l'adultère, non ?

En gémissant, je détourne la tête... pour tomber sur une peinture murale qui représente un château perché sur une colline. Hideux. Toutefois, je n'essaie pas de regarder de l'autre côté, car un dessin encore plus laid orne la paroi opposée – celui d'un cavalier chevauchant un destrier blanc. Chaz loge à *L'Auberge du Chevalier*, laquelle a, pour faire époque, des fenêtres genre Moyen Âge et une tourelle. Lorsque je lui ai demandé pourquoi il avait choisi pareil hôtel, il a répondu avec simplicité :

— Voyons, Lizzie ! Comment peux-tu poser une telle question ? J'ai une tour dans ma chambre !

Sa voix me ramène à la réalité.

— Shakespeare aussi trompait sa femme. Bref, on ne va pas s'ennuyer en enfer.

— Je ne trompe personne, j'objecte. Je ne suis pas mariée, juste fiancée. Et Luke et moi observons une pause.

— En avez-vous défini les conditions ? Incluent-elles des séances de jambes en l'air torrides avec le meilleur copain ?

— Arrête ! Tu a profité de ma faiblesse émotionnelle.

— Moi ?

Chaz se met à rire, et ma tête rebondit sur son estomac.

— Alors que tu m'as sauté dessus dans l'allée de tes parents, enchaîne-t-il. J'étais simplement venu présenter mes condoléances et, la minute suivante, tu me fourrais ta langue dans la bouche et ta main dans le pantalon. J'ai failli alerter les flics pour les prévenir qu'une détraquée sexuelle rôdait dans le quartier.

— Sérieux, qu'allons-nous faire ?

— J'ai bien quelques idées à ce sujet, répond-il en soulevant le drap.

— Nous n'avons pas le droit de laisser notre lascivité bestiale gâcher notre amitié.

— Je n'ai pas envie d'être ton ami. Ça m'a pris le jour de l'an, tu te souviens ? C'est toi qui as tout bousillé en te fiançant à un autre. Pendant que je dormais du sommeil du juste, qui plus est.

Roulant sur le dos, je contemple le plafond qui est enduit d'une peinture à paillettes atroce. La suspension a été forgée façon lanterne ancienne. Je ne serais pas outre mesure étonnée de découvrir qu'elle dissimule une caméra qui vient d'enregistrer nos ébats de ces deux dernières heures. *L'Auberge du Chevalier* a tout d'un hôtel de passe.

Ce qui en fait, du coup, l'endroit idéal pour abriter ma liaison sordide avec l'ex de ma plus vieille amie et meilleur copain de mon fiancé.

— Tu es contre le mariage, je geins à l'adresse du mouchard.

(S'il y en a un, s'entend.)

— Si ce n'était pas le cas, je me garderais de t'épouser, de toute façon. Dans la mesure où tu t'enverrais mon meilleur pote pendant que j'ai le dos tourné, à l'enterrement de ta grand-mère par-dessus le marché ! Tu serais la pire épouse qui soit.

Je me rue sur lui, mais il me plaque sur le matelas et se couche sur moi, ses yeux rivés aux miens.

— Lizzie, murmure-t-il, l'air grave, une fois n'est pas coutume. Il faut que tu cesses de te reprocher ce qui nous arrive. Toi et Luke avez rompu il y a longtemps. Tu n'aurais jamais dû accepter sa demande en mariage, comme je te l'ai dit ce matin-là, chez toi. Si tu m'avais écouté, tu nous aurais évité à tous pas mal de souffrances. Surtout à moi. Et à toi.

Je le fusille du regard.

— Tu crois que je ne le sais pas ? je riposte, piquée au vif. Permets-moi de te rappeler que tu ne t'es pas particulièrement conduit comme le prince charmant, ce fameux jour. Il aurait suffi que tu m'avoues tes sentiments.

— Et d'une, ce n'est pas comme si tu m'en avais laissé l'occasion… Quand je me suis réveillé, tu étais déjà fiancée. Et de deux, je t'ai dit que je t'aimais, et tu as pris cela sur le ton de la plaisanterie avant de filer.

Je tressaille.

— Au *O'Riordan's Sport Bar* ? je m'indigne. Excuse-moi, mais tu as été tellement méchant que je n'ai pas songé une seconde que tu pouvais être sérieux.

— De quoi ? proteste-t-il à son tour. Je t'ai dévoilé mon âme, et tu m'accuses de méchanceté ? Merci !

— Franchement, tu as été horrible. Tu ne croyais tout de même pas que j'allais croire à ta sincérité…

— J'étais très blessé ! La femme que j'aimais, dont je pensais qu'elle m'aimait aussi – inutile de mentir, tu l'as dit au mariage de Jill Higgins – venait d'en choisir un autre !

— Sottises ! Lors de ces noces, j'ai juste accepté l'idée qu'une évolution de notre amitié à un autre niveau était possible. Ce qui est complètement différent d'avouer son amour.

— Si, comme tu l'affirmes, je me suis montré méchant, c'est ta faute. Tu t'es comportée comme une malade. Te fiancer à un type qui ne te correspond pas du tout…

— Pourtant, tu n'as émis aucune objection quand Luke et moi avons commencé à sortir ensemble, l'été dernier.

— Ça va de soi ! Pourquoi m'opposer à ce que vous

couchiez ensemble ? Je n'imaginais pas que tu voudrais l'épouser ! D'autant qu'il était évident que tu n'étais pas éprise de lui.

Comme il pèse de tout son poids sur moi, je suis condamnée à le toiser avec mépris.

— Tu ignores de quoi tu parles. J'étais complètement raide de lui.

— Avant l'incident de la machine à coudre en guise de cadeau de Noël, je le concède. Mais pas après. Tu as juste mis un peu de temps à l'admettre.

Je réfléchis. Est-ce la vérité ? Je n'en suis toujours pas convaincue. Sauf que j'ai très peur que ce ne soit pas faux non plus.

— Et puis, tu as fini par reconnaître que c'est moi que tu aimes, conclut Chaz en tendant le bras vers le menu du room service. Alors, quelle importance ? Et maintenant, j'ai besoin d'un remontant. Tout cet exercice physique affamerait le plus vaillant des chevaliers. De quoi as-tu envie ? De *nachos* au bœuf ? Ou… Oh ! des patates au bacon et au cheddar accompagnées de crème aigre. Cet établissement offre décidément des mets d'une délicatesse insoupçonnée. Attends ! Ils ont aussi des friands à la dinde et au fromage fondu. Qui résisterait à ça, hein ?

— Je ne peux quand même pas lui dire ! j'explose.

— Quoi donc ? Que tu as mangé des friands à la dinde et au fromage fondu ?

— Non. Descends de là, tu pèses une tonne. (Il s'exécute docilement.) Luke, il ne faut pas qu'il l'apprenne.

— Je comprends, répond Chaz en s'appuyant sur un coude et en me contemplant de ses yeux bleus dénués d'expression. Boulotter de la dinde et du fromage fondu, c'est répugnant.

— Non, idiot ! Pour nous deux. Il ne doit pas être au courant.

— Tu comptes te marier avec lui et m'utiliser comme *sex-toy* ? Très moderne de ta part.

— Non. Je… Je ne sais pas ce que je compte faire. Comment puis-je… Il m'aime.

— Commandons à manger, Lizzie. Nous ne sommes pas obligés de résoudre ce problème ce soir, et ils ne servent plus après vingt-trois heures.

— Je ne suis pas… très douée, pour ce genre de choses. Mal me conduire, s'entend.

— Je ne parierais pas là-dessus, s'esclaffe-t-il. Tu as été très vilaine, tout à l'heure.

Je l'assomme avec l'un des mauvais oreillers de *L'Auberge du Chevalier*. Rieur, il me l'arrache avant de me plaquer de nouveau sur le lit.

Nous avons tout juste le temps de commander nos *nachos* avant le couvre-feu.

— Où étais-tu, cette nuit ? exige de savoir Sarah lorsque je rentre à la maison, le lendemain matin.

— Tu ne portes pas les mêmes vêtements qu'hier ? renchérit cette garce de Rose.

Leurs prunelles s'illuminent quand Chaz déboule derrière moi.

— Chaz ! s'écrie ma mère, absolument ravie. Quelle surprise !

— En effet, ajoute Rose en me gratifiant d'un coup d'œil au laser qui serait capable de transpercer de l'acier.

Quand es-tu arrivé en ville ? Laisse-moi deviner… hier soir ?

— Comme c'est gentil de ta part d'être venu, s'interpose maman en le serrant contre elle.

Chaz a si longtemps fréquenté Shari qu'il est de la famille, ou presque. Pour mes parents, du moins. Mes sœurs détestent tout le monde. Excepté leurs enfants. Et encore…

— C'était tout naturel, j'appréciais beaucoup madame Nichols.

Ma mère le lâche au moment où mon père sort de son antre, ses lunettes perchées sur le front, son journal à la main.

— Ma mère avait une sacrée personnalité, commente-t-il en serrant la main de Chaz. Heureux de te voir.

Pendant ce temps, mes frangines se repaissent des rougeurs que la barbe de mon amant a laissées sur ma peau, et qu'aucune quantité de fond de teint ne saurait dissimuler. Les poils de Chaz qui, chez tout homme normalement constitué, forment une ombre à partir de la fin d'après-midi, ont déjà repoussé chez lui dès dix heures du matin. Après cela, chaque baiser s'en ressent. Consciente des regards à la fois ravis et scandalisés de mes sœurs, je me détourne afin d'inspecter les dernières offrandes : tarte de la part des voisins, composition florale envoyée par le dentiste de mamie. De son côté, Chaz accepte un café et un morceau du gâteau apporté par les Hoffman.

Dès que les autres sont hors de portée, Rose s'approche de moi.

— Traînée ! me siffle-t-elle à l'oreille, tout en me pinçant les fesses.

Puis elle déguerpit dans la cuisine afin de remplir sa tasse de café. Je pousse un cri. Rose pince *très* fort. Ensuite, c'est au tour de Sarah de glisser vers moi.

— Je l'ai toujours trouvé mignon, chuchote-t-elle. Enfin, pas au sens habituel du terme, mais, au moins, il est grand. Un peu trop velu à mon goût, néanmoins. Il poursuit ses études, non ? Il ne bosse pas encore ? Comment va-t-il t'entretenir ? Ou alors, c'est toi qui vas gagner votre croûte ? Je suis féministe, mais il y a des limites.

Mes yeux sont encore embués de larmes, suite au pincement que m'a infligé Rose. Je suis obligée de m'asseoir, car je n'y vois rien, dans ce salon où ma mère a déplacé les meubles afin d'accueillir les tonnes de fleurs qui sont arrivées. Je n'ai pas retrouvé mes esprits qu'on me fourre une feuille de papier entre les mains.

— Tiens ! me lance une voix enfantine.

— Qu'est-ce que c'est ?

— Mon journal.

Ma vision s'éclaircit, et je découvre Maggie, debout devant moi.

— Dix centimes, s'il te plaît, me réclame-t-elle, paume tendue.

Je fourrage dans ma poche en quête de monnaie, donne une pièce à la petite, qui s'esbigne sans même un remerciement. La page est imprimée en corps seize et arrangée de façon à reproduire la une d'un véritable quotidien. Il est clair que Maggie a été secondée dans sa tâche – n'étant qu'en CP, elle vient juste d'apprendre à lire et à écrire. Le gros titre, en corps vingt-six, étale ce cri : MORT DE MAMIE NICHOLS ! !! ! Dessous, l'article décrit le décès de la concernée, rapportant une déclaration d'Elizabeth Nichols, qui affirme être « très triste ».

Peu après, ma mère réintègre le salon, Chaz sur les talons, armé d'une tasse fumante et d'une assiette contenant une part de gâteau.

— Je voulais te dire que nous avons sélectionné un texte pour que tu le lises cet après-midi à la cérémonie, Lizzie, m'annonce maman.

— Quel genre de texte ?

— Un passage de la Bible qu'a choisi le père Jim. Je te le donnerai à l'avance pour que tu puisses t'entraîner. Tes sœurs en liront un également.

Rose est revenue elle aussi et s'est assise sur le tabouret du piano.

— Mamie n'a jamais ouvert une Bible de sa vie, je proteste.

— Un enterrement sans Bible, ça ne se fait pas, déclare Sarah.

— De plus, les textes ont été sélectionnés avec beaucoup de goût. Ne t'inquiète pas.

— Des extraits de la Bible pleins de goût, marmonne Chaz en posant son assiette sur une table basse.

Ma mère se tourne vers lui, et il la salue de sa tasse en lançant :

— Délicieux, madame Nichols !

— Merci, Chaz, sourit-elle, aux anges.

Personnellement, je suis trop mal pour sourire.

— M'man, ces obsèques… on dirait qu'elles n'ont aucun rapport avec mamie, je plaide. On devrait plutôt revenir sur son existence et mettre en avant ce qu'elle aimait.

— Comme quoi ? rétorque ma mère. *Docteur Quinn, femme médecin* et la bière ?

— Oui.

— Ne sois pas ridicule, Lizzie, grommelle Rose.

Elle jette un coup d'œil en direction de la cuisine, dont mon père n'est pas ressorti. Baissant la voix, elle ajoute :

— Mamie nous a assez fichu la honte comme ça du temps de son vivant. Inutile de remettre le couvert, maintenant qu'elle a cassé sa pipe.

J'écarquille les yeux, cependant que Chaz s'étrangle avec sa gorgée de café.

— Alors, Chaz, l'interpelle papa en choisissant de débarquer à ce moment-là, suivi par le mari de Rose, Angelo, en costume noir sur une chemise ouverte jusqu'au nombril, sans cravate bien sûr. Toujours en pleines études ?

— Oui, monsieur. Il me reste encore trois années à faire, puis je devrai me lancer dans la rédaction de ma thèse avant, enfin, de la soutenir. Avec un peu de chance, après ça, je pourrai décrocher un poste d'enseignant.

— Et où souhaites-tu exercer ? s'enquiert ma mère en libérant de la place sur le canapé pour mon père. Ici, dans le Midwest ? Je sais quel fan des Wolverines tu es. À moins que tu ne préfères la côte Est ?

— Ça m'est égal. J'irai où Lizzie sera.

Maman, qui portait sa tasse à ses lèvres, s'interrompt, l'air de ne pas avoir tout saisi. Rose plisse les paupières et mate ma bague de fiançailles. Angelo paraît largué. Sarah tousse. Papa, lui, se contente de sourire aimablement.

— Formidable, dit-il avant d'enfourner le reste de son gâteau.

— Je pige pas, marmonne mon beauf. Je croyais que Lizzie était fiancé à ce Luke. Et toi, Chaz, tu sortais pas avec son amie la gouine ?

— Qui est Luke ? demande mon père.

— Oh, chéri, rappelle-toi ! s'écrie ma mère. Nous lui avons parlé au téléphone. C'est ce charmant garçon que Lizzie a connu en France.

— Et je reste sa fiancée, je m'empresse de préciser. Disons seulement que les choses sont… un peu compliquées.

— Comme toujours, commente Rose en se levant pour débarrasser les assiettes de Chaz et de papa. Dommage que grand-mère ne soit plus là. Elle aurait adoré !

Un peu tardivement, je me rends compte que ma sœur n'a pas tort. Non seulement, mamie aurait adoré que Chaz et moi ayons couché ensemble, mais en plus, elle aurait juré ses grands dieux que c'était le mieux à faire. Après tout, c'est elle qui m'a incitée à ne pas me fiancer. Elle aussi qui a toujours pensé que Chaz m'était destiné.

Et qu'il était plutôt beau gosse, si ma mémoire est bonne.

Mamie avait raison.

Sur bien des sujets, apparemment.

Brève histoire du mariage

Au début, seules les mariées avaient des alliances. Cela, parce que leurs maris les considéraient comme des possessions et que, une fois *liées* à eux par cet anneau nuptial, elles leur appartenaient littéralement. La bague, portée au quatrième doigt de la main gauche, celui qu'une veine raccordait directement au cœur, symbolisait cet acte d'appropriation de l'épouse par son mari. Ce n'est qu'à partir de la Deuxième Guerre mondiale que les hommes se sont également mis à arborer une alliance, laquelle est devenu un standard à la fin des années 1950.

Pour quelle raison ? Tout bonnement parce que les dames tenaient à ce que leurs époux se souviennent qu'ils n'étaient pas disponibles, même loin de chez eux !

Petites ficelles pour éviter un mariage désastreux, par Lizzie Nichols

En cas d'annulation du mariage, il est recommandé, mais pas obligatoire, d'envoyer des lettres annonçant officiellement la triste nouvelle. Vous pouvez bien sûr informer votre famille et vos amis de façon orale. Mais si vous remettez vos noces, une carte mentionnant la nouvelle date (et nouveau lieu éventuel) de la cérémonie est absolument indispensable. Si, en revanche, vous ne vous sentez pas d'appeler vos invités pour leur dire que c'est à l'eau, vous avez le droit de demander à une autre de le faire pour vous. La couturière ayant réalisé votre robe, par exemple. Nous sommes là pour ça, après tout ! Enfin, nos réceptionnistes, du moins.

16

J'ai étalé mes songes sous tes pieds ;
Fais-toi légère, car tu marches sur mes rêves.

W. B. YEATS (1865-1939),
poète et dramaturge irlandais

— Où diable étais-tu passée, chérie ? me demande ma mère quand Chaz et moi déboulons à l'église, en retard.

Chaz a eu cette idée afin de m'épargner la levée du corps, pratique qu'il a qualifiée de barbare. Hélas, je découvre qu'ils ont laissé le cercueil ouvert, rien que pour moi.

— Dépêche ! m'ordonne ma génitrice. Ils vont le fermer.

— Euh… pas grave. Ça ira comme ça.

— Non, chérie. Plus que quiconque, tu as besoin de voir que ta grand-mère repose en paix.

— Je te jure que c'est inutile, m'man.

Visiblement, elle ne me croit pas, car elle m'arrache des bras protecteurs de Chaz pour me propulser près du cercueil, au fond de l'église. Mamie y gît, méconnaissable tant elle est petite et frêle. Je suis horrifiée.

— Là, on dirait qu'elle dort, reprend ma mère, rassurante.

C'est archi-faux. Mamie ressemble plutôt à une statue de cire. Pour commencer, la personne qui s'est occupée de la maquiller lui a collé des tartines de rouge sur les joues. Ensuite, ils l'ont fagotée dans une robe bleue à col de dentelle bien trop haut qu'elle aurait refusé de porter, et ils ont mis ses mains en croix sur sa poitrine. Une canette de Budweiser aurait été plus appropriée, si vous voulez mon avis.

— Tu peux l'embrasser, si tu le souhaites, suggère ma maternelle.

Je préférerais embrasser DJ Tippycat, sans vouloir offenser personne.

— Non merci, je dis.

— Maggie l'a fait, elle ! objecte ma mère, vexée.

Je cherche des yeux l'intéressée. Alors que je m'attendais à la trouver blottie dans un coin de l'église, recroquevillée sur elle-même, en état de choc, elle s'amuse à remplir d'eau bénite une vieille bouteille de soda, tout en affirmant à sa cousine que c'est délicieux, et qu'elle en boit tout le temps.

— Euh… pas la peine.

Je me fiche qu'une gamine de six ans ait eu ce courage. Je me fiche aussi qu'il s'agisse de ma grand-mère. Il est hors de question que je pose mes lèvres sur un cadavre.

— À ta guise, répond maman.

Elle se tourne vers le croque-mort, lequel est clairement agacé d'avoir dû patienter. Il abaisse le couvercle.

— Trop tard, maintenant, ajoute ma mère.

D'une certaine façon, ce n'est pas grave. La demi-heure que Chaz et moi avons passée à conduire comme des fous dans la ville afin d'arriver quand le cercueil aurait été clos n'a pas été vaine, même si j'ai été finalement obligée de voir mamie dans cet état. Cela m'a permis de me rendre compte que l'essence de celle qu'elle était a vraiment disparu. Lorsque le couvercle claque, toute ma tristesse s'envole, soudain. Une partie, du moins. Ce n'est pas mamie Nichols, dans cette boîte. J'ignore où elle est, mais pas là-dedans. Ce qui est un grand soulagement. Grand-mère est enfin libre.

J'aimerais pouvoir en dire autant de moi.

— Allons-y, décrète ma génitrice en prenant papa par le bras.

Il était plongé dans la lecture des bulletins paroissiaux – il n'a jamais su résister aux choses écrites. D'un claquement de doigts, ma mère rappelle mes sœurs à l'ordre, et elles rassemblent leur progéniture. Comme par magie, le père Jim se matérialise en compagnie de quelques enfants de chœur portant des bougies. Je n'identifie quasiment aucun des présents sur les bancs, sauf Shari, laquelle me fixe du regard, tandis que Chaz me conduit à ma place. Lorsque je découvre mon amie debout avec ses parents, une vague de culpabilité me submerge, et je regrette de ne pas avoir consulté mon portable, qui a vibré furieusement toute la sainte journée, sûrement pour m'annoncer son arrivée.

Bon, je sais qu'elle est ici, à présent. Et qu'elle se

doute de quelque chose, à en juger par l'expression qu'elle arbore. Elle doit avoir deviné que les rougeurs sur mon visage sont le signe que j'ai embrassé – et plus si affinités – son ex. Franchement, ce n'est pas le moment de penser à cela. Les joues en feu – pas seulement à cause de la barbe de Chaz –, je me détourne et me glisse sur le banc réservé à la famille. Le père Jim s'approche de l'autel, et c'est parti pour la messe !

Très vite, il m'apparaît que ce que je redoutais va se produire. Il ne s'agit pas de l'enterrement de ma grand-mère, mais d'une femme ayant le même nom qu'elle. Une inconnue. Parce que le curé ne sait rien de mamie. Il ignorait qu'elle détestait les tomates et la moutarde, qu'elle aimait regarder les pièces de théâtre à la télévision et écouter AC/DC. Elle se moquait bien de ce qu'il est en train de raconter. Elle ne mettait jamais un pied à l'église, sauf pour Noël, afin d'assister au spectacle de la crèche vivante dans lequel figuraient ses petites-filles et arrière-petits-enfants et, lors de ces occasions, elle ne se séparait pas d'une flasque d'alcool dissimulée dans son sac. Enfin, jusqu'à ce que, une fois, maman s'en aperçoive et la lui confisque. Après le service, elle suppliait toujours quelqu'un de lui payer une bière.

Non que celui-ci soit nul, de service. Les fleurs sont belles, le soleil illumine les vitraux multicolores d'une manière ravissante. Le père Jim fait montre de bonne humeur et de sincérité. Simplement, cela n'a rien à voir avec mamie. Cette lecture par Sarah d'un passage de l'évangile selon saint Luc ? Aucun rapport avec mamie. Ce joli chant que le chœur vient d'entonner ? Mamie aurait détesté. Mais Rose ne sera pas gênée, et cela semble l'essentiel. Même si ça ne raconte rien de la personne dont nous sommes ici pour célébrer la vie. Mamie n'est pas dans le cercueil. Mamie aimait Elvis. Mamie a quitté l'église il y a un bon moment, je pense.

Et tant mieux pour elle ! N'empêche, j'aurais aimé autre chose.

Cependant, les visages des miens me disent qu'ils sont satisfaits de cette cérémonie. Je les comprends, en un sens. Ceci est sûrement la première réunion familiale que mamie ne gâche pas d'une façon ou d'une autre. Il faut admettre qu'elle n'était pas très facile à vivre… je suis bien placée pour le savoir. Aussi marrante ait-elle été – combien de fois n'a-t-elle pas débarqué à l'école en prétextant une urgence à la maison, rien que pour m'emmener au cinéma en pleine journée, parce qu'un film à succès venait de sortir et qu'elle voulait le voir avant tout le monde, histoire de gâcher leur plaisir aux autres en leur racontant la fin ? –, elle était capable de vous faire suer comme personne. Là encore, je suis bien placée pour le savoir, et je ne compte plus les occasions où j'ai dû nettoyer son vomi.

J'ai déjà surpris mes parents évoquer la salle de jeux qu'ils allaient installer dans la chambre de mamie. Leurs projets sont légitimes… mais bon, cela ne devrait pas empêcher quelqu'un de prononcer quelques paroles personnelles sur grand-mère.

Une main se pose sur les miennes, serrées contre mes genoux. C'est Chaz, qui m'adresse un sourire plein de sympathie, comme s'il lisait dans mes pensées. Il est en costume, le même que celui qu'il portait le soir où nous avions rendez-vous chez lui, avant de sortir dîner avec Luke et Valencia, et qui a provoqué une réaction tellement violente de mon cœur. Il a laissé sa casquette à l'hôtel. Il ne sera jamais aussi beau que Luke, du moins pas au sens conventionnel du terme. Ses yeux ne sont pas sombres ni vagues, il n'a pas les longs sourcils craquants de mon fiancé.

Pourtant, mon cœur cabriole quand je le regarde.

Je suis cuite. J'en ai conscience. Je suis dans les ennuis jusqu'au cou.

Le pire, c'est que je m'en fiche, sinon pour les problèmes que ça risque de poser aux gens que j'aime, comme Shari et… oui, Luke.

— C'est ton tour, me chuchote soudain Rose en m'assenant un coup de coude dans les côtes.

Il est en effet temps que j'aille me poster derrière l'espèce de pupitre placé à côté de l'autel. Je lâche Chaz et me lève, tandis qu'il me lance un mot d'encouragement. Je m'approche du pupitre avec à la main une feuille de papier froissée sur laquelle est imprimé un extrait de l'évangile selon saint Jean. Je grimpe les marches, me débats avec le microphone pour qu'il soit à la bonne hauteur, puis affronte la mer de gens qui s'étale devant moi.

Wouah ! J'ignorais que mamie avait autant d'amis.

Ce n'est pas le cas, en réalité, et je m'en rends compte aussitôt après. Il s'agit d'amis de mes parents. Le docteur Dennis et sa femme et, au fond, les Pennebaker. Il y a également le dentiste de mon enfance et, plus embarrassant, ma gynécologue. Super !

Le seul visage qui manque est celui de mon fiancé.

Ce n'est pas grave, puisque nous observons une pause dans nos relations.

— Hum… je lance, et ma voix se répercute dans les

profondeurs de l'église. Je vais vous lire un passage de l'évangile selon saint Jean.

Qu'est-ce que ma gynéco fabrique ici ? Certes, elle s'occupe également de ma mère. De Rose et de Sarah aussi, si ça se trouve. Connaissait-elle mamie ? Était-elle la gynéco de mamie ? Parce que mamie allait chez le gynéco ? Bizarre. C'est la première fois que je songe au vagin de ma grand-mère. Je refuse de penser au vagin de ma grand-mère. Pas ici. Pas à son enterrement. Pas dans une église, alors que je lis un passage de la Bible.

— Jésus disait à ses disciples…

La vache ! Ma voix résonne drôlement fort. Pourquoi suis-je en train d'évoquer Jésus ? Mamie se moquait de Jésus comme d'une guigne. Si le monde était juste, grand-mère serait au côté de Jésus, à présent. Sauf qu'il y a de fortes chances qu'elle soit à celui d'Elvis, en enfer, comme Chaz l'a souligné. Enfin, pour peu que l'enfer existe. Et pour peu qu'Elvis y soit, ce dont je ne mettrais pas ma main à couper. L'enfer est sûrement beaucoup plus rigolo que le ciel. Moins barbant. Je pense que, quitte à choisir, mamie l'aurait préféré au paradis.

— Que votre cœur ne se trouble point.

Personnellement, j'aimerais mieux l'enfer. Du moins, si Elvis y est. Et Shakespeare. Einstein. Mamie. Chaz.

— Vous savez quoi ?

Omondieu ! Tout le monde a sursauté. Maman a l'air d'être sur le point de défaillir. Tant pis pour elle. Elle n'avait qu'à pas me demander de faire une lecture. Elle aurait dû se douter que ça arriverait.

— Mon cœur l'est, troublé, je poursuis en délaissant mon papier. Il l'est, parce j'estime que mamie n'aurait pas souhaité entendre tout ce qui vient d'être dit. Non que ce ne soit pas magnifique, je précise à l'intention du père Jim (qui semble inquiet, là où les enfants de chœur paraissent ravis de la diversion – sous leurs surplis impeccables, ils portent des baskets crasseuses). Simplement, ça n'a rien à voir avec celle qu'était ma grand-mère. Voilà pourquoi j'ai pris la liberté de préparer une autre lecture ce matin. (Je sors une deuxième page de ma poche.) Ce sont les paroles d'une chanson qu'elle adorait. Ne vous tracassez pas, je ne vais pas chanter (mes sœurs se détendent), mais il me semble important d'honorer la mémoire des disparus en mentionnant les choses qu'ils aimaient. Ce qui est le cas de ceci. Alors, mamie, où que tu sois, ces mots sont pour toi.

Dépliant mon papier, je me lance :

— *Living easy, livin' free/ Season ticket, on a one-way ride…*

Je risque un coup d'œil en direction de l'assistance. Les gens me regardent avec ahurissement. Surtout ma mère, qui paraît stupéfiée. Mon père, en revanche, sourit.

— *No stop signs, speedin' limit/ Nobody's gonna slow me down…/ Hey, Satan ! Paid my dues…/ I'm on the highway to hell.*

Maintenant, d'autres personnes sourient elles aussi. Angelo, Chuck, même Sarah. Les autres restent de marbre. Sauf Chaz. Lequel lève le pouce pour me féliciter. Je lui souris.

J'adresse un merci timide aux paroissiens, et je quitte le pupitre.

— Votre lecture était très intéressante, me lance mon

ancienne gynécologue, le docteur Lee, une heure plus tard.

Nous sommes revenus chez mes parents pour une collation.

— Merci.

Je tiens une assiette en plastique dans laquelle j'ai empilé tout un assortiment de biscuits. Grâce à la générosité des voisins et des amis, on n'en manque pas. Cependant, je n'en offre à personne, bien trop occupée que je suis à m'en gaver.

— C'était les Kinks ? poursuit mon interlocutrice.

— Non, AC/DC.

— Mais oui bien sûr ! Que je suis bête !

Elle s'éloigne, et Chaz vient prendre sa place. Son assiette contient des samoussas, de la viande grillée, du poulet à l'indienne et des nouilles froides au sésame. Il est clair qu'il s'est servi à la table où sont amassés les mets apportés par les thésards que cornaque mon père.

— Ça roule ? me demande-t-il.

— Oui. Ma gynéco a apprécié.

— Comme ça, on est deux.

— Pardon ?

— Moi aussi, j'ai bien aimé.

— Oh ! Vous êtes plus que deux. Papa, Chuck, Angelo et Sarah n'ont pas détesté.

— Six sur deux cents, ce n'est pas si mal.

— Quand allons-nous pouvoir nous éclipser, à ton avis ?

— J'allais te poser la même question.

— Encore un quart d'heure. Maman n'a pas encore eu le temps de m'engueuler.

— Et il est nécessaire qu'elle le fasse ?

— Oui, elle se sentira mieux après.

— Tu es une fille toute dévouée. T'ai-je dit que tu étais craquante, dans cette robe ?

— Une bonne vingtaine de fois.

— Tu es craquante, dans cette robe.

— Vingt et une.

— Tu le serais encore plus si tu l'enlevais. Tu sais quelle tenue te rend la plus désirable ? Une de ces serviettes minuscules de *L'Auberge du Chevalier*.

— Disons dix minutes, alors.

— Je vais vérifier que personne ne s'est garé derrière moi.

Sur ce, il abandonne son repas et file. Quelques secondes plus tard à peine, mes frangines me coincent près du piano – un instrument que nous avons été obligées toutes les trois d'étudier, sans qu'aucune ne soit jamais très douée pour cela.

— Bon, crache le morceau, attaque Rose. Que se passe-t-il avec l'ex de Shari ? Et inutile de nous raconter qu'il n'y a rien, ma vieille. Tu empestes le shampoing de mauvaise qualité qu'ils distribuent dans les motels.

— Sans compter qu'il ne te lâche pas des yeux, renchérit Sarah, plus charitable.

— Je ne sais pas, je réponds. Écoutez, je n'ai pas le temps d'avoir cette conversation. Il faut que j'aille voir maman pour qu'elle m'engueule.

— Maman a la migraine. Elle est allée se coucher avec une serviette-éponge glacée sur les yeux. Tu l'as déjà tuée, pas la peine d'en rajouter. Que vas-tu faire, à propos de ton Luke ? Il n'est pas le meilleur pote de Chaz ?

— Tu crois qu'ils vont se battre pour toi ?

Depuis qu'elle a vu *West Side Story*, Sarah rêve que deux hommes se battent pour elle.

— Je n'ai pas envie d'en parler.

Et je gobe un énorme biscuit pour ne pas pouvoir en parler. Ha !

— Est-ce que ça signifie que tu ne te marieras pas en France ? relance Sarah. Je voulais suivre des cours de français à la maison des jeunes. Si c'est inutile, préviens-moi. Les gars du cours d'italien sont vachement plus mignons.

— Attends un peu que maman apprenne ça ! jubile Rose. Elle a déjà raconté à toutes ses copines de son cours de broderie que tu étais fiancée à un prince. Ça va l'achever. Tu citeras quelles paroles d'AC/DC, à son enterrement à elle ?

Vu que j'ai toujours la bouche pleine, je ne réponds pas. Et c'est tant mieux.

— Lizzie ?

Je me retourne. C'est Shari. Je me fige. Non que je ne sois pas heureuse de la voir, simplement, je n'ai pas très envie de subir ce qui, je le pressens, va suivre. J'avale mon gâteau.

— Salut, Shari ! Comment ça va ?

— Très bien, marmonne-t-elle en toisant mes sœurs d'un air dégoûté. J'aimerais te parler un instant. En privé. Je n'en ai pas pour longtemps.

— D'accord.

Même si je ne suis pas du tout d'accord. Rien qu'à son expression, je devine que je ne vais pas aimer ce qu'elle a l'intention de ma balancer dans les gencives. Malgré tout, je la suis dans mon ancienne chambre, laquelle est devenue la chambre d'amis. Je m'affale sur mon lit de jeune fille en essayant de fuir les regards accusateurs des poupées Madame Alexander[1] que mes grands-parents maternels m'ont offertes au fil des années. Sur son étagère, Jo March semble particulièrement déçue.

— Explique-moi un peu à quel jeu tu joues, Lizzie, lance Shari en refermant la porte derrière elle.

— Je ne vois pas de quoi tu parles.

— Menteuse ! Prends-tu les tranquillisants prescrits par mon père ? Si c'est le cas, je te supplie d'arrêter. Je pensais qu'ils t'aideraient, pas qu'ils te couperaient de la réalité. Coucher avec Chaz ! As-tu perdu la tête ? Et Luke ?

Les larmes me montent aux yeux. Levant la tête, je découvre que la mère de Jo March, Marmee, me contemple d'un air encore plus accusateur que sa fille. Pourquoi mes grands-parents se sont-ils acharnés à m'envoyer une poupée Madame Alexander à chacun de mes anniversaires et à Noël, jusqu'à ce que j'aie seize ans ? J'en ai tellement, à présent, qui me toisent avec colère !

— Ce… Ce n'est pas ce que tu crois… Je n'ai jamais pris ces cachets.

— Alors, quelle mouche te pique, merde ? s'écrie Shari en venant s'asseoir à côté de moi. Cela ne te ressemble pas. Inutile de nier, ça se lit sur ton visage comme sur le sien. Attention, j'ai toujours pensé que toi et Chaz formeriez un super couple, et Mae Lin n'était qu'un stra-

1. Véritable institution outre-Atlantique, fondée en 1923 par Beatrice Alexander Behrman. Exploitant des personnages de fiction (Alice, Scarlett O'Hara, les filles du docteur March…), la marque sera la première à fabriquer des poupées en plastique dans les années 1950. Certaines sont devenues des objets de collection très recherchés.

tagème destiné à te rendre jalouse. Je pensais bien que tu ne t'apercevrais qu'il est génial qu'à condition qu'il ait une autre fille à son bras. Une vraie fille, s'entend, pas un robot comme cette Valencia. Et je savais ce qu'il éprouvait pour toi, c'était tellement évident. Il ne parlait que de toi. Tu étais la seule chose que lui et moi avions en commun, et aucun mec ne bavasse à ce point d'une nana, à moins d'en être raide dingue. Ce qu'il a fini par reconnaître. J'avais plus de doutes te concernant.

— Comment ça, Mae Lin était un stratagème ? C'est quoi, ce délire ?

— Ça a marché, non ? Tu as été jalouse, je ne me trompe pas ? Quand je me rappelle la scène que tu as servie à Chaz dès qu'elle et Valencia ont disparu ! Le malheureux n'a rien compris à ce qui lui arrivait. Omondieu ! J'ai failli pisser de rire dans ma culotte !

C'est à mon tour d'être furax. Et stupéfaite par la duplicité de Shari, mon amie d'enfance.

— Ce n'est pas très chouette de ta part, je lui dis. Tu as comploté pour que je tombe dans les bras de ton ex alors que tu savais pertinemment que j'étais fiancée ? À son meilleur pote, qui plus est ? En recourant à une de tes collègues de bureau ? La pauvre !

— Oh, ne te bile pas pour elle ! Elle sort avec un infirmier canon. Elle a juste accepté de jouer cette comédie. Mais, excuse-moi, je croyais que tu romprais avec ton fiancé avant de lui sauter dessus. Et je n'avais pas prévu non plus que tu le ferais à l'enterrement de ta grand-mère ! Tu es malade, ou quoi ?

Je la fusille du regard. Je dois être aussi accusatrice que les poupées Madame Alexander, en cet instant.

— Pour ta gouverne, sache que je n'étais pas jalouse

de Mae Lin. Et je couche avec qui je veux dans le dos de mon fiancé à l'enterrement de ma grand-mère !

Ma sortie décontenance Shari.

— Désolée, murmure-t-elle, je voulais juste éviter que toi ou Chaz souffriez.

— Ha ! Parce que tu t'inquiètes de ce que peut éprouver Chaz, maintenant ? C'est nouveau, ça.

— Ne sois pas injuste, gronde-t-elle. Je l'ai aimé, tu le sais pertinemment.

— Eh bien, moi aussi, je l'aime.

— Vraiment ? Pourquoi portes-tu encore la bague que Luke t'a offerte, dans ce cas ?

— Parce qu'il me reste à régler certains détails, j'avoue, mal à l'aise, en planquant ma main dans l'oreiller pour dissimuler l'objet du conflit. Je ne prétends pas savoir où j'en suis exactement. Au contraire, je suis paumée. Mais je l'aime, et je crois que je l'ai toujours aimé.

— Et Luke ?

— Je fais ce que je peux. Luke est en France. J'attendrai qu'il en revienne pour m'interroger sur ce qui nous lie. Ou pas. Entre-temps, être fiancée, ce n'est pas être mariée.

Je suis un peu surprise de m'entendre citer ma grand-mère. Mais bon, le moment n'est-il pas approprié ? Shari me dévisage comme si elle ne m'avait jamais vue. Ce qui est peut-être bien le cas, à la réflexion.

— As-tu consulté le dico, pour solipsistique ?

— Oui, je m'emporte. Et c'est archi-faux ! Je ne me considère pas comme le centre du monde, je ne suis pas seulement menée par l'assouvissement de mes désirs. Sinon, je n'aurais pas déménagé de la Cinquième Avenue, et je me serais encore moins intéressée à Chaz, qui n'est qu'un étudiant désargenté là où Luke est un prince !

À mon grand soulagement – à la surprise de mes poupées –, Shari éclate de rire.

— C'est vrai, reconnaît-elle en m'attrapant par la main (celle à la bague). Lizzie, je t'en supplie, sois prudente. Tu joues avec le feu.

— Moi ? Alors que tu viens d'avouer que tu avais demandé à une collègue de me rendre jalouse ?

— Je te le répète, je croyais que tu romprais avec Luke avant ! Et que tu ne t'enverrais pas Chaz à l'enterrement de ta grand-mère ! Même si elle a dû apprécier, c'était tout à fait son genre. N'empêche, je m'inquiète. Quelqu'un risque de souffrir, et j'ai peur que ce soit toi.

— Je suis une grande fille, Shari. Je suis capable de prendre soin de moi.

J'ai néanmoins quelques doutes quant à la véracité de cette affirmation, lorsque nous regagnons le salon. Suis-je aussi adulte que cela ? D'accord, je vis seule pour la première fois de ma vie, je subviens à mes propres besoins, je dirige ma (presque) propre affaire, bref, je m'amuse à jongler avec dix assiettes en même temps. Si j'ai le malheur d'en lâcher une, toutes risquent de se casser la figure, ce qui serait la cata…

Ce n'est donc pas le moment de vivre une liaison torride avec le meilleur copain de mon fiancé.

Parce que notre liaison l'est, torride. J'en ai la confirmation lorsque, entrant dans le salon, je découvre qu'il m'attend, et que mon cœur se met à battre la chamade, comme toujours en le voyant. À mon avis, je ne sortirai pas indemne de cette histoire. Aucune des personnes concernées n'y coupera, d'ailleurs.

N'empêche, quand Chaz relève la tête, une décharge électrique me secoue, et je m'aperçois que je m'en fiche. Qu'il se produise ce qui doit se produire… du moment que je suis avec lui.

Maintenant.

Et tout le temps que ça durera.

Brève histoire du mariage

Les fleurs ont toujours joué un rôle important dans les mariages, et ce depuis l'Antiquité. Ainsi, dans la Grèce ancienne, on en tressait des couronnes pour les épousées, symbole de la générosité de la nature. Des guirlandes étaient également utilisées afin de relier les futurs, équivalent de l'alliance moderne.

Les fillettes censées répandre des pétales devant la promise pour que sa vie nuptiale soit emplie de fleurs et de bonheur sont devenues monnaie courante à compter du XIXe siècle, en Angleterre. De nos jours, certains aiment encore à en faire intervenir durant leur cérémonie.

Il arrivait assez souvent aussi que la future soit parée de plantes aromatiques afin d'éloigner les mauvais esprits : des fleurs ou des gousses d'ail, par exemple. Naturellement, les mauvais esprits ne devraient pas être les seuls à prendre garde si une mariée d'aujourd'hui déboulait dans l'église avec un collier de gousses d'ail.

Petites ficelles pour éviter un mariage désastreux, par Lizzie Nichols

La coutume veut que vous offriez à vos invités un souvenir du grand jour. Cette pratique séculaire dérive de l'habitude française de donner des bonbonnières pleines de dragées aux convives ayant fait l'honneur aux mariés d'assister à la cérémonie. Aujourd'hui, en Amérique, les couples ont plutôt tendance à distribuer des bougies ; les plus snobs se fendent de cadeaux carrément extravagants, comme des montres de luxe ou des paires de lunettes aux branches décorées de strass.

17

L'espoir est le morceau le plus délicieux d'un gâteau de mariage.

Douglas JERROLD (1803-1857), dramaturge anglais

Le front appuyé contre la baie vitrée, je contemple le ballet des avions qui atterrissent et décollent. Chaz et moi attendons notre correspondance pour New York à l'aéroport de Detroit.

Ce que je n'attendais pas, en revanche, c'est que Luke me téléphone, alors que nous buvions une vodka-orange au bar, en attendant d'embarquer.

— Comment vas-tu ? m'a-t-il demandé. Je suis désolé de ne pas avoir été là pour te soutenir, Lizzie. Je sais que ça a dû être très, très dur. Mais tu comprends, il m'était impossible de quitter le bureau. Oncle Gerald a vraiment besoin de moi.

J'ai été obligée de m'éloigner, dans la mesure où je ne me sentais pas de discuter devant Chaz.

— Ne t'inquiète pas, je réponds. Je vais bien. Et je comprends.

Au loin, des nuages noirs s'amoncellent. D'où le retard de notre vol. Une demi-heure, pour l'instant. Mais qui sait ? Nous pourrions être coincés ici toute la nuit. Étrangement, la perspective d'être bloquée à Detroit en compagnie de Chaz ne me dérange pas.

Qu'il est mal que je pense à mon amant tout en parlant avec mon fiancé au téléphone ! Je suis une grosse vilaine. Je n'arrête pas d'avoir envie de tripoter Chaz. Chaque fois que je m'écarte de lui, j'ai l'impression d'éprouver une douleur physique, jusqu'à ce que je puisse de nouveau poser la main sur son bras, glisser mes doigts dans les siens ou effleurer son épaule… C'est vraiment zarbi ; c'est aussi une première. Luke, l'homme auprès duquel je me suis engagée, n'a jamais provoqué ça chez moi.

Rose a raison. Je suis une traînée.

— J'ai beaucoup réfléchi, poursuit Luke.

— Ah bon ?

J'ai complètement perdu le fil de la conversation. Derrière moi, un chariot emportant une vieille dame à la porte de son avion klaxonne afin de se frayer un passage dans la foule ; en vain, car personne ne bronche.

— Oui. Et si tu me rejoignais à Paris pour une semaine ?

Je secoue la tête, comme si une abeille s'était faufilée dedans par une de mes oreilles.

— Moi ? Tu veux dire…

— Exact. J'ai envie de marquer une pause dans notre pause.

— Hum… Et tu veux que je vienne à Paris ?

Omondieu ! Il a tout deviné ! Il est au courant, pour Chaz et moi ! Je ne lui ai pourtant pas précisé que son meilleur ami avait débarqué à l'enterrement. De son côté, Chaz n'a pas parlé à Luke, c'est clair. C'est affreux aussi ! Luke va rompre avec moi. Par téléphone ! Bah ! Je le mérite. Je suis une horreur. Je suis bonne pour l'enfer.

Je ferme les paupières, afin d'affronter ce qui va suivre.

Sauf que Luke se contente d'ajouter :

— En fait, j'ai super apprécié mon séjour ici. Je ne devrais pas dire ça, mais c'est la vérité. J'avais oublié à quel point j'aime Paris. En plus, bosser pour oncle Gerald a été géant. Je m'éclate.

Je rouvre les yeux. Ça, ce n'est pas une rupture. Pas du tout, même.

— J'avais oublié à quel point j'aimais le monde des affaires aussi, enchaîne mon fiancé. J'ai pris mon pied. Et je crois que ça te plairait également. Tu te souviens de l'été dernier, combien tu l'as apprécié ? Quel dommage que tu ne m'aies pas accompagné !

— Je ne pouvais pas m'absenter du travail.

J'ai l'impression de m'exprimer dans une langue étrangère. Alors que je parle anglais.

— Oui, je sais. Ton boulot est important. Je l'ai compris. Grâce à la pause. Je te le jure, Lizzie.

Je jette un coup d'œil en direction de Chaz, qui regarde la télé, suspendue au-dessus du bar. Une compétition de golf. Les rares fois où nous avons allumé le poste, dans sa chambre d'hôtel, m'ont permis de me rendre compte qu'il était complètement fana de sport, ce Chaz.

— Ça ne t'embête pas, hein ? continue Luke. Que je sois aussi bien en France ?

— Pourquoi ça m'embêterait ?

Ce qui m'embête, c'est que je couche avec son meilleur pote, oui ! Un mec qui est aussi l'ex de ma meilleure copine. Celle qui est devenue lesbienne. Oui, tout ça m'embête.

Même si je n'ai pas l'intention de le détailler à Luke.

— Ouf ! s'exclame ce dernier. Rassure-toi, je n'ai pas renoncé à mes études de médecine. Pas encore. Enfin, pas complètement. C'est juste que… je ne suis pas convaincu que je sois fait pour ça. Paris est si chouette ! Je pense que tu adorerais…

Stop ! Voilà qui m'embête. Pour rester polie.

Il faut que je raccroche. Tout de suite !

— Euh… on vient d'annoncer mon vol. Je te laisse. On en reparle plus tard.

— OK. Je t'aime.

— Moi aussi.

Que vient-il de se passer, là ? Que vient-il de se passer, nom d'un chien ? ! Je ne suis pas certaine de vouloir y réfléchir. Je me rue vers le bar, où je réintègre mon tabouret, je m'empare de ma vodka-orange et je la vide d'un trait.

— Hé, vas-y mollo ! s'inquiète Chaz. Tu sais, ils ont encore des réserves de picole, inutile de te précipiter.

Reposant mon verre, j'appuie ma tête sur le comptoir.

— Luke veut que je le retrouve à Paris, dis-je au bol de cacahuètes.

— L'enfoiré ! Tu paries qu'il va vouloir fixer une date pour le mariage ?

Relevant le menton, je le dévisage. Avec sa casquette des Wolverines, tout décoiffé, il est adorable et sexy, à croire qu'il vient d'émerger du lit.

Ce qui, quelque part, n'est pas faux.

Et j'étais avec lui.

De nouveau, un sentiment de culpabilité m'accable. Je baisse la tête, à deux doigts des larmes. La main de Chaz caresse ma nuque.

— Courage, ma grande, ça pourrait être pire.

— Ah oui ? Et comment, hein ?

— Eh bien, au moins, tu n'es pas enceinte, répond-il après quelques instants de réflexion.

Cette remarque n'a pas l'effet comique qu'elle était censée avoir.

— Tout ce que tu as dit le lendemain du mariage de Jill était vrai, je gémis. Je l'ai compris. Luke ne m'a demandé ma main que parce qu'il avait peur de la solitude. Il se moque de moi. Enfin, non, mais… il ne tient pas à moi comme toi. Sinon, il serait venu à l'enterrement de mamie. Comme toi. N'empêche, regarde un peu la pagaille dans laquelle je suis ! Je suis fiancée à un homme que je n'aime pas et qui veut m'épouser ; j'ai un amant que j'aime mais qui ne veut pas m'épouser. Pourquoi refuses-tu de te marier avec moi, Chaz ? Pourquoi ?

— Je te l'ai déjà expliqué. Si tu ne m'acceptes pas comme je suis, avec mes défauts, il vaudrait sans doute mieux que tu te remettes avec Luke. Lui t'a offert une bague, il est dans la finance et a un appartement sur la Cinquième Avenue. Tu serais dingue de refuser ça. Moi, je n'ai qu'un trou à rats dans l'East Village et un poste mal payé d'assistant à la fac. Et pas de bague. Je ne pige vraiment pas pour quelle raison tu partages ces cacahuètes avec moi.

Je contemple sans le voir le bol de cacahuètes. L'allusion dépasse largement ces arachides, j'en ai conscience. Je me souviens des piques que nous avons échangées, ce soir-là, au *O'Riordan's Sport Bar* ; je me souviens aussi d'en être arrivée à la conclusion que l'amour ne servait à rien s'il ne se concluait pas par un mariage. Ce qui est dingue, chez Chaz, c'est que je commence à entrevoir que, si, l'amour sans mariage est possible. Être ensemble suffit. Après tout, il ne s'agit que d'un crétin de bout de papier.

Minute ! Viens-je de penser ça ? Qu'est-ce qui me prend ? En qui suis-je en train de me transformer ? Est-il concevable que je sois en pleine mutation, destinée à être une de ces nanas qui se moquent du mariage comme d'une guigne ?

Il faut croire que oui. De toute façon, je suis déjà une de ces nanas qui trompent leur fiancé avec le meilleur ami de ce dernier.

— Mais tu te rends compte de ce que je lui fais ? je grogne. De ce que *nous* lui faisons ? Je vais vomir !

— Alors, dans la poubelle, s'il te plaît, pas sur mes genoux. Et arrête de battre ta coulpe. Luke n'a pas franchement été un enfant de chœur, pendant votre liaison.

Je sursaute et le regarde.

— Pardon ?

— Rien. Oublie. Un autre verre ? Ils viennent d'annoncer que notre vol serait retardé d'une heure supplémentaire.

Il adresse un signe au barman.

— Une nouvelle vodka-orange pour la demoiselle !

— Non, un Coca light, plutôt.

Je me raccroche au comptoir. L'alcool que je viens d'ingurgiter d'un seul coup me donne le vertige. N'empêche, j'ai bien l'intention d'éclaircir les choses, à défaut de ma tête :

— Explique-moi un peu cette histoire d'enfant de chœur !

— Ce n'est rien. Dis donc, je voulais te demander : pourquoi ils font ce truc de la jarretière ?

— Quoi ?

— La jarretière, lors des mariages. Tu sais, quand l'époux la retire à sa femme pour la lancer aux garçons d'honneur ?

Mon Coca m'ayant été servi, j'en avale une grande gorgée bienfaisante avant de répondre.

— Oh ! C'est une vieille tradition, qui date de l'époque où les courtisans devaient suivre le jeune couple dans ses appartements afin de vérifier qu'il consommait l'union. La jarretière ou les bas de la reine étaient exigés comme preuve de sa défloration. Comme le peuple aime à imiter ses dirigeants, c'est devenu une coutume. Il arrivait que les invités à la noce s'en emparent de force, si bien que les mecs se sont mis à la retirer pendant la fête, de façon à être tranquilles ensuite.

— Eh bien, grimace Chaz, rien que ça devrait suffire à ce qu'on abolisse cette institution barbare.

— En fait, tu es moins contre le mariage que contre la cérémonie de mariage.

— Ce n'est pas faux. Malheureusement, les deux marchent ensemble.

— Bien sûr que non, je riposte d'un ton léger.

De toute façon, quelle importance, vu que nous avons creusé notre tombe ?

— Notre liaison ne t'emplit vraiment d'aucune culpabilité ?

— Absolument aucune, décrète-t-il en finissant sa vodka. J'ai commis bien des fautes dans ma vie, Lizzie, mais t'aimer n'en est pas une. Si j'ignore ce qui se passera au retour de Luke cet automne, j'ai bien l'intention de profiter au maximum des semaines qu'il nous reste, à toi et moi. Parce que je sais, grâce à mes études de philo, que quoi qu'il doive se passer à l'avenir, c'est inscrit.

— Et ?

— Et quoi ?

— Et après ?

J'espère une réponse, car je suis complètement larguée, là. Et effrayée, mais d'une manière plutôt agréable. Un peu comme quand Shari et moi avons débarqué de notre avion en provenance du Michigan, ignorant tout de ce qui nous attendait à New York. Sur le coup, je n'avais pas la moindre idée de l'endroit où j'étais ni de ce que j'allais faire. Pour autant, cela n'a pas été une erreur.

— Après, dit Chaz en appelant le barman, je vais me prendre une autre vodka. Et je te conseille de m'imiter, parce que je connais une dame qui mérite qu'on célèbre sa mémoire autrement qu'en buvant du Coca light.

Je souris d'un air malheureux.

— Je ne suis pas douée pour attendre de voir ce qui va m'arriver dans le futur.

Une fois servis, nous levons nos verres pour trinquer.

— Tu plaisantes ? C'est pour ça que tu es la plus

douée. Tu empruntes les chemins les moins courus et tu les transformes en or à tous les coups. Pourquoi, à ton avis, Luke s'accroche-t-il à toi, alors qu'il est à des milliers de kilomètres d'ici ? Tu es magique. Tout le monde le sait.

— Pas moi.

— Enfin, Lizzie ! Pour quelle raison crois-tu que ta grand-mère ait choisi d'être la plus proche de toi ? de toi, pas de tes sœurs ? Parce que tu étais la seule de la famille, avec elle, à ne jamais baisser les bras et à agir comme bon te semblait. Et maintenant, trinquons !

Me mordillant la lèvre, je brandis ma vodka.

— À ta mamie ! lance Chaz. Une vieille pocharde qui ne manquait pas de goût.

— À mamie, je renchéris, en me remettant à pleurer.

Sauf que ce sont des larmes de joie. Parce que quelqu'un vient enfin d'avoir des paroles justes pour évoquer ma grand-mère.

Laquelle, j'en suis sûre, applaudirait des deux mains en apprenant ma liaison avec Chaz.

Je bois.

À mamie.

Brève histoire du mariage

L'usage des toasts est apparu dès le VIe siècle avant Jésus-Christ. Les Grecs de l'Antiquité buvaient du vin dans un pichet commun. L'hôte commençait, histoire de montrer à ses invités que la boisson n'était pas empoisonnée (une coutume assez courante alors pour se débarrasser des voisins ou des membres de la belle-famille difficiles à supporter). Par la suite, entrechoquer les chopes pendant les noces est devenu une méthode populaire d'éloigner les démons.

De nos jours, la coutume veut qu'on porte le premier toast à la mariée, et c'est en général le garçon d'honneur qui s'en charge. Le dernier discours revient au père de l'épousée. Lorsqu'il s'est bien ridiculisé, la fête peut enfin commencer. Ce ne sont que lors des noces un peu olé-olé que les mariées prennent la parole pour remercier leurs invités (qui, après avoir enduré des laïus à n'en plus finir, méritent en effet qu'on les remercie).

Petites ficelles pour éviter un mariage désastreux, par Lizzie Nichols

Soyez brefs. Et évitez de faire de l'esprit. Le but des toasts est de souhaiter du bonheur au jeune couple et de convier les invités à communier dans cet esprit. Alors, inutile d'embarrasser les intéressés en vous enfonçant lamentablement. N'oubliez pas de remercier les parents qui payent pour tout ça et les mariés qui ont pensé à vous inviter. Levez votre verre, demandez aux autres de faire de même, félicitez les heureux élus et, pour l'amour de dieu, rasseyez-vous en vitesse, de façon à ce que nous autres puissions manger notre poulet caoutchouteux à force d'avoir refroidi.

18

> Aimer profondément quelqu'un donne de la force. Être profondément aimé par quelqu'un donne du courage.
>
> *LAO TSEU (VIe siècle av. J.-C.), philosophe chinois*

Le lundi matin, je suis à la bourre.

Il n'y a qu'une raison possible à ce retard, alors que j'habite à seulement deux étages de mon lieu de travail, et c'est Chaz. Il se trouve que cette proximité entre mon logement et mon boulot est un inconvénient lorsqu'on préfère éviter que ses collaborateurs apprennent avec qui l'on couche dans le dos de son fiancé. J'ai donc invité Chaz à passer la nuit à la maison, à la condition expresse qu'il s'en aille avant l'arrivée des filles à l'atelier, soit avant neuf heures, et même huit heures et demie. Pas question que Tiffany et les autres le voient.

Ce qu'il aurait fait si je ne souffrais d'une coupable

faiblesse envers les hommes qui apportent aux filles leur petit déjeuner au lit. Faiblesse que j'ignorais, aucun mec ne m'ayant jamais gâtée ainsi.

Or, non seulement Chaz m'a apporté mon petit déj' au pieu, mais il a fallu pour cela qu'il se lève hyper tôt, qu'il soit super discret pour ne pas me réveiller et qu'il sorte acheter de quoi manger, car mon réfrigérateur était vide. Ensuite, il m'a préparé des œufs brouillés au bacon avec des tartines grillées et m'a régalée du tout, sur un plateau, où une rose rouge dans un vase voisinait avec une canette de Coca light glacée, comme je l'aime.

Quelle fille aurait résisté ?

Et laquelle ne lui aurait pas sauté dessus, hein ? (Une fois mes œufs terminés, naturellement, car il aurait été dommage qu'ils refroidissent.)

Bref, je suis un peu… crevée, quand je descends à la boutique. Crevée au bon sens du terme, cependant. Très détendue, quoique encore désorientée, vaguement flottante. C'est ainsi depuis que j'ai embrassé Chaz pour la première fois… Je baigne dans une euphorie approchant celle qu'auraient provoquée les cachets prescrits par le père de Shari si je les avais pris au lieu de les jeter dans les toilettes de *L'Auberge du Chevalier*. Le monde me semble… différent. Ni mieux ni pire, juste… différent. Les choses qui avaient tendance à m'inquiéter, comme les hommes qui gardent leur casquette sur la tête à l'intérieur, par exemple, ne me perturbent plus du tout. Les peurs qui me consumaient, me retrouver à acheter des quantités de médicaments contre la grippe le week-end à l'instar de Kathy Pennebaker, me paraissent… improbables. Plutôt que boulotter le sachet entier de pop-corn dont j'avais fait l'emplette à l'aéroport, je me suis contentée d'une poignée.

Et je n'ai même pas songé à acheter une pâtisserie pour accompagner le pop-corn !

Il est en train de m'arriver quelque chose. J'ai cessé de porter ma gaine et je me fiche de mes bourrelets. Peut-être parce que Chaz les apprécie. Je ne me soucie plus de le chevaucher ou non, ni de m'assurer que je lui tourne le dos, histoire de dissimuler mon gros cul. D'ailleurs, si je me comportais ainsi, je suis à peu près certaine qu'il me demanderait si je suis folle. Luke, lui, semble ne jamais avoir rien remarqué. Ni s'être posé la moindre question.

C'est peut-être ça, d'être une fille perdue. Lorsqu'on renonce à toute morale, on renonce également à ses inhibitions.

Bref, je ne suis pas la première à entrer dans la boutique. Sylvia et Marisol m'ont précédée et s'échinent sur une I. Magnin & Co[1] de 1950 en dentelle et tulle. Elle nous a été apportée par une future donnant dans le punk. C'était la robe nuptiale de sa mère, et elle souhaite la mettre à son propre mariage. Le seul problème étant que sa maternelle faisait un 36, là où elle-même dépasse le 42. Nous lui avons juré que nous réussirions à nous débrouiller. Toutefois, vu l'air de mes deux couturières à mon arrivée, je ne suis plus aussi sûre que ça va être possible.

— Qu'est-ce qu'il y a ? je lance aux filles qui me dévisagent bizarrement.

---

1. Chaîne californienne de grands magasins de luxe créée en 1876 et disparue en 1994, rachetée par son concurrent Macy's. Ce dernier a relancé la marque en 2006.

Elles ont deviné. J'en suis convaincue, même si j'ignore comment elles s'y sont prises. J'arborerais un grand A rouge sur mon t-shirt – A pour Adultère –, elles ne me reluqueraient pas autrement. Génial ! La chef est une traînée. Dans une heure, quand Tiffany débarquera, tout Manhattan ainsi qu'une partie du Dakota du Nord dont elle est originaire seront au parfum.

Je fais quoi, moi ? Aucun article de *Fortune Small Business* n'a jamais traité ce sujet ni prodigué de conseils à une chef d'entreprise qui couche avec le meilleur ami de son fiancé. Pas à ma connaissance, du moins. Flûte ! J'aurais mieux fait de me plonger dans ce canard économique plutôt que dans *Us Weekly*.

Je décide de les complimenter sur la robe dont elles s'occupent, histoire de détourner leur attention.

— Joli travail.

Après avoir décousu les différents pans de la tenue, elles y ont discrètement inséré des lais de tissu. Sylvia et Marisol échangent un regard.

— Désolée, pour votre grand-mère, finit par lâcher la deuxième.

— Oui, renchérit sa copine. Vraiment navrée.

Je sursaute et mets un moment à comprendre. Omondieu ! Elles ne me prennent pas pour une traînée ! Elles ne me toisent pas d'un air soupçonneux ! Simplement, elles ne savaient pas quoi me dire après mon retour de l'enterrement de mamie.

Ce que je suis bête !

— Oh ! je réponds en souriant. Merci. Elle… Elle a eu une belle et longue vie.

Je me sens tout à coup bien mieux. Moins désorientée. Et je me plonge dans ce que j'ai raté pendant mon absence, les messages téléphoniques entre autres. Heureusement, il n'y en a pas eu tant que cela, à cause du week-end prolongé. Tout roule à merveille jusqu'à l'arrivée de Tiffany, une heure plus tard.

— Omondieu ! s'écrie-t-elle en me voyant. Toi, tu as baisé ce matin !

Je manque de m'étrangler avec mon Coca light – le deuxième de la journée – et d'asperger le carnet de rendez-vous.

— Que… Quoi ? Mais qu'est-ce que tu racontes ? Pas du tout !

— Inutile de nier, ma vieille, riposte ma standardiste en dansant sur ses talons de dix centimètres. Depuis que je te connais, je sais identifier les matins où tu t'en envoyée en l'air. Et, quel qu'ait été le mec, il a dû être géant. Et n'est pas Luke. Je ne t'ai encore jamais vue aussi rayonnante. Ça me dégoûterait presque, tiens !

Brusquement, elle s'interrompt au milieu d'un geste et me regarde avec des yeux ronds.

— Bon dieu de bois, Lizzie ! Est-ce que toi et Chaz…

— NON ! je hurle en agitant les bras comme une démente. Bien sûr que non !

— Merdalors ! se marre Tiffany. Tu as sauté le meilleur copain de ton fiancé. Grosse cochonne, va !

— Même pas vrai ! Je te jure que ce n'est pas vrai !

— Et voilà que tu mens, par-dessus le marché !

Sans cesser de sourire, elle suspend son sac Marc Jacobs et en sort son portable.

— Il faut absolument que j'avertisse Monique, reprend-elle. Et Raoul. Toutes mes connaissances, en fait. C'est dingue ! La Grande Prude a jeté sa gourme ce week-end avec le meilleur copain de son fiancé. Merdalors ! Crois-moi, ma poule, tu es bonne pour rôtir en enfer.

Je pose la main sur l'appareil.

— Tiffany, s'il te plaît, regarde-moi.

— Quoi ? demande-t-elle en baissant les yeux de toute sa hauteur de mannequin.

— Ce n'est pas ce que tu crois. Je…

Un nœud s'est formé dans mon estomac, et le délicieux petit déjeuner que j'ai avalé un peu plus tôt commence à s'agiter dangereusement.

— Tu l'aimes ? s'esclaffe Tiffany. Je rêve !

— Oui, je l'aime, si tu veux tout savoir.

Je suis à deux doigts de vomir. Même si je risque d'inonder la ravissante robe d'été de mon interlocutrice au passage. Elle oublie un instant son portable, se penche jusqu'à avoir le visage en face du mien et lâche, très distinctement :

— Sans blague ?

Sur ce, elle se redresse, m'arrache son téléphone et entreprend de tapoter dessus tout en continuant à discourir :

— Nom d'un chien, Lizzie ! Tu crois que nous ne sommes pas au courant ? Franchement, la seule qui ignorait qu'elle était éprise de Charles Pendergast, troisième du nom, c'était toi. Pour nous autres, c'était si évident qu'on attendait juste que vous passiez à l'acte. Et figure-toi que je suis ravie que ça ait eu lieu. Parce que ton Luke, j'en ai ras le bol. Il finissait par me taper sur le système. Bon débarras ! Je me fous qu'il soit prince. Il y a des choses plus importantes dans la vie que le sang bleu. Par exemple, est-il venu à l'enterrement de ta grand-mère ? Non ! Chaz, lui, oui. C'est bien ça, hein ? C'est comme ça que c'est arrivé ?

Je hoche la tête, hébétée par cette sortie. Elle en profite pour enchaîner :

— Tu vois ? Je le savais. Monique me doit cinquante billets. Vu ta tronche, je devine aussi que tu es submergée par la culpabilité. Ressaisis-toi, ma vieille. Luke est un chouette type, d'accord, et il t'a donné du plaisir. N'empêche, était-il là quand tu as eu besoin de lui ? Non. Tu seras mieux avec Chaz. Il t'aime pour de vrai, lui. Il suffit de se rappeler comment il te contemplait, à la fête du 4 Juillet. Même si je dois admettre qu'il semblait plutôt avoir envie de t'étrangler. En tout cas, ce mec est le bon. Et il te correspond. Je suis bien contente qu'il t'ait enfin tronchée.

Et elle referme son portable, son message apparemment envoyé à tout l'East Side, le West Side, Brooklyn et la plupart du Queen. Je la regarde. Ma nausée a disparu, remplacée par une nouvelle envie : celle de l'enlacer. Au lieu de quoi, c'est moi que je serre dans mes bras.

— Merci, Tiffany, je murmure. Je… C'était un peu bizarre.

— J'imagine, acquiesce-t-elle en gagnant son bureau pour s'affaler sur sa chaise. Pour toi ça n'a pas dû être facile, vu que tu n'es pas une grosse vilaine. Le truc, c'est qu'en t'envoyant Chaz, tu n'es même pas vilaine, ajoute-t-elle en engouffrant un énorme croissant tout en m'indiquant d'un geste de lui préparer un café. (J'obtempère.) Après tout, toi et Luke n'êtes pas mariés. Juste fiancés. Et encore, à peine. Vous n'avez même pas fixé de date. Sur l'Échelle des Grosses Vilaines, tu atteins à peine le un sur dix.

— Et toi ? je demande en lui tendant sa tasse.

— Moi ? réfléchit-elle. Voyons un peu. Raoul est marié, mais sa femme l'a quitté pour son prof de gym. S'ils ne divorcent pas, c'est qu'il n'a pas encore obtenu son permis de séjour. Dès qu'il l'aura, ce qui ne devrait plus tarder maintenant, il se séparera officiellement d'elle pour m'épouser, moi. Toutefois, nous vivons ensemble. Bref, je m'octroie un quatre sur dix.

Bien que n'ayant jamais entendu parler de l'Échelle des Grosses Vilaines – j'ai toujours été une fille réglo, jusqu'à maintenant –, j'avoue que je suis très intéressée.

— Et Ava ?

— Elle ? Elle couche avec DJ Tippycat, qui est marié. Mais d'après les tabloïds, sa femme l'a pourchassé dans le parking d'un restaurant avec une tronçonneuse, si bien qu'un jugement a été émis lui interdisant de l'approcher. Par conséquent, Ava a droit à un cinq.

— C'est plus que toi, dis-je, impressionnée.

— Oui. Tippycat a un casier. Il a voulu prendre l'avion avec quelques grammes de shit, un jour. La drogue était cachée dans la peluche d'un des gosses. Omondieu ! Il faut que je pense à parler de toi et de Chaz à Ava. Elle va être estomaquée. Elle a parié cinquante dollars. Et Little Joey cent !

Je lève la main pour protester. Ava doit encore m'en vouloir, puisqu'elle ne m'a pas adressé la parole depuis le matin où les paparazzi ont envahi le trottoir devant la boutique.

— S'il te plaît, serait-il possible de garder profil bas pour l'instant ? Certaines personnes ignorent que j'essaie de trouver une façon d'annoncer la chose, ou si je vais l'annoncer, même. Luke, par exemple.

— Comment ça ? Évidemment, que tu vas le dire à Luke.

Sans répondre, je baisse les yeux sur la bague que je n'ai pas ôtée.

— Rassure-moi, Lizzie ! Tu as bien l'intention de rompre avec lui, non ? Parce que, sinon, tu sais combien tu auras sur l'Échelle des Grosses Vilaines ? Un dix ! Tu n'as pas le droit d'avoir deux maris en même temps. Tu te prends pour qui ?

— Je sais. Mais Luke va tellement souffrir ! Pas à cause de moi, non, à cause de Chaz. C'est son meilleur ami…

— C'est le problème de Chaz, ça, pas le tien. Voyons, Lizzie, tu ne peux pas les avoir tous les deux. Moi, je pourrais, mais pas toi. Regarde-toi ! Tu es rongée par les remords alors que l'un d'eux n'est même pas ici, et que tu ne risques pas d'être chopée en flagrant délit. Tu vas devoir te décider, ma vieille. Et d'accord, l'un d'eux aura mal. Sauf que tu aurais dû y penser avant de devenir une grosse vilaine.

— Je n'ai rien décidé du tout ! C'est arrivé comme ça.

— Ha ! C'est ce que disent toutes les grosses vilaines.

À cet instant, la cloche du magasin retentit, et Monsieur Henri entre, suivi de sa femme, laquelle a sa tête des mauvais jours. Une autre femme les accompagne, que je ne connais pas. Elle est en tailleur et est armée d'une mallette. Elle semble un peu trop jeune pour avoir une fille en âge de se marier, et un peu trop vieille pour porter l'une des robes nuptiales que nous fabriquons. Sans vouloir donner dans le racisme antivieux.

— Elizabeth ! me salue mon patron. Vous voici de retour. Toutes nos condoléances.

Je n'ai pas revu Monsieur Henri depuis sa première – et dernière – apparition en ville, quelques mois après son opération. Sa femme, que j'ai eue au téléphone à plusieurs reprises, m'a dit qu'il passait son temps à améliorer son jeu de boules et à regarder la télé, chez eux, dans leur maison du New Jersey.

— Hum... Merci. Désolée d'avoir été absente aussi longtemps.

Je ne suis partie que quatre jours, dont deux seulement étaient ouvrés, mais je ne m'explique pas autrement l'arrivée de Monsieur Henri avec ce qui semble être des renforts.

— Ne vous tracassez pas, me rassure-t-il cependant. Et maintenant, mademoiselle Lowenstein, voici notre boutique. Permettez-moi de vous montrer l'atelier, au fond.

— Je vous en prie, répond l'intéressée en m'adressant un bref sourire avant de suivre mon patron.

Ahurie, je me tourne vers Madame Henri, qui ose à peine me regarder.

— Oh, Elizabeth ! s'exclame-t-elle, les yeux rivés sur la moquette. Je ne sais quoi dire.

— Ah oui ! intervient Tiffany en avalant une gorgée de café. J'ai complètement oublié de te prévenir, Lizzie !

Brève histoire du mariage

Pendant de nombreuses années, on a cru que le voile nuptial qui, traditionnellement, se portait sur le visage, était destiné à cacher la mariée, pour la protéger des mauvais esprits surtout. Plus récemment, des historiens ont suggéré que cette coutume avait des raisons d'ordre plus pratique… les unions arrangées, qui supposaient que l'époux ne découvre sa future que lors de la cérémonie, étant la règle, ce stratagème aurait permis de cacher au jeune homme les traits de sa promise jusqu'à ce qu'il prononce ses vœux de mariage et ne puisse ni prendre ses jambes à son cou ni exiger de changer de femme. Bien que guère charitable, cette interprétation n'est sans doute pas totalement dénuée de fondement !

Petites ficelles pour éviter un mariage désastreux, par Lizzie Nichols

Veillez à ce que la couleur de votre voile s'accorde à celle de votre robe ! Il existe diverses nuances de blanc. Ne mariez jamais – si nous pouvons nous permettre l'expression – un ivoire avec un crème. La différence de ton ne manquera pas de se voir sur les photographies, même si elle ne vous est pas apparue à l'œil nu. Au fil des années, plus vous regarderez ces photos, plus la faute de goût vous semblera évidente et vous rendra folle de rage. Comme quoi, un détail peut engendrer une catastrophe.

19

Le mariage est un livre dont le premier chapitre est écrit en vers, et la suite en prose.

Beverly NICHOLS (1898-1983),
écrivain et dramaturge anglaise

— C'est ma faute, gémit Madame Henri, j'aurais dû vous avertir.

Elle verse un deuxième sachet de sucre dans son café au lait. Nous sommes installées à une table d'angle, au Starbucks du coin, et elle ne cesse de jeter des coups d'œil anxieux en direction de l'agence immobilière Goldmark dans laquelle vient de s'engouffrer son mari, en compagnie de Mlle Lowenstein, laquelle s'est autoproclamée meilleure vendeuse de Manhattan.

— Mais tout est allé si vite ! continue ma patronne. Et puis, vous aviez déjà appris la mauvaise nouvelle concernant votre grand-mère… je n'ai pas eu le cœur d'en rajouter.

— Je comprends.

Ce qui n'est pas vrai. Pas du tout. Comment, après tout ce que j'ai fait pour eux, tout ce labeur acharné des six derniers mois, osent-ils me jouer pareil tour de cochon ? Certes, puisque l'affaire leur appartient, c'est leur droit le plus strict de la vendre. N'empêche, c'est d'une froideur sans égal. Sur l'Échelle des Grosses Vilaines, je leur accorderais volontiers un cinq cents.

— Ainsi, je reprends, il veut tout arrêter ? Comme ça ?

— Il souhaite retourner en France, acquiesce Madame Henri, lugubre. C'est très bizarre. Pendant des années, avant cette crise cardiaque, je l'ai supplié de s'octroyer plus de congés, de passer plus de temps avec moi dans notre maison de Provence, il n'a rien voulu savoir. Pour lui, seul comptait le travail. Et voilà que sans crier gare… il n'a plus envie de travailler. Il ne s'intéresse plus qu'à la *pétanque*. Je n'entends plus parler que de ça, les boules par-ci, le cochonnet par-là. Il désire vivre une retraite paisible en Avignon et jouer à la *pétanque* jusqu'à sa mort. Il a déjà contacté de vieux amis, là-bas, des copains d'enfance, afin de former une équipe. Figurez-vous qu'ils ont même une fédération ! N'importe quoi ! Je devrais sans doute me réjouir qu'il se soit trouvé de quoi s'occuper. Après l'opération, j'avais peur qu'il végète. Mais là, ça tourne à l'obsession.

Je contemple la canette de Coca light que j'ai achetée sans me résoudre à l'ouvrir. J'ai du mal à digérer la nouvelle. Ma journée, qui avait si bien commencé, vire à la cata. Et drôlement vite, qui plus est.

— Et vos fils ? je demande. Il les laisserait ici ?

J'ai du mal à voir en quoi la Provence pourrait plaire

à deux garçons qui ne pensent qu'à écumer les boîtes de nuit.

— Naturellement ! Et puis, ils n'accepteraient pas de nous suivre. Il faut qu'ils terminent leurs études. C'est d'ailleurs la raison qui nous pousse à vendre l'immeuble. L'université est si chère, ici.

Elle soupire. Son eyeliner, d'ordinaire si soigneusement appliqué, a bavé, signe de la tension à laquelle elle est soumise.

— Par ailleurs, nous aurons également besoin d'argent pour vivre, enchaîne-t-elle, s'il consacre ses journées à jouer aux boules. Je pourrais chercher du travail, mais une femme de mon âge qui gérait un atelier de restauration de robes nuptiales risque d'avoir du mal à trouver à s'employer, dans le sud de la France.

Il est clair que cette triste réalité la blesse.

— Cela va de soi, je m'empresse d'acquiescer, tandis que mon envie de vomir resurgit. Et vous ne pensez pas que la vente de la maison du New Jersey suffirait ?

— Nous espérons en tirer un bon prix, certes. Pas autant que de l'immeuble, toutefois. Mlle Lowenstein va nous envoyer un expert, mais elle a déjà dit que, dans le quartier, nous pouvions nous attendre à quatre à cinq millions de dollars.

Je m'étrangle avec ma propre salive.

Quatre à cinq millions de dollars ? Quatre à cinq *millions* ?

Inutile d'espérer pouvoir me porter acquéreuse de la boutique. Je suis quasi certaine qu'aucune banque ne prête des sommes pareilles. Pas à des gens comme moi qui gagnent trente mille dollars par an et possèdent deux mille dollars d'économies en tout et pour tout.

Bref, je vais me retrouver à la rue *et* au chômage. Formidable, non ?

Malgré tout, je tente de plaider ma cause.

— C'est que l'atelier marche si bien, ces derniers temps. (D'accord, on est loin des cinq millions de chiffre d'affaires, mais inutile de le préciser, hein ?) Puisque vous êtes déjà propriétaires de votre maison d'Avignon et que vous comptez vous débarrasser de celle du New Jersey, je me disais que…

— Oh ! m'interrompt Madame Henri.

De l'autre côté de la rue, son mari vient de quitter l'agence immobilière et la cherche des yeux, impatient.

— Le voici, Elizabeth. Écoutez, je suis très mal à l'aise. Je vous promets de faire mon possible pour vous. Si vous voulez, je parlerai à Maurice.

Je la contemple, horrifiée. Maurice ? Leur rival, celui qui essayait de faire capoter leur affaire lorsqu'ils m'ont embauchée ? Ce à quoi il n'est pas parvenu, grâce à moi ?

— Euh… c'est gentil de votre part, mais inutile.

— Je vous tiens au courant, d'accord ? Je vous appellerai. Au revoir.

Après m'avoir embrassée sur les joues, elle se sauve.

Je reste sur place pour tenter de saisir pleinement ce qui m'arrive. Ma patronne vient-elle de m'annoncer qu'elle et son mari comptent vendre et regagner leur mère-patrie, de l'autre côté de l'océan ? Que je suis virée, tant de mon emploi que de mon appartement ? Pire, que je vais devoir renvoyer mes collègues ? Où Sylvia et Marisol vont-elles échouer ? Je m'inquiète moins pour Monique et Tiffany. Elles trouveront bien une pauvre débile qui les embauchera pour répondre au téléphone à sa place. Mais mes couturières ? Comment Shari réagira-t-elle ? Je lui avais promis de prendre soin d'elles.

Omondieu ! Y a-t-il journée plus pourrie ?

Je rêve. C'est impossible. Qu'est-ce que je vais faire ?

En soupirant, j'attrape mon portable et je liste mes contacts. En cas de crise, j'ai toujours composé le même numéro… celui de mes parents. En général, c'était à ma mère que je voulais parler, et c'était mamie qui décrochait invariablement. Que je le veuille ou non, elle me prodiguait des conseils qui finissaient par se révéler très utiles.

Malheureusement, mamie n'est plus là.

J'envisage d'appeler Chaz. Sauf que cela n'est pas son problème. C'est le mien. Si je revendique mon indépendance, je ne peux courir me réfugier dans les bras de l'homme de ma vie chaque fois que je rencontre un pépin. Il faut que je trouve une solution toute seule.

De plus, je devine déjà ce que me dira Chaz : « Tu n'as qu'à t'installer chez moi ! »

Non ! Il faut que j'empêche ça. Il faut que je résolve ce pataquès sans demander de l'aide à un gars. Et puis, j'ai connu ce genre d'expérience par le passé, lorsque j'ai emménagé chez Luke juste parce que Shari et moi ne trouvions pas de logement et non parce que Luke et moi étions prêts à vivre ensemble, avec comme résultat l'embrouille actuelle.

Soudain, mon portable sonne. Je décroche avec un intense soulagement.

— Salut, Shari.

— Salut, répond-elle avec cette gentillesse que j'ai

remarquée chez les autres depuis mon deuil. Comment vas-tu ?

— Pas bien.

Je m'éclaircis la gorge. (C'est de plus en plus fréquent, ces derniers temps. Enfin, il faut dire que je pleure tellement…)

— Je dois te parler, je reprends. Tu peux t'accorder une pause et me retrouver quelque part ?

— Bien sûr, accepte-t-elle aussitôt, visiblement inquiète. Le *Village Tea House*, près de mon bureau ?

C'est là qu'elle m'a avoué la vraie raison qui la poussait à quitter Chaz. L'endroit est parfaitement approprié !

— OK, dans une demi-heure.

Je raccroche et fonce vers le métro. À cette heure de la journée, un taxi irait plus vite, mais je suis sur le point de perdre mon boulot. Autant commencer à économiser.

Évidemment, Shari me rappelle pour m'annoncer qu'elle sera à la bourre. Un problème au bureau que, comme d'habitude, elle est la seule à être en mesure de régler.

Dieu merci, son coup de fil a lieu à l'instant où je sors du métro et me donne l'occasion de tuer le temps en léchant les vitrines. Shari bosse si bas au sud de Downtown qu'on est tout près de Chinatown. J'erre dans le coin, passant de boutique en boutique sans vraiment regarder. Plusieurs vendent des robes de mariée. Bien qu'on soit dans le quartier des poissonneries et des magasins de fournitures de cuisine, les prix frôlent ceux pratiqués par Kleinfeld[1]. Deux femmes discutent vivement en chinois tout en désignant une tenue somptueuse et, sans comprendre un traître mot de leur conversation, je devine facilement qu'elles s'indignent des huit cents dollars exigés pour le produit. D'autant qu'une couturière un tant soit peu douée serait capable d'obtenir le même résultat pour beaucoup moins.

En tout cas, je suis bien d'accord avec elles : les marchands de robes nuptiales sont tous des voleurs.

Ayant dégoté une table au salon de thé, je patiente cinq minutes avant que Shari ne déboule et se glisse sur la chaise en face de moi tout en s'excusant à profusion.

— J'ai prévenu qu'on ne me dérange pas, j'ai éteint mon téléphone et mon biper, et j'ai du temps devant moi. Bon, raconte. Comment ça va ? Que se passe-t-il ?

Je nous surprends toutes les deux en éclatant en sanglots. J'ai beau me cacher dans ma serviette, quelques étudiants et types à l'allure d'écrivains débraillés qui tapent sur des portables de luxe me jettent des coups d'œil agacés. La serveuse, qui s'approchait pour prendre notre commande, préfère repartir dans la direction opposée. Shari est tellement sous le choc qu'un petit rire lui échappe.

— Qu'y a-t-il, Lizzie ? C'est à cause de ta grand-mère ? Je suis désolée. Je sais qu'elle te manque, mais elle est partie en paix, dans son sommeil, une bière à la main en regardant *Docteur Quinn, femme médecin*. Avec Sully !

Je secoue la tête avec tant de véhémence que mes che-

---

1. Véritable institution à Manhattan, grande surface de robes nuptiales sise au 110 de la 20e Rue Ouest.

veux s'échappent de la queue-de-cheval dans laquelle je les avais noués.

— Ce n'est pas ça, je hoquette.

— Quoi, alors ? C'est Chaz ? C'est lui qui t'a mise dans cet état-là ? Je vais le tuer. Un mot de toi, et je lui coupe la qu…

— Non, Chaz n'y est pour rien. Et ce n'est pas mamie non plus…

— J'y suis ! Tu lui as dit. À Luke. Oh, Lizzie ! Je suis navrée ! Mais il le fallait. Tu es mieux sans lui. Je n'ai jamais pu le blairer. Il était trop… parfait. Tu me comprends ?

Je la contemple, horrifiée. Les mots me manquent.

— Le château, la belle gueule, les études de médecine, l'appart' sur la Cinquième, énumère Shari. Ça flanque presque les jetons. Il est né sous quelle fichue bonne étoile, ce mec ? Et puis, il a été super méchant avec toi, à Noël dernier. Franchement, je te jure que je n'ai pas pigé, quand tu as accepté sa demande en mariage. J'ai affiché ma joie, parce que c'est ce que font les meilleures amies, mais… Quand le largues-tu ? J'ai très envie d'acheter un gâteau pour fêter ça.

— Je n'ai pas rompu avec Luke, dis-je quand j'en suis enfin capable.

C'est au tour de Shari de me dévisager avec des yeux ronds.

— Ah bon ?

Je secoue la tête.

— Donc… je viens de mettre les pieds dans le plat, c'est ça ?

J'aspire profondément, expire. Les larmes resurgissent.

Sauf que cette fois, je ne les laisse pas l'emporter.

— Shari, les Henri ont décidé de vendre l'immeuble où je vis et travaille afin de déménager en France. Je suis en train de perdre mon appartement, mon boulot et, en gros, ma vie. Par ailleurs, tu as l'air de considérer que Luke est trop parfait, mais à ta place j'éviterais de sauter aux conclusions. Parce que, contrairement à Chaz, il m'a proposé le mariage. Chaz s'y refuse fermement, lui. Je suis très heureuse que tu sois contente que je largue Luke, même si, excuse-moi, je ne suis pas d'humeur à fêter quoi que ce soit maintenant.

— Lizzie ! s'exclame mon amie.

Plutôt crever ! Il m'est impossible de rester ici une seconde de plus. Repoussant ma chaise, je m'en vais, sous l'œil énervé de la serveuse.

— Lizzie ! me hèle Shari. Lizzie, reviens ! Tu ne peux pas partir comme ça ! Reviens me parler !

Je ne fais rien de tel. Je dois me sauver. En dépit des larmes qui m'aveuglent et m'empêchent de voir où je vais.

Brève histoire du mariage

Traditionnellement, les mariées se tenaient à la gauche de leur promis, de façon à ce que ce dernier ait libre accès à son épée, des fois que certains messieurs s'entêtent encore à faire une cour assidue à la future.

C'est également pourquoi, à l'origine, les garçons d'honneur secondaient l'épousée, et non l'époux. Ils étaient censés défendre la mignonne de toute attention masculine émanant d'un autre que de son futur.

Le nombre de mariées prenant la poudre d'escampette avec un garçon d'honneur ayant malheureusement tendance à se multiplier, on décida de placer les garçons d'honneur au côté du mari et on désigna des demoiselles d'honneur destinées à veiller sur la chasteté de l'heureuse élue. Ah, je vous jure ! Quelles coquines, ces mariées d'antan !

**Petites ficelles pour éviter un mariage désastreux,
par Lizzie Nichols**

Tâchez de ne pas être horrible ! Certes, tout le monde tiendra à vous faire partager son avis quant au traiteur que vous engagerez, aux fleurs que vous choisirez, au gâteau que vous achèterez et au photographe que vous embaucherez. Acceptez les conseils que vous jugerez bons (ou pas) et ignorez poliment les autres (ou rigolez-en). En tout cas, ne le prenez pas de manière trop personnelle ! Quelle importance, si votre mariage n'est pas aussi prestigieux/cher/beau/délicieusement bohème que celui de votre cousine Jacqueline ? Il ne s'agit pas d'un concours, mais d'un engagement à vie envers l'homme que vous aimez. Alors, s'il vous plaît, du calme !

20

Salut, amour conjugal, mystérieuse loi,
véritable source de l'humaine postérité.

John MILTON (1608-1674),
auteur anglais

Mon portable ne cesse de sonner. Sachant qui appelle, je refuse de décrocher.

Je me trouve sur Madison Avenue, entre les 66e et 67e Rues. J'ai arrêté de pleurer, j'y vois clair, à présent, et je contemple une vitrine. Je détaille les innombrables mètres de soie crème et de dentelle drapés sur le mannequin exposé. Bien que presque invisibles, les moindres points de couture me sont apparents, de même que la délicatesse des perles, et la luxuriance de la crinoline en tulle rigide qui maintient le jupon. Cette robe est la perfection incarnée.

Elle doit coûter des milliers de dollars. Des dizaines de milliers, peut-être.

Et pourtant.

Pourtant, je crois que je parviendrais à fabriquer quelque chose d'approchant, quoique moins somptueux, sans doute, qui donnerait à la fille la portant le sentiment d'être unique.

Pour un prix bien plus abordable.

Juste une remarque en passant. Mes créations ne sont pas chères, d'accord, mais elles restent de bonne qualité. Elles plaisent. Ava Geck les a aimées. Jill Higgins aussi. Des centaines… des dizaines d'autres futures les ont appréciées. Elles s'en sont contentées.

Certes, ce n'est pas du Vera Wang.

N'empêche, ça suffisait pour le grand jour de mes clientes. Elles ont eu le sentiment d'être spéciales et belles.

Cette aptitude, ce talent pour transformer une robe pas terrible en une jolie tenue sans exiger en retour des sommes astronomiques – c'est tout ce que j'ai. J'en prends conscience, plantée là sur ce trottoir bondé, sous un soleil d'été accablant. Oui, c'est la vérité : je n'ai rien d'autre que cela à apporter à l'univers.

Shari aide des femmes maltraitées. Chaz enseignera la philo à des étudiants aussi snobs que lui, certainement (mais bon, c'est sûrement important). Luke sauvera des enfants malades ou permettra aux riches de devenir encore plus riches, cela dépendra de ce qu'il aura décidé. Tiffany défile et répond au téléphone, et Ava Geck… eh bien, Ava fait ce qu'elle fait, tandis que Little Joey la protège.

Moi, j'embellis de vieilles robes nuptiales. Parfois, j'en crée de nouvelles. Pour un dixième, un centième de ce que les couturiers de ce quartier prennent.

C'est un boulot utile.

Y a intérêt, d'ailleurs, parce que je n'en ai pas d'autre.

Et il n'y a aucune honte à ça. Aucune !

Mon téléphone carillonne derechef. Cette fois, je jette un coup d'œil à l'écran. Ce n'est pas Chaz, mais Luke. Incapable d'imaginer les raisons de son appel, je décroche.

— Allô ? Salut.

— J'ai appris, lance-t-il, sombre.

Mon cœur me donne l'impression qu'il s'arrête de battre et, derrière moi, les bruits de la ville – avertisseurs, sirènes, crissements de freins – paraissent s'estomper. Je n'entends plus que ma respiration. Heurtée.

— Appris ? je répète.

— Que la boutique fermait, oui. J'ai appelé là-bas, et Tiffany m'a informé. Je suis désolé, Lizzie.

Mon cœur repart, le vacarme ambiant reprend ses droits.

— Oh !

Ce que je suis idiote ! Je suis aussi la plus grosse vilaine de toutes les filles étalonnées sur l'Échelle des Grosses Vilaines.

— Oui, c'est affreux, j'enchaîne. Je ne sais pas ce que je vais faire.

— Moi, si. Tu vas venir t'installer à Paris avec moi.

Je m'efforce d'éviter les passants qui se pressent sur le trottoir. La plupart me contournent, mais de temps en temps, une mère éreintée de l'Upper East Side en route pour un rendez-vous important ne me voit pas et m'écrase avec sa poussette. Dans la confusion, je pense avoir mal compris.

— Pardon ?

— Je devine ce que tu vas me répondre, mais écoute-moi une minute.

Il a beau être à des milliers de kilomètres d'ici, c'est comme s'il se tenait juste à côté de moi. À cause de la circulation, je me bouche quand même l'oreille à laquelle n'est pas collé le téléphone.

— J'ai essayé de reprendre mes études de médecine, poursuit-il. Tu ne pourras pas me reprocher de ne pas avoir tenté le coup. Mais… je ne crois pas être taillé pour ça. Je ne me sens pas de rester encore cinq ou six ans sur les bancs de la fac. Ça me tuera. Vraiment.

— Oh !

Une autre jeune mère, qui pousse un nouveau-né, passe devant moi. À côté d'elle sautille un garçonnet de sept ou huit ans, un cornet de glace dégoulinant sur sa main, son bras et le devant de sa chemise. Ni lui ni sa génitrice ne semblent s'en inquiéter.

— Depuis que je suis ici, tout est super, Lizzie. J'adore mon boulot. Je te jure. Je sais, quand nous nous sommes rencontrés, j'étais déjà dans cette branche, j'ai dit que je n'aimais pas ça, que j'en avais marre… Mais ceci est différent. Gerald m'a proposé de diriger un service, j'ai des gens sous mes ordres.

Jamais Luke n'a semblé aussi enthousiaste. Il me rappelle son père lorsque ce dernier parle de ses vignes. Il a l'air jeune. Heureux.

— Il n'y a qu'un souci, poursuit-il.

— Lequel ?

— Le poste est à Paris. Je vais devoir m'y installer définitivement.

— Oh !

— Mais quand j'ai appris la nouvelle, aujourd'hui, à propos de l'atelier, ça m'a paru être une occasion formidable. Tu n'as plus d'emploi et, moi, on vient de m'en proposer un. Tu pourrais venir ici, Lizzie. Tu repartirais de zéro, comme moi. Tu n'aurais qu'à ouvrir une boutique de robes nuptiales. Il y en avait une sur mon chemin, l'autre jour, et tes robes sont mille fois plus jolies que celles qu'ils y vendaient. Et beaucoup plus abordables. Tout est tellement cher, à Paris. La demande pour une mode à prix raisonnable existe bel et bien. Je crois que ce serait une niche, pour toi. Voilà ce qu'il faut que tu fasses, lancer un magasin de robes de mariée pour des filles ordinaires. Des tenues belles mais dans la moyenne des prix.

— J'ai déjà une boutique de robes nuptiales, je renifle. À New York.

— Oui, mais elle appartient à quelqu'un d'autre. Qui la vend. Moi, je te parle d'un truc bien à toi.

— En France !

— Pourquoi pas ? Tu parles français. Ma famille pourrait t'avancer les fonds. Tu ne te rends pas compte ? C'est une chance unique.

Je regarde alentour : les gens pressés, de toutes les tailles et de toutes les couleurs, les immeubles, les taxis, les bus, les fourgonnettes de livraison et les camions qui foncent, le soleil jouant avec les feuilles d'un arbre voisin qui, véritable gageure, arrive à pousser sur le trottoir, dans l'ombre des gratte-ciel. Voilà ce qu'est New York : des arbres qui jaillissent des trottoirs, à l'ombre, là où rien ne devrait pousser.

— J'adore New York, je dis.

— Tu adoreras Paris aussi. D'ailleurs, tu connais

déjà. C'est comme New York, Paris. En mieux. En plus propre. En plus sympa.

— C'est si loin !

Un môme ayant omis de ramasser les déjections de son chien est en train de se faire houspiller par une dame qui brandit son sac Chanel.

— Loin de quoi, Lizzie ? De ta grand-mère ? Elle est morte.

Sauf que ce n'est pas à mamie, que je pense.

— Je ne suis pas en mesure de prendre une décision maintenant. Il faut que j'y réfléchisse.

— D'accord. Réfléchis. Tout le temps nécessaire. Mais sache… sache que j'ai déjà accepté l'offre de mon oncle.

— *Quoi ?*

J'ai, une fois encore, le sentiment d'avoir mal entendu.

— Nous trouverons une solution, s'empresse de dire Luke. Si tu préfères rester à New York, nous continuerons à avoir une relation à distance pendant un moment. Ça arrive, ces choses. Nous y arriverons. Ne te bile pas.

Il rigole, ou quoi ? Mon fiancé – que je trompe, certes, mais c'est un détail – m'informe qu'il a l'intention de s'installer pour de bon dans un pays étranger, et je devrais prendre la nouvelle à la légère ?

— Et si tu as besoin d'un logement, tu peux retourner chez ma mère, sur la Cinquième. Elle accepte volontiers. Elle ne se sert de l'appart' qu'un week-end par mois, pour ses… bref, tu sais.

Oui. Ses injections de Botox. Inutile de prononcer les mots à voix haute, cependant.

Je suis plantée sur le trottoir, ahurie, quand une voix lance :

— Salut !

Je sursaute, me retourne, et découvre une visière de casquette et un short kaki.

— Je dois y aller, Luke, je dis. Je te rappelle plus tard, OK ?

— OK. Franchement, Lizzie, ne t'inquiète pas. Ne t'inquiète de rien. Je m'occupe de tout. De toi. Je t'aime.

— M… Moi auss… si, je bégaie avant de raccrocher et de lancer : Qu'est-ce que tu fabriques ici ?

— Devant la boutique principale de Vera Wang ? se marre Chaz. D'accord, j'avoue ! J'y viens presque tous les jours. Pour essayer des robes de belle-mère. Elles sont si douces sur ma peau et épousent si bien les contours de mon corps de rêve. Enfin, Lizzie, qu'est-ce que tu crois ? Shari m'a appelé. Ensuite, j'ai joint le magasin, vu que tu ne répondais pas sur ton portable, et Tiffany m'a expliqué où te trouver en me disant que tu aimais venir ici pour t'éclaircir les idées. Je comprends pourquoi. Cette vitrine est si… lumineuse.

Comme lui, je me suis tournée vers le mannequin exposé. Mais ce que je regarde, c'est notre reflet. Chaz est immense, dégingandé, ses jambes musculeuses sont bronzées, contrairement à celles des touristes qui passent derrière nous. Moi, j'ai l'ai un peu fanée, dans ma robe d'été froissée et mes cheveux qui se sont échappés de leur barrette au fur et à mesure que je courais dans toute la ville, en pleine chaleur. Nous formons un drôle de couple.

Si c'est bien ce que nous sommes, ce dont je ne suis pas certaine.

Au-delà de notre image, il y a la somptueuse robe de mariée de la semaine signée Vera Wang.

— Les Henri ferment l'atelier, je dis. Ils déménagent en Provence.

— Tiffany m'a mis au courant, réplique Chaz, l'air de s'en moquer comme de l'an quarante. Que comptes-tu faire ?

— Je n'en ai pas la moindre idée, je braille. À ton avis, qu'est-ce que je fabrique ici, à réfléchir comme une malade ?

Nom d'un chien ! Comment puis-je être éprise de ce type ? Comment peut-il être aussi différent de Luke, que j'ai cru aimer pendant si longtemps ? « Ne t'inquiète pas. Ne t'inquiète de rien. Je m'occupe de tout. De toi. » C'est ce que ce dernier m'a dit avant de raccrocher. Alors que Chaz se borne à un minable : « Que comptes-tu faire ? » Bon, d'accord, je suis la première à revendiquer mon indépendance. N'empêche !

— Tu vas trouver, enchaîne-t-il, toujours aussi peu concerné. Je meurs de faim. Tu as déjeuné ?

Pardon ? Il n'a rien de mieux à me lancer à la figure ?

— Comment ? Comment je vais trouver ?

Mes cris ont le mérite de le déstabiliser. Et de faire sursauter le livreur qui passe juste à côté de nous.

— Je n'en sais rien, répond Chaz. Tu ouvriras une autre boutique.

— Où ? Avec quel fric ?

Ma voix se brise, à l'instar de mon cœur.

— Bon sang ! Ce n'est pas à moi qu'il faut poser ces

questions, Lizzie. Tu te débrouilleras. Comme toujours. C'est ça qui est si remarquable, chez toi.

Tournant la tête, je le contemple. Et je comprends, comme je n'ai cessé de le comprendre tout l'été, que je suis raide dingue de lui. Il est le bon. Pas moyen de revenir en arrière. J'ai sûrement franchi un échelon supplémentaire sur l'Échelle des Grosses Vilaines.

— Luke laisse tomber ses études de médecine. Il accepte le boulot proposé par son oncle à Paris. Il s'installe là-bas.

— Quel scoop !

— Tu étais au courant ? je m'écrie, stupéfaite. Il t'en a déjà parlé ?

— C'est mon meilleur ami. Il me raconte tout. Ça t'étonne ?

— Tu m'avais pourtant avertie, je soupire en secouant la tête. Qu'il était incapable de s'en tenir à quoi que ce soit, s'entend. Je ne t'ai pas cru, alors que tu avais raison.

— Luke n'est pas un sale type. Il est juste un peu… paumé.

Je range mon portable dans mon sac à main.

— Bon, tu me la poses, cette question ?

— Laquelle ?

— Est-ce que je vais emménager à Paris avec lui ? Il en a envie. D'après lui, sa famille me prêtera les fonds nécessaires pour ouvrir une affaire là-bas.

— Je n'en doute pas. Et non, je n'ai pas l'intention de t'interroger à ce sujet.

Pour un mec dont je suis folle amoureuse, Chaz a le don d'être exaspérant, parfois.

— Pourquoi ? Tu ne souhaites donc pas que je reste à New York ?

— Bien sûr que si ! Mais, je te le répète, je pense que tout est inscrit d'avance. Donc, je me contente de profiter du bon temps qu'il me reste avec toi.

— Ce sont des âneries.

— C'est sûrement vrai, oui. Alors, qu'est-ce qui te tente ? Thaïlandais ? Il me semble qu'il y a un chouette restau thaïlandais dans le coin.

— Comment oses-tu penser à manger à un moment pareil ? je m'emporte. Te rends-tu compte que chaque fois que j'envisage d'épouser Luke je me couvre d'urticaire ?

— Un bon signe, commente-t-il. Enfin, pour lui. Et Paris.

— C'est un *très mauvais* signe ! Et que voulais-tu dire, à Detroit, quand tu as mentionné que Luke n'était pas un enfant de chœur ?

— Écoute, je n'ai pas envie de parler de cela devant la boutique Vera Wang. Rentrons chez moi. Nous pourrons enlever ces vêtements trempés de sueur, je te ferai couler un bain frais, je commanderai des plats thaïlandais, je nous préparerai un gin-tonic que nous siroterons tout en devisant des caprices de l'existence, et je te régalerai d'un massage complet…

Il tente de m'enlacer, mais je résiste.

— Non ! Je suis sérieuse, Chaz ! Je refuse de…

Sauf que je n'ai pas l'occasion de lui expliquer ce que je refuse de faire car, à cet instant, deux femmes s'arrêtent devant la vitrine pour admirer la tenue.

— Tu vois, m'man, lâche la plus jeune des deux, c'est le genre de robe que je veux.

— Rêve, ma chérie. Elle coûte dans les vingt mille dollars. Tu les as sur ton compte ?

— C'est injuste ! râle la fille en tapant du pied. Pourquoi ne puis-je pas avoir ce dont j'ai envie ? Rien qu'une fois ?

— Oh, mais tu peux. À condition de vouloir également payer ce truc pendant les trente prochaines années. Tu tiens à entamer ta vie d'épouse en t'endettant jusqu'au cou ?

— Non, admet la future, boudeuse.

— C'est bien ce qu'il me semblait. Alors, remets-toi, nous irons chez Kleinfeld.

— Pff ! Tu n'es qu'une radine. Si je te laissais faire, on achèterait ma tenue chez Geck.

Les deux femmes s'éloignent sous mes yeux éberlués. Les nerfs de tout mon corps sont tendus comme des arcs. J'ai l'impression de m'être embrasée. « Un magasin de robes de mariées pour des filles ordinaires. Des tenues belles mais dans la moyenne des prix. »

— Omondieu, Chaz ! je m'exclame. Tu as entendu ça ?

— Quoi donc ? Le massage complet dont je compte te régaler ?

— Non, ces femmes, je réponds en sortant mon téléphone de mon sac.

— Celles qui ont décidé d'aller chez Kleinfeld ? Ouais. Hé ! Tu devrais peut-être chercher un boulot chez eux ? Tout le monde va là-bas. Comme ma sœur. Même si ça n'a servi à rien, la pauvre. Elle me ressemblait toujours autant. En dépit de son épilation et tout.

— Mais non ! Pas ça !

Je compose fébrilement le numéro tout en priant pour qu'on décroche.

— Allô ? pépie une voix.

— C'est moi. S'il vous plaît, ne coupez pas. Je sais que vous me détestez, mais j'ai une proposition de boulot à vous faire. C'est important. Vous ne le regretterez pas. Où êtes-vous ?

— Une proposition ? À moi ? s'étonne l'autre. Je suis au tapis de jeu pour les toutous. Pourquoi ?

— Restez-y. Ne partez surtout pas ! J'arrive.

Brève histoire du mariage

La tradition consistant à porter la jeune mariée pour lui faire franchir le seuil de la maison remonte à la nuit des temps et renvoie aux futures enlevées à leurs tribus et à leurs villages. On lui attribuait également la vertu d'éloigner les mauvais esprits.

Les épousées d'aujourd'hui ont tendance à considérer ce geste comme sexiste ou craignent que leurs maris ne récoltent un tour de rein en tentant de les soulever – ce qui, au regard de l'état actuel des finances de la plupart des mutuelles, est à éviter.

Quoi qu'il en soit, la tradition se perd.

Petites ficelles pour éviter un mariage désastreux, par Lizzie Nichols

Une rumeur prétend que les invités doivent offrir un cadeau dont la valeur équivaut grosso modo au montant dépensé par les mariés pour leur repas. Ridicule ! L'essentiel est que le présent soit de bon goût – vous n'êtes pas obligé non plus de le choisir sur la liste de mariage –, et son prix importe peu. N'importe quelle mariée qui osera vous suggérer le contraire mérite amplement d'être fessée par la spatule en bois que vous lui achèterez.

21

L'amour consiste en une seule âme habitant deux corps.

ARISTOTE (384-322 av. J.-C.),
philosophe grec

— Des robes nuptiales ? répète Ava en soulevant ses sourcils parfaitement épilés. Chez Geck ?

— Et pourquoi pas ?

Je suis assise sur un banc en compagnie de l'héritière, dans Carl Schurz Park. L'aire de jeu des petits chiens consiste en une plate-forme entourée de barrières. Elle est installée sur la promenade qui longe l'East River. Les passants s'arrêtent pour regarder les animaux courir après des balles de tennis que leur lancent leurs propriétaires. Les enfants sont aux anges et crient de joie chaque fois qu'un loulou de Poméranie ou qu'un pinscher miniature se précipite vers eux.

Blanche-Neige est épuisée, en revanche. Elle a visiblement trop galopé et gît, presque inconsciente, sur les genoux bronzés de sa maîtresse, ce que ne manque pas de filmer l'équipe de tournage qui enregistre le pilote de la prochaine émission de télé-réalité que compte lancer Ava. Apparemment, elle a accepté le projet ce week-end. J'ai du mal à ne pas fixer les caméras qui rôdent autour de nous, bien que mon interlocutrice m'ait recommandé de ne leur prêter aucune attention.

— Au bout d'un moment, on les oublie, affirme-t-elle en étouffant un bâillement.

Lequel est d'autant plus angélique que ses lèvres pulpeuses sont parfaitement maquillées.

J'ai encore plus de mal que d'habitude à obtenir qu'elle se concentre, car elle ne cesse de reluquer DJ Tippycat qui, sur le tapis de jeu, s'amuse avec son jeune bouledogue

— Écoutez-moi attentivement, Ava, je reprends. Vous m'avez dit que vous vouliez faire quelque chose de votre vie. Vous vous rappelez ? Après votre rupture avec le prince Aleksandros. Vous avez mentionné une activité qui soit un peu plus sérieuse qu'une énième apparition à la télévision. Vous tenez votre chance de prouver au monde que vous êtes autre chose qu'une héritière sans cervelle. Et d'aider des millions de fiancées à s'habiller comme des reines le jour de leur mariage, même si elles n'en ont pas les moyens.

Elle ne semble pas le moins du monde intéressée par ce que je lui raconte. Ses énormes lunettes de soleil sont rivées sur un remorqueur qui descend la rivière. Je jette un coup d'œil à Chaz qui m'attend, loin du champ des caméras. Il a refusé de signer le papier que l'équipe de tournage a brandi avant de m'autoriser à discuter avec

Ava pendant la prise. Il ne paraît pas trop mécontent. Il s'est dégoté un marchand de hotdogs et mâchonne son repas à l'ombre d'un arbre, tout en buvant une limonade.

— Je ne connais rien à la couture, répond Ava.

— C'est inutile, je marmonne, les dents serrés, à deux doigts de l'étrangler. Je m'occuperai de ça. Vous, vous serez chargée du marketing. Et l'entreprise Geck fournira le tissu et la main-d'œuvre. Attention, il ne s'agira pas d'exploiter le tiers-monde ou de travailler sur des matériaux au rabais. Nos ouvriers seront américains. Les robes se devront d'être magnifiques et agréables à porter. Rien à plus de quatre cents dollars, cependant. Moi, je crée, vous, vous vendez. La ligne de robes nuptiales Lizzie Nichols-Ava Geck.

Elle se redresse, soudain émoustillée.

— Ça me plaît bien, ça.

— J'en étais certaine.

— Lizzie et Ava. Ou Ava et Lizzie.

— Ce que vous voudrez.

J'ai du mal à en croire mes oreilles. J'ai déjà été surprise qu'elle ait répondu à mon coup de fil et qu'elle ait accepté de me rencontrer. Qu'elle soit partante aussi facilement me déstabilise. Donc, je n'en suis pas encore à penser à notre future marque.

— C'est si *mignon* ! s'exclame-t-elle avec un tel enthousiasme que Blanche-Neige en dégringole par terre. On fera aussi des robes de demoiselle d'honneur ?

— Naturellement.

Une caméra se rapproche brusquement pour un gros plan, et je ne peux m'empêcher de songer que je ne me suis pas poudré le nez et que je transpire. Pourvu que ce pilote ne débouche sur rien !

— Et celles des fillettes chargées des fleurs ?

— Bien sûr.

— Que pensez-vous de tenues pour chien ? Quand DJ Tippycat aura divorcé de sa pouffe, nous tenons absolument à ce que Blanche-Neige et Delilah assistent à notre mariage.

Je contemple le chihuahua, qui tente de s'accrocher à la minijupe de sa maîtresse. Nouveau gros plan sur l'entrejambe d'Ava. Cette fois, je prie pour qu'elle porte une culotte.

— Euh… D'accord. Nous réfléchirons à une ligne de vêtements de cérémonie pour les toutous.

— OK. Ça a l'air marrant. Mais… si nous travaillons ensemble, Lizzie, j'aimerais être sûre que… que les problèmes que nous avons rencontrés ne se reproduiront pas.

— Je vous jure sur la tombe de ma grand-mère que je ne dirai rien que je suis censée taire, Ava.

Bon, d'accord, j'ai fait ce serment à de nombreuses reprises dans ma vie, sauf que, là, je suis sérieuse.

Croix de bois, croix de fer.

— Bien. J'appelle papa.

Sur ce, elle s'empare de son portable.

— Un instant ! Vous lui téléphonez maintenant ?

— Ben oui. Pourquoi attendre ?

— Euh… Pour rien, allez-y.

De loin, Chaz m'encourage en levant le pouce.

Un instant plus tard, Ava retire son chewing-gum de sa bouche, murmure une excuse à mon adresse et lâche :

— Papa ? C'est moi. Salut. Je veux lancer ma ligne de robes de mariée dans nos magasins. Quoi ? L'émission de télé ? On s'en fout ! C'est tellement dépassé ! Bref, je suis avec Lizzie, la fille qui a créé ma tenue pour mon mariage avec Alek. Oui, oui, c'est bien elle qui m'a vendue aux journaux. Enfin, pas elle. Sa sœur. Une espèce de garce à gros bras. Je sais. Bref, elle a eu une idée… Tiens, je te la passe.

À ma grande horreur, elle me tend son téléphone incrusté de strass Swarovski rose.

— Allez-y, m'ordonne-t-elle, parlez-lui des super robes à prix abordables.

— Euh… Allô ? je marmonne la bouche sèche, les doigts tremblants. Monsieur Geck ?

— C'est moi, répond une voix impatiente enfumée par trop de cigares.

Je repars dans le laïus que je viens de servir à sa fille. En cet instant, sous le soleil éclatant, face à la rivière, tandis que les caméras continuent de tourner, avec Chaz à quelques mètres de là qui me surveille comme un berger allemand ébouriffé, et Henry Geck au bout du fil, j'ai vraiment l'impression de vivre une expérience de désincarnation. Tout se passe en effet comme si le charme qu'il m'a fallu déployer tant de fois dans mon existence en vue de rattraper une de mes légendaires indiscrétions me revenait avec une puissance encore jamais égalée pour se concentrer sur mon interlocuteur. Je ne suis plus Lizzie Nichols, restauratrice presque certifiée ès robes nuptiales, fiancée de Luke de Villiers qu'elle trompe au passage avec son meilleur ami, ayant explosé l'Échelle des Grosses Vilaines, sur le point de devenir SDF et chômeuse.

Je suis Elizabeth Nichols, créatrice brillante et recherchée de tenues de mariage n'ayant qu'un seul but : fabriquer de belles robes pour futures – et demoiselles d'honneur, fillettes et chiens – accessibles au plus grand nombre grâce à des tarifs raisonnables.

Je suis incandescente. Je suis invincible. Les caméras délaissent Ava pour se focaliser sur moi. Même si un coup d'œil me permet de me rendre compte que cette dernière se balade sans culotte.

— Ma foi, mademoiselle Nichols, décrète M. Geck quand je m'interromps pour reprendre mon souffle, j'avoue que votre idée m'intéresse. J'aimerais en parler dans le détail. Venez donc dîner ce soir avec Ava, OK ? Repassez-la-moi.

Dans un état proche de l'hébétude, je tends le téléphone à l'intéressée.

— Il souhaite vous dire un mot.

— Super ! Papa ? Alors, le truc de Lizzie, ça te branche ? Oui, moi aussi. Huit heures ? D'accord. Salut !

Elle coupe la communication et se tourne vers moi :

— Vous avez des croquis ? Papa souhaite les examiner.

Je la regarde, un peu nauséeuse.

Mais cette nausée est agréable. Elle est même formidable.

— J'en aurai ce soir avant huit heures, je souffle.

— Tu as l'intention de lancer une ligne de robes nuptiales pour Geck ? ! s'exclame Chaz, tandis que nous retournons au pas de course vers l'atelier. Et qu'est-ce qu'Ava fera, exactement ?

— Elle sera mon mannequin/porte-drapeau/représentante de la boîte.

— Mais la chaîne ne vend que des oripeaux, non ?

— Ils amélioreront la qualité après qu'ils auront commencé à distribuer mes produits. Ava y veillera. D'autant que les fringues porteront son nom.

— Et tu as confiance en elle ? Sans être méchant, je la trouve…

— Si tu oses la traiter d'accro au crack doublée d'une traînée, tu ne remets plus jamais un pied chez moi, pigé ? Même si je n'en aurai bientôt plus, de chez-moi.

— J'allais seulement faire remarquer que, comme certain garçon que je ne mentionnerai pas, Ava n'est pas réputée pour s'accrocher longtemps à la même chose. Les combats de boue exceptés.

— Sans doute parce que personne ne lui a encore donné l'occasion de prouver qu'elle valait quelque chose. C'est une héritière, après tout. Elle n'a jamais eu besoin de gagner sa vie ni de s'accrocher à quoi que ce soit. N'empêche, elle a l'air de prendre au sérieux notre projet. Les vêtements pour toutou, c'est son idée.

— Ha ! se marre Chaz en passant un bras autour de mes épaules. C'est du sérieux, en effet.

Je m'appuie contre lui, bien que j'aie chaud et que je transpire (lui aussi, d'ailleurs). Même s'il m'agace. Je ne peux pas m'arrêter de le toucher.

— Les gens adorent leurs animaux de compagnie, je réponds. Ils ont souvent très envie qu'ils assistent à leur grand jour.

— Certes. Quand même, leur coudre des mini-smokings est un peu nul, non ?

— Non. Pas si ça permet de sauver le boulot de toutes celles qui bossent pour les Henri.

— J'aimerais comprendre comment attifer des chiens de façon ridicule vous évitera le chômage.

— Laisse-moi le temps de trouver une idée. Chaque chose en son temps. D'abord, il faut que je dessine ces modèles. Puis, je conclurai le marché. Puis je m'occuperai de mes employées.

— Tu es incroyable.

Aucune ironie dans cette remarque. Ce qui ne m'empêche pas de l'arrêter, de le fixer droit dans les yeux et de lui demander :

— Tu te fiches de moi ?

— Pas du tout, se défend-il avec gravité en abandonnant mes épaules pour s'emparer de mes mains. Je te le répète, Lizzie, tu es une étoile. Et je suis humblement ravi d'être autorisé à graviter autour de toi. Dis-moi juste de quelle aide tu as besoin, et je m'exécuterai.

Je tressaille, mes yeux soudain pleins de larmes. Je suis toujours aussi épatée devant ma bêtise, qui m'a poussée à refuser de voir ce que j'avais sous le nez. Dire que j'aurais pu être heureuse il y a déjà six mois, si j'avais admis ce qui était évident pour tout le monde… à savoir, que je n'aimais plus Luke.

Toutefois, je ne partage pas mes réflexions avec Chaz.

— Un Coca light, je dis à la place.

— Il te faut un Coca light pour dessiner tes modèles ?

Je hoche la tête.

— OK. Je vais t'acheter toutes les canettes de la ville. Je vais…

Sa voix s'estompe, son regard se détache de moi. Nous sommes arrivés *Chez Henri*. Je découvre alors que Shari est assise sur le perron. En nous voyant, elle se lève, son sac à main pendouillant au bout de son bras. Chaz me lâche.

— Hum…, marmonne-t-il. Drôle de situation.

— Salut, Shari, je lance sans sourire, consciente qu'elle a dû entendre nos derniers échanges.

— Salut, répond-elle. Salut, Chaz, j'aimerais parler deux minutes à Lizzie, si tu veux bien.

— Ce n'est pas le moment, j'interviens. Je suis pressée. Ça ne peut pas attendre ?

— Non. Écoute, je suis désolée de ce que je t'ai dit tout à l'heure. J'ai dépassé les bornes.

— Tu as vraiment essayé de nous mettre ensemble ? demande Chaz.

— T'occupe. Lizzie, tu es ma meilleure amie. Jamais je ne te blesserai volontairement. Je n'aurais pas dû mentionner ce gâteau. Pardonne-moi, s'il te plaît.

— Quel gâteau ? s'enquiert Chaz.

— Je sais que tu ne pensais pas à mal, je réponds à Shari, en proie à de brusques remords. Moi, je n'aurais pas dû m'enfuir du salon de thé. Je suis débile. Excuse-moi.

— Pas de souci.

Shari me serre dans ses bras, et je hume son odeur, mélange de lait de corps au pamplemousse et de golden retriever (celui de Pat).

— Maintenant, je reprends, il faut vraiment que je te laisse. Je dois créer une ligne de robes pour Geck.

— Quoi ? Ils vendent des tenues de mariage, maintenant ?

— Ça ne saurait tarder, explique Chaz. Dès qu'ils auront vu les croquis de Lizzie. Elle et Ava lancent une affaire.

— Est-ce une bonne idée ? réplique Shari, dubitative.

— Pourquoi tout le monde semble-t-il en douter ? je m'écrie. Oui, c'est une excellente idée. Alors, je me mets au boulot. Filez !

Je les embrasse tous les deux, Shari sur la joue, et Chaz sur la bouche, puis je fonce dans l'atelier. Monique est là, occupée à feuilleter le dernier numéro de *Vogue.*

— Te voici enfin, Lizzie ! s'exclame-t-elle. Tout le monde te cherche.

— Continue de répondre au téléphone, je lui ordonne. J'ai à faire là-haut. Je ne suis là pour personne.

— Mais… tu es au courant que…

— Oui, bien sûr. Et je suis en train de me décarcasser pour sauver nos peaux. Alors, prends mes messages, d'accord ?

— D'accord. Sauf que…

— Merci !

Je me précipite dans l'escalier, allume le climatiseur, me débarrasse de ma robe froissée, attrape le dernier Coca light de mon réfrigérateur – Chaz a intérêt à me ravitailler bientôt – et m'attaque à la tâche.

Brève histoire du mariage

Il est d'usage que les meilleures amies de la mariée lui organisent une soirée afin d'enterrer sa vie de jeune fille. Voici quelques conseils afin d'éviter la catastrophe :

1) Ne planifiez pas la fiesta pour la veille du mariage, des fois que l'intéressée boive un coup de trop – ce n'est pas rare : après tout, c'est sa dernière soirée sans son futur. Mettez-vous à sa place, les filles ! Une gueule de bois le grand jour ferait très mauvais effet.

2) L'idée est que la promise s'amuse bien, alors veillez à ce que vos projets correspondent à ses goûts.

3) Il serait malheureux que la future trouve un charme quelconque à un autre homme que celui auquel elle s'apprête à s'unir. Par conséquent, restez sobres et fuyez les situations scabreuses (un strip-tease un peu poussé par exemple).

Petites ficelles pour éviter un mariage désastreux, par Lizzie Nichols

Les toilettes... un sujet auquel personne ne veut penser, que personne ne tient à aborder... jusqu'au moment où il apparaît qu'elles sont en nombre insuffisant ou qu'elles ont débordé au beau milieu de la fête.

Vous avez beaucoup de choses à préparer en vue de votre mariage, certes. Mais quand vous choisissez le lieu de la réception, n'oubliez pas les détails, comme celui des lieux où vos invités se soulageront. Ce qui ne manquera pas de se produire, évidemment.

Vous n'espérez quand même pas leur demander de se retenir, hein ?

22

Le mariage est le ciment du monde : il préserve les royaumes et remplit les villes, les églises et le ciel.

Jeremy TAYLOR (1613-1667),
prédicateur anglais.

Lorsque j'émerge de la limousine des Geck peu avant minuit, je suis dans un tel état de choc que je ne remarque pas que les lumières sont allumées dans l'immeuble des Henri. Du moins, pas avant d'entrer. Pourtant, je suis certaine d'avoir éteint en partant dîner, en dépit de l'état de panique dans lequel je me trouvais, à cause de mes dessins, dont une partie n'était même pas terminée.

Sauf que là, elles brillent de tous leurs feux. Qui a allumé ? Pas un voleur, j'imagine. Ces gens-là ne tiennent pas à ce que tout le monde soit au courant de leur présence.

Chaz ? Il a une clé.

Sauf que Chaz ne se permettrait jamais d'entrer chez moi en mon absence. D'autant que je lui ai très précisément stipulé que je le contacterais quand je serais prête. Et puis, il n'est pas du genre à débarquer sans crier gare.

Il arrive à Sylvia et Marisol de travailler tard, mais jamais à une heure aussi avancée de la nuit. D'ailleurs, quand je les appelle, elles ne répondent pas.

Génial ! C'est le grand inconvénient à vivre seule – je pourrais être assassinée à n'importe quel moment, et personne n'entendrait mes cris, puisque personne d'autre que moi ne vit dans ce bâtiment.

Agrippant mes clés de façon à ce qu'elles saillent entre mes doigts, histoire de crever les yeux à qui m'attaquera, je grimpe les marches, tendue, à l'affût de la moindre respiration ou d'un raclement de griffes à la Freddy Krueger.

Sauf que je ne perçois rien. Le couloir est silencieux. Je dois imaginer des trucs. Ou alors, c'est l'excitation de la soirée. J'ai sûrement laissé allumé en partant. Je me suis presque convaincue de cela quand j'ouvre la porte de mon appartement à la volée… et découvre un étranger debout à côté de mon canapé. Je pousse un hurlement à réveiller les morts.

— Bon dieu ! braille Luke à son tour. C'est moi !

C'est bien lui, en effet. Luke, mon fiancé. Qui est censé se trouver en France, à Paris.

Si ce n'est qu'il n'est pas là-bas, mais ici, dans mon salon.

— Surprise ! s'écrie-t-il.

Oh que oui ! Pour être surprise, je suis surprise !

Mais pas autant que lui l'aurait été si je n'étais pas rentrée seule. Sacré coup de bol !

— Qu'est-ce que tu fiches ici ? ne puis-je m'empêcher d'exploser.

— Tu traverses tant d'épreuves, et j'étais si mal, répond-il en avançant. Comme oncle Gerald avait réservé un jet privé pour un rendez-vous à New York, j'en ai profité.

Il est d'une beauté fracassante, dans son costume en lin clair et sa cravate bleu pâle, avec sa peau mate et ses dents d'une blancheur étincelante. On dirait que lui et Chaz (avec sa casquette et son short) appartiennent à deux espèces différentes.

Sauf que l'espèce de Luke ne m'intéresse pas. Ne m'intéresse plus.

Et c'est plus fort que moi, je recule d'un pas à son approche.

— Wouah ! je souffle. Un jet privé ? Quel luxe !

— Oui, acquiesce mon fiancé en faisant un nouveau pas dans ma direction. Le trajet n'a duré que six heures, tu te rends compte ?

— Géant, je dis en reculant encore.

À ce rythme, je vais bientôt me retrouver dans le couloir.

— N'est-ce pas ?

Luke me gratifie d'un sourire éblouissant… et avance. Me voici coincée contre la porte. M'enlaçant par la taille, il se penche pour m'embrasser. Je suis obligée d'en appeler à toute ma volonté pour ne pas détourner la tête. Puis ses lèvres – dont je raffolais – effleurent les miennes… et je ne ressens rien.

Rien du tout !

Que couic ! Comment cela est-il possible ? Moi qui adorais cet homme ! Moi qui me suis envoyée en l'air avec lui sur un tonneau de vin ! Cet homme qui m'a comblée d'orgasmes tellement retentissants ! Moi qui ne désirais rien d'autre au monde que l'épouser, porter ses enfants et vivre en sa compagnie jusqu'à la fin de mes jours !

Il faut croire qu'une liaison ne tient pas seulement aux orgasmes retentissants. Elle tient aussi à la capacité de l'autre de vous faire rire aux larmes. À la présence de l'autre quand vous avez besoin de lui. Voilà sans doute ce qui explique pourquoi, après un mois de séparation, le baiser de Luke ne déclenche aucune émotion en moi.

Il relève la tête et m'observe à travers ses paupières entrouvertes, avec cet air que je trouvais si rêveur, impression renforcée par ces cils d'une longueur scandaleuse.

— Tout va bien ? me demande-t-il.

— Oui ! Tout va très bien. Pourquoi en irait-il autrement ?

— Aucune idée. Tu sembles… nerveuse.

Je m'esclaffe comme une hyène, consciente de ses mains sur mes hanches. Mes hanches que ne contient plus aucune gaine.

— Oh ! Mais je le suis. Nerveuse. Je reviens tout juste d'un dîner d'affaires avec les Geck.

— Qui ça ?

— Les Geck. Tu sais bien, ceux de « Geck'onomise avec Geck ».

— Ah !

Il a beau opiner, je devine qu'il ne connaît ni le nom ni le slogan.

— Et ça s'est bien passé ?

— Formidable ! je m'exclame, encore abasourdie par mon succès au point que mon stress face à Luke le cède à mon envie de tout lui raconter. Ton idée de proposer de jolies robes à des prix raisonnables, elle était brillante. Ava Geck et moi, toute sa famille, allons lancer une nouvelle ligne de vêtements de cérémonie. Je créerai les modèles, eux les vendront. Nous allons offrir aux Américaines des tenues magnifiques et abordables. Il y en aura pour tout le monde : les futures mariées, les demoiselles d'honneur, les belles-mères, les fillettes, les chiens… Ça va être énorme.

Mon enthousiasme déclenche les rires de Luke. Enfin, je crois que c'est mon enthousiasme. Parce qu'il est visible qu'il n'a pas la moindre idée de ce que je raconte. Il n'a jamais entendu parler des Geck ni de leur chaîne de distribution. Sa famille n'a sans doute jamais fait ses courses là-bas. Au mieux, sa mère aura envoyé la bonne y acheter les produits d'entretien. Toutefois, en loyal fiancé qu'il est, il agit comme s'il pigeait.

— C'est super, Lizzie ! Je suis très fier de toi !

— Merci. Ça vient juste d'arriver, alors je suis encore sous le coup. C'est ce que j'ai toujours voulu, Luke. Ça va résoudre tous mes soucis. M. Geck m'a fait une offre. Tu n'imagines même pas combien il est prêt à mettre sur la table.

— Encore mieux. Ainsi, nous pourrons regagner Paris en première.

Hébétée, je le regarde. Il faut que je m'asseye. Vite !

Omondieu ! Comment ai-je osé ? Je ne peux pas…

Je n'ai quand même pas atteint un tel degré sur l'Échelle des Grosses Vilaines ! Et pourtant, cette dernière semaine, je me suis comportée comme la plus vilaine fille du monde. Si ça se trouve, au plus profond de moi, je suis une très, très grosse vilaine.

Quoi qu'il en soit, le moment est venu de passer à la caisse.

— Hum… à ce propos, dis-je en me laissant couler sur le canapé avant que mes jambes flageolantes me lâchent. Écoute.

Le sourire de Luke s'est effacé.

— Je n'aime pas beaucoup le ton de ta voix, lance-t-il. Dois-je avoir peur ?

Je lève les yeux sur son visage admirable et je murmure, sur le ton « Qui espérons-nous encore tromper ? ».

— Voyons, Luke.

— Quoi ? riposte-t-il en écartant les bras

Sur le ton « Pourquoi moi ? ».

— Franchement, sois réaliste. Pour une fois. Je sais que tu es un chouette type, mais ce baiser n'était-il pas atroce ?

Il baisse les bras. Et cesse soudain de faire semblant. Et je prends conscience que je ne vais pas devoir passer à la caisse.

— OK, admet-il en venant s'affaler à côté de moi, comme vidé. (Le décalage horaire, sûrement.) Je suis heureux que tu aies abordé le sujet, Lizzie. Bon sang ! Je croyais que c'était moi.

Le soulagement qui me submerge est pareil à une onde électrique et finit de m'achever, si bien que je ressemble sans doute à une poupée de chiffon. Je suis presque aussi crevée que lui, alors que je n'ai parcouru que quelques kilomètres, pas des milliers.

— Ce n'est pas toi, je réponds. C'est moi.

Tomber dans les vieux clichés n'est jamais très agréable, sauf que, en l'occurrence, c'est la vérité.

— Non, tout est ma faute.

— Non, la mienne.

Il est cependant exclu que je mentionne Chaz. Si les choses se déroulent comme je le souhaite, Luke ne sera jamais au courant, pour son meilleur ami et moi. Du moins, pas avant une période de deuil raisonnable, durant laquelle il aura eu le temps de se dégoter une fabuleuse copine. Peut-être une nana comme Valencia, un 36 qui entrerait à merveille dans la robe de Vera Wang exposée en vitrine. Et qui saura l'amener à m'oublier.

— Je crois que je t'ai trop mis la pression pour que tu t'engages, alors que tu n'étais pas encore prêt.

— Non, répète-t-il, en preux chevalier. C'est juste que… nous vivons dans des univers tellement différents ! Nous vivons sur des *continents* différents ! Comment avons-nous pu espérer que ça marcherait ?

J'ai quelques idées bien arrêtées sur le sujet, toutes prouvant que ça aurait pu marcher, mais comme il est clair que ni lui ni moi ne souhaitons que ça marche, je les ravale.

— Nous resterons amis, n'est-ce pas ? je dis donc à la place.

— Amis pour la vie, renchérit-il en s'efforçant d'avoir l'air triste.

Sauf que ses yeux trahissent un tel soulagement que c'en est comique. Le même genre de soulagement que celui que j'ai ressenti sur le perron de la boutique, la veille de son départ pour la France, quand je lui ai annoncé que nous devions observer une pause dans notre relation. Comment en sommes-nous arrivés là ? Comment réussissons-nous à nous séparer sans même qu'une parole rageuse soit prononcée, une larme versée ? Est-il concevable que nous soyons… adultes ?

— Tiens, reprends ça.

Je retire la bague qui a pesé si lourd à mon doigt, ces derniers mois. Elle glisse avec tant d'aisance que c'en est effrayant.

— Non, proteste-t-il, vaguement paniqué. Je veux que tu la gardes.

— Enfin, Luke, ce n'est pas possible.

— Si, je t'assure que je ne tiens pas à la récupérer. Qu'est-ce que j'en ferais ?

Sa panique est palpable. Je ne l'invente pas. Sans la comprendre cependant.

— Je ne sais pas. Revends-la. Je romps nos fiançailles, Luke, il est normal que tu la récupères.

— Non, c'est moi qui les romps, ces fiançailles, insiste-t-il. Je n'en veux pas. Vends-la, toi.

Le soulagement a déserté son regard, remplacé par une terreur réelle.

Quelque chose cloche. Pour de bon.

Alors que notre rupture se déroulait tellement bien !

Je cède.

— D'accord.

Je glisse le diamant sous une pile de magazines posés sur la table basse.

De nouveau, c'est le soulagement qui transparaît chez Luke.

— Bien, dit-il. J'ai envie que tu l'aies. Vraiment.

Bon. Bizarre, quand même. Quel mec souhaite-t-il que son ex conserve la bague ? Surtout une qui, comme la mienne, a dû coûter bonbon. (Ça va, j'avoue : vingt-deux mille dollars. Tiffany a vérifié sur le site de Cartier un jour où elle s'ennuyait.) Bref, je sais, moi, quel mec souhaite cela : un mec qui en a gros sur la patate. Un type rongé par la culpabilité.

Ce qui est impossible, non ? Pas Luke. Pas mon adorable et aimant Luke, que j'ai si cruellement trahi en couchant avec son meilleur copain à *L'Auberge du Chevalier*, alors que j'étais rentrée chez moi pour enterrer ma grand-mère. (Funérailles auxquelles Luke, au passage, n'a pas assisté. En revanche, il est revenu ici quand j'ai perdu mon boulot et mon logement. Sauf que j'étais plus bouleversée par la perte de mamie que par celles-là. Parce que, honnêtement, un travail, ça se retrouve, de même qu'un appartement. Une grand-mère, non.)

En tout cas, Luke ne se serait jamais rendu coupable d'un acte susceptible d'alourdir sa conscience. Comme l'en a accusé Shari, il est trop parfait. Certes, j'ai cru qu'il me trompait quand il consacrait ses soirées à potasser et ses après-midi à la bibliothèque. Mais je laissais libre cours à mon imagination délirante. C'est moi qui ai un problème de conscience, ici.

Luke bâille. Et prend tout de suite l'air coupable. Mais juste parce qu'il a été impoli.

— Excuse-moi, je suis...

— Tu dois être vanné. Tu devrais rentrer chez toi. Je t'aurais bien proposé de dormir ici, mais...

Mais nous venons de rompre. D'ailleurs, je n'ai pas besoin de détailler, il pige tout de suite.

— Non, c'est bon. Je vais aller chez ma mère. Qu'est-ce que tout ça est bizarre ! Car ça l'est, hein ? Bizarre ?

Il se lève.

— Oui, j'admets en l'imitant. (Il n'imagine pas à quel point la situation l'est en effet, bizarre.) Mais c'est mieux ainsi.

— J'espère.

Alors que nous nous serrons mutuellement dans les bras, sur le seuil de la porte, je m'aperçois que Luke a des larmes au coin des yeux. Elles m'évoquent les minuscules cristaux Swarovski qui décorent le téléphone d'Ava. Sinon qu'elles ne sont pas roses.

Comme si je ne me sentais pas assez coupable, tiens ! Voilà que j'ai réussi à le faire pleurer…

— Je t'aimerai toujours, Lizzie, tu le sais ?

— Bien sûr, je réponds.

Alors que je pense : Omondieu ! Tout cela est si… Sont-ce de véritables larmes ? Pourquoi je ne pleurniche pas, moi ? Je devrais, non ? C'est moi la fille, après tout. Omondieu ! Je devrais fondre en larmes. Malheureusement, je n'en ai aucune envie. Est-ce parce que je n'aime plus Luke ? Parce que j'aime Chaz ? Ne devrais-je pas pleurer sur ce qui aurait pu être ? Sur les enfants que Luke et moi n'aurons jamais ? Ou alors, c'est la faute de mon eczéma. Et parce que Luke a renoncé à ses études de médecine pour redevenir un investisseur. S'il avait poursuivi sa carrière médicale, j'aurais pleuré. J'en suis sûre.

Presque.

Luke m'enlace longtemps et dépose un baiser affectueux au sommet de ma tête, puis il s'en va.

Dès que j'entends la porte d'en bas se refermer, et que je le vois par la fenêtre qui s'éloigne lentement sur le trottoir, je me rue sur mon téléphone.

— Rapplique ! je lance. Tout de suite !

— L'appel du sexe ? roucoule Chaz, émoustillé.

— Tu ne devineras jamais qui vient de sortir de chez moi.

— Vu que tu étais chez les Geck, je vais me risquer à deviner… le maire de New York ?

— Idiot ! Luke ! Il a pris le jet privé réservé par son oncle pour revenir ici. Nous venons de rompre.

— J'arrive ! s'exclame Chaz, la voix soudain dénuée de tout humour.

Brève histoire du mariage

Le premier enterrement de vie de garçon connu s'est déroulé à Sparte au Ve siècle avant Jésus-Christ. Des soldats sur le point de lancer une attaque en vue de se dégoter des épouses portèrent des toasts et se félicitèrent mutuellement. Depuis, les hommes ont pris l'habitude de se réunir la veille du jour où l'un d'eux s'apprête à se passer la corde au cou, histoire de s'enivrer et de pleurer la fin du célibat de leur ami, le tout en reluquant des danseuses fort légèrement vêtues.

Il est recommandé aux futures mariées d'ignorer ces mœurs masculines barbares… ou de les imiter. De toute façon, laissez-le s'amuser, votre vengeance viendra bien assez tôt. Quand vous aurez mis le grappin sur sa carte de crédit, par exemple.

Petites ficelles pour éviter un mariage désastreux, par Lizzie Nichols

Mères (de la mariée ou du marié), ne croyez pas que nous vous avons oubliées. Vous aurez vous aussi envie d'être les plus belles en ce fameux jour. Comment ? Fastoche ! Mettez-vous en quête de votre robe assez tôt, de manière à mettre toutes les chances de votre côté. Les couleurs neutres sont toujours élégantes (laissez le rouge à la dernière jeune femme de votre ex-mari, et le blanc à l'heureuse élue, bien sûr), le noir également, si la cérémonie n'a pas lieu le matin. Évitez les paillettes clinquantes, à moins que la réception ne se déroule le soir.

Et rappelez-vous, vous ne vous tromperez jamais en choisissant de porter une gaine.

23

Célébrons l'occasion avec du vin et des mots tendres.

PLAUTE (254-184 av. J.-C.), dramaturge romain

Chaz est chez moi quinze minutes après mon coup de fil. Je suis toujours ahurie de la vitesse à laquelle, après minuit, un taxi peut traverser Manhattan du sud au nord en remontant la Première Avenue.

— J'exige de tout savoir, lance-t-il en se débarrassant de son sac à dos.

(Nous n'en sommes pas encore à l'étape où chacun a un tiroir réservé dans la commode de l'autre.)

— Mais d'abord, enchaîne-t-il, dis-moi comment ça s'est passé, chez les Geck.

— Oh, Chaz !

Il me prend dans ses bras et… les mots me manquent pour décrire mes sensations. C'est complètement différent d'être dans ceux de mon ancien fiancé. Là où le malaise, le bizarre, la maladresse ont dominé, quand Luke m'a enlacée avant de partir, je me sens en sécurité, réconfortée et, par-dessus tout, aimée. Je ferme les yeux, me régalant de la chaleur qui émane de Chaz et, soudain, les larmes débordent.

— Wouah ! murmure Chaz avec un rire tendre avant de m'embrasser sur la joue. C'était si terrible ? Ils n'ont pas apprécié tes dessins ? Comment est-ce possible ? J'ai toujours adoré tes bonnes femmes bâtons. Tu leur avais collé des hauts-de-forme ? Je les trouve craquants, ces galurins.

— Si, si, ils les ont aimés. Les dessins, pas les chapeaux, car je n'en ai pas mis.

— Où est le problème, alors ?

— C'est juste que je suis si heureuse !

C'est vrai. Debout dans mon salon/salle à manger/cuisine, entre les bras de Chaz, à présent que j'ai rompu mes fiançailles et que je ne suis plus la championne sur l'Échelle des Grosses Vilaines, je suis heureuse au point que mon cœur paraît sur le point d'éclater.

— Alors quoi ? Les Geck achètent tes modèles ?

— Oui. Je serai chargée de la création et du contrôle qualité. Ava s'occupera du marketing. Son père gère le reste. Je crois que ça va marcher du tonnerre. Ça n'aura rien de crapoteux. Parce qu'Ava est super investie dans le projet. Parce qu'il portera son nom. Pour une fois, elle prend les choses au sérieux. Grâce à DJ Tippycat, aussi, lequel se trouve avoir un diplôme d'économie de l'université de Syracuse. En vrai, il s'appelle Joshua Rubenstein. Il était présent au dîner.

Chaz semble épaté.

— Et la boutique ? Tiffany, Monique, Sylvia et Marisol ?

— J'ai un plan, mais il va impliquer que nous louions une voiture.

— Pour aller où ?

— Dans le New Jersey, je réponds en l'entraînant sur le canapé. Mais d'abord, Chaz… j'ai besoin de savoir. Sérieux. Qu'as-tu voulu dire quand tu as laissé entendre que Luke n'avait pas été un enfant de chœur durant notre liaison ? Nous avons rompu, mais, bizarrement, il m'a laissé ceci, j'ajoute en sortant de sous un magazine ma bague de fiançailles. Ce truc vaut une fortune, et la seule raison expliquant qu'il ne l'ait pas récupéré, c'est qu'il se sent drôlement coupable. Non ?

Chaz contemple le diamant et secoue la tête.

— Bon dieu ! s'exclame-t-il. Ça me scie. A-t-il pleuré ?

— Quand nous nous sommes séparés ? Oui, un peu. Comment as-tu deviné ?

Chaz prend une profonde inspiration avant de se lancer.

— Depuis que vous sortez ensemble, Luke n'a pas été franchement Monsieur Innocence. Tu l'as vraiment cru, quand il t'a raconté qu'il étudiait le soir ? Parce que c'était faux.

— J'en étais sûre ! Shari avait raison. Luke était trop parfait, ça cachait forcément un truc louche. Attends un peu ! Tu n'as pas intérêt à me balancer des salades pour me remonter le moral, OK ?

— Te remonter le moral ? Nom d'un chien ! Tout ce temps, j'avais la frousse de te dire la vérité. J'avais peur que tu déprimes.

Je persiste néanmoins.

— Si c'est une blague pour que je me sente moins haut sur l'Échelle des Grosses Vilaines, elle n'est pas drôle…

— Je ne plaisante pas. Et j'ignore ce qu'est l'Échelle des Grosses Vilaines. C'était cette Sophie, qui avait cours avec lui. Celle qui connaissait le type qui nous a obtenu une table au *Spotted Pig*. Il se l'est envoyée dans ton dos tout le dernier semestre. Tu l'aurais vue, tu serais devenue dingue ! Elle s'habille en Juicy Couture[1] et porte d'énormes lunettes de soleil Dolce & Gabbana. Tu détesterais !

— Je ne te crois pas. Tu n'aurais jamais gardé un tel secret aussi longtemps.

— Détrompe-toi, rétorque-t-il avec une gravité qui ne lui ressemble pas. Comment aurais-je pu te révéler que Luke couchait ailleurs alors que tu l'aimais encore ? Du moins, quand je pensais que tu l'aimais encore ? De quoi aurais-je eu l'air ? Mets-toi à ma place. J'étais épris de toi, je te voulais. Si je t'avais tout avoué avant que toi et moi… euh, nous sortions ensemble, comment aurais-je su s'il ne s'agissait pas d'une vengeance ? Certes, tu aurais peut-être rompu avec Luke, tu aurais peut-être couché avec moi, mais pas forcément pour les bonnes raisons.

Je réfléchis. Cette fois, je le crois. À cause des détails, surtout. Chaz n'aurait pas pu inventer le coup des lunettes griffées. Il ne connaît rien de rien à la mode. Il suffit de voir ses shorts pour s'en rendre compte. Mais

1. Marque de vêtements californienne se voulant l'emblème de la femme active et branchée.

il y a aussi la franchise avec laquelle il vient de s'exprimer. Exposée ainsi, son histoire ne peut qu'être authentique.

— Je n'avais pas envie de ça, poursuit-il sur un ton plus ironique, un éclat de souffrance dans ses yeux bleus. C'était la dernière chose au monde dont j'avais envie. Depuis le jour où je t'ai aidée à déménager ici, je t'ai désirée. Pour de bon, Lizzie. Or, si tu acceptais d'avoir une liaison avec moi juste pour prendre ta revanche et blesser Luke… ça n'aurait pas été satisfaisant. Alors, oui, je me suis tu. Jusqu'à ce soir. Si ça ne te plaît pas, tant pis. D'ailleurs, ajoute-t-il en sortant son portable de sa poche, j'ai les moyens de te prouver que c'est la vérité.

Il appuie sur un bouton, puis dit :

— Luke ?

— Chaz ! Non !

Trop tard.

— Salut, mec. Excuse-moi, je te réveille ? Non ? Oh, tu es à Manhattan ? Qu'est-ce que tu fiches ici ?

Je n'en crois pas mes oreilles. Horrifiée, je m'affale contre le dossier du canapé et plaque mes doigts sur mes yeux.

— Ah bon ? Ah oui ? Elle a fait ça ? Désolé !

Chaz se penche vers moi et m'enfonce un doigt dans les côtes, mais je continue de me cacher la tête entre les mains.

— Dis donc, si toi et Lizzie avez rompu, j'en conclus que c'est du sérieux avec Sophie ?

Soudain, j'entends la voix de Luke. Chaz a dû approcher le téléphone de mon oreille.

— Ben, tu sais, je vais m'installer en France, alors je

ne verrai plus Sophie. En revanche, j'ai rencontré une super nana, au bureau. Marie. Je t'en ai parlé…

Retirant mes paumes de mes yeux, je contemple Chaz. Il arbore une expression qui mêle angoisse – à l'idée que je sois blessée, sans doute – et rire. Il est vrai que la situation est cocasse. Après tout, je me fiche de ce que Luke peut faire dans mon dos.

J'espère seulement qu'il sort couvert.

Constatant que je souris, Chaz reprend l'appareil.

— Luke ? dit-il. Puisque toi et Lizzie ne sortez plus ensemble, je me demandais comment tu réagirais si je tentais ma chance. Parce que, figure-toi que je la trouve géniale, et que j'ai toujours…

J'ai beau me trouver à un mètre de là, les vives objections de Luke me sont audibles. Chaz se marre de plus belle.

— Oh ! continue-t-il. Ce ne serait pas une bonne idée ? Pourquoi ? Tu te prends pour un tel dieu au pieu que tu as le droit de te garder toutes les filles formidables du monde, y compris après avoir rompu ?

Je m'esclaffe et tente de lui arracher son portable.

— Non ? lance-t-il tout en enroulant un bras autour de ma taille, me faisant tomber par terre. Ah oui ? Lizzie est très fragile en ce moment ? Je ne crois pas. Ce bruit ? Juste… mon voisin du dessus. Oui, il a ramené une traînée quelconque du bar d'en bas.

Chaz éloigne l'appareil et braille en direction du mur, tout en me chatouillant :

— Hé, Johnny ! L'abstinence, tu connais ? Tu devrais essayer. Oups ! Faut que j'y aille, Luke. Il est en train de vomir dans l'escalier. Oui, oui, il nage dans son vomi. À plus !

Chaz raccroche, balance son téléphone derrière son épaule et plonge sur moi. Il enfonce son nez dans mon cou. J'ai du mal à respirer tant je ris.

Et je me rends soudain compte que je ne me suis jamais autant amusée de toute ma vie.

Brève histoire du mariage

Tous ceux qui auront lu un peu de littérature romantique savent que, en Europe, au XIXe siècle, les jeunes filles qui n'avaient pas froid aux yeux se sauvaient en Écosse afin de se marier en douce. En effet, à cette époque, l'accord parental était obligatoire avant toute union. Même Elizabeth Bennet, d'*Orgueil et Préjugés*, se désespère quand elle apprend que sa sœur cadette, la coquette Lydia, n'a pas filé à Gretna Green avec son amant, Wickham, car cela signifie que le vilain n'a aucune intention d'épouser la sotte.

L'Écosse continue d'être une destination très appréciée des Américains, et des agences de voyages proposent des formules complètes avec transport + séjour + mariage à la clé. Mesdemoiselles, prenez cependant garde à établir les documents officiels avant votre départ, sous peine de vous retrouver dans la même situation que la malheureuse Lydia Bennet.

Petites ficelles pour éviter un mariage désastreux, par Lizzie Nichols

Une union secrète ne signifie pas pour autant que le couple doit se priver du plaisir des cadeaux ! Les parents des intéressés, leurs amis peuvent toujours organiser une réception au retour des tourtereaux. L'établissement d'une liste de mariage permet même à ces derniers de rester dans le bon goût et l'étiquette qu'exige la tradition. Les noces coûtant de plus en plus cher, certains parents trouvent un certain avantage à payer à leur fille un mariage à la sauvette.

Les veinardes !

24

Il n'est rien de meilleur, ni de plus précieux
que l'accord, au foyer, de tous les sentiments
entre mari et femme : grand dépit des jaloux,
grande joie des amis.

HOMÈRE (*VIIIe siècle av. J.-C.*),
poète grec

Le lendemain matin, je retrouve Monsieur Henri dans son jardin, à l'endroit précis où sa femme m'a dit qu'il serait : sur son terrain de boules personnel, où il s'entraîne à la *pétanque*.

Il a l'air surpris de me voir. J'imagine qu'il ne reçoit pas souvent de visiteurs en provenance de Manhattan dans sa villa de Cranbury.

Surtout quand il n'est vêtu que d'un peignoir en éponge.

— Elizabeth ! s'exclame-t-il en lâchant sa boule dans la poussière

Il s'empresse de refermer son peignoir et jette un coup d'œil offusqué à son épouse qui s'approche, porteuse d'un plateau où reposent des verres de thé glacé.

— Désolée, Jean, lui lance-t-elle, pas du tout désolée apparemment. Elizabeth a téléphoné ce matin pour annoncer sa venue. Elle a quelque chose d'important à nous dire. Je t'ai appelé, mais tu ne m'as pas entendue, hein ?

Monsieur Henri semble hébété, cependant que sa femme place le plateau sur une table métallique, sous une charmille couverte de roses, avant de s'installer sur un banc. Autrefois d'une stature impressionnante, son mari a perdu beaucoup de poids depuis son opération. Toutefois, il continue à transpirer abondamment dans la chaleur estivale, en dépit de l'ombre qu'offre la tonnelle. Il toise les verres.

— Bon, finit-il par décider, je peux m'octroyer une pause. Petite, la pause.

— Ce serait très gentil de votre part, je dis.

Je lance un regard au-delà de la maison. Chaz a promis de venir me chercher d'ici trente minutes, à bord de la voiture que nous avons louée.

— Je compte inspecter le centre commercial du coin, a-t-il décrété. Je t'achèterai un string chez Victoria Secret. Je ne t'ai encore jamais vue en string. Ni en aucun dessous venant de Victoria Secret.

Je lui ai assuré qu'il y avait de bonnes raisons à cela.

Je m'assois à côté de Madame Henri, après avoir pris soin de rassembler le jupon de ma robe Lilly Pulitzer, puis j'attends que mon ancien patron se soit confortablement enfoncé dans un fauteuil de jardin avant de me lancer dans mon discours :

— Je suis désolée de vous importuner chez vous, monsieur Henri, mais c'est au sujet de l'immeuble…

— Voyons, Elizabeth, m'interrompt-il avec gentillesse tout en prenant un verre de thé et en touillant la feuille de menthe qui y flotte, je ne crois pas qu'il y ait grand-chose à ajouter à ce propos. Nous en avons confié la vente à Goldmark, un point c'est tout. Je suis navré que vous soyez obligée de vous trouver un nouveau logement et un autre travail, mais, comme promis, nous vous avons recommandée à Maurice. Vous n'aurez aucun mal à décrocher un emploi. Nous supplier n'est pas très gentil, si vous me permettez, et cela m'étonne de votre part.

Je m'empare à mon tour d'un verre, ravie de constater que ma main ne tremble pas. Courage, ma fille !

— Je ne suis pas ici pour vous supplier, monsieur. Et j'ai déjà dégoté un boulot. Non, je suis venue vous proposer de racheter les murs de l'atelier.

Monsieur Henri manque d'en lâcher sa boisson. Quant à sa femme, elle s'étrangle avec sa gorgée.

— Je… Je vous demande pardon ? tousse-t-elle.

— J'ai conscience que j'aurais dû passer par l'agence immobilière, j'enchaîne, mais le truc, c'est que je n'ai pas encore réuni toute la somme requise pour signer la vente. Ça viendra. Bientôt. Pour le reste, je pourrai vous régler en plusieurs mensualités, sur quelques années cependant. Je sais que vous espériez toucher l'ensemble d'un seul coup.

Je me penche, histoire d'être plus convaincante. Au loin retentit la pétarade d'une tondeuse à gazon, tandis que, dans un arbre, un oiseau pépie une mélodie plaintive.

— Cependant, je reprends, en acceptant de me vendre l'immeuble, vous échapperez aux frais d'agence. En contournant cet intermédiaire, vous économiserez des centaines de milliers de dollars. Je suis prête à vous faire une offre tout de suite, sans contre-visite d'un expert ni rien. Quatre millions cinq cent mille dollars. (Ils retiennent leur souffle, soudain.) Et avant que vous affirmiez que le bâtiment vaut plus, laissez-moi vous dire que j'y vis depuis un moment et que je n'ai pas besoin d'expert pour en connaître les défauts. J'ai vu les fissures dans les murs, les fuites, et j'ai en personne et plus d'une fois fait venir la dératisation pour traiter la cave. Je vous garantis que vous aurez touché l'intégralité de la somme d'ici cinq ans au plus tard. Tout ce que je vous demande, c'est de ne pas oublier où vous en étiez quand je suis entrée dans la boutique il y a un an et où vous en êtes aujourd'hui.

Je me redresse, m'adosse au banc et bois une longue gorgée de thé. J'ai beau être bavarde comme une pie, ce discours m'a épuisée. Les Henri me regardent, mal à l'aise. Puis elle se tourne vers son époux.

— L'agence pratique des charges prohibitives, lance-t-elle en français.

Bien que, à présent, tous deux sachent pertinemment que je parle plus ou moins couramment leur langue natale, ils y recourent automatiquement quand ils ne veulent pas que je comprenne leurs échanges. Le pli est pris.

— Nous pourrions éviter de gros frais, continue-t-elle.

— Mais tu l'as entendue, riposte Monsieur Henri, boudeur. Cela signifie que nous allons devoir attendre.

— Et alors ? Tu comptais t'acheter un yacht ?

— Peut-être.

— Tu te rappelles ce qu'a dit l'expert, non ? Au sujet de l'amiante au sous-sol.

— Oui, sauf qu'il a aussi dit que ce n'était pas un vrai problème, puisque toutes les tuyauteries de Manhattan sont bourrées d'amiante.

J'écoute ces mots sans broncher. Je suis déjà au courant, pour l'amiante. Le plombier m'a informée il y a des mois de cela. Je compte même utiliser ce tracas pour les fléchir s'ils refusent ma proposition.

— L'enlever coûtera des milliers de dollars, insiste Madame Henri. Tu tiens vraiment à te mettre ça sur le dos ?

— Non, admet son mari.

— Nous pouvons régler cette affaire cet après-midi. Nous n'aurons même pas à déménager nos affaires ! Elle les gardera !

Voilà qui rassérène Monsieur Henri.

— Ah ! Je n'avais pas songé à ça. Mais où va-t-elle trouver tout cet argent ? Elle n'a même pas trente ans.

— Aucune idée. L'héritage de sa grand-mère, peut-être ?

— Pose-lui la question.

Tous deux me regardent, et Madame Henri me demande en anglais :

— Vous avez entendu ?

— Je ne suis pas sourde, je réplique, vexée. Et je vous signale que je parle français.

— Je sais. Alors, l'argent vient de votre grand-mère ?

— Non. D'une affaire que j'ai lancée hier soir avec la

compagnie Geck. Je vais créer une ligne de robes nuptiales pour leur chaîne de magasins à bas prix.

— Dans ce cas, s'étonne mon ancien patron, pourquoi voulez-vous conserver l'atelier ?

— Parce que j'ai bien l'intention de continuer à fabriquer des robes pour ma clientèle privée. N'ayant rien à voir avec Geck. Et puis, votre boutique... *ma* boutique, si vous acceptez de me la céder, c'est comme chez moi.

C'est ridicule, j'en ai conscience, n'empêche, alors que je prononce ces paroles, mes yeux s'emplissent de larmes. Car c'est vrai. Le petit appartement miteux, que je compte rénover s'il m'appartient un jour, est l'endroit où j'ai vécu les moments les plus chouettes – et les pires – de mon existence. Il m'est impossible de laisser des inconnus me le voler. En tout cas, pas sans avoir livré bataille auparavant.

Madame Henri cligne des paupières, puis contemple son mari, les sourcils levés.

— Dans ce cas, marmonne ce dernier... Il me semble que nous devrions vendre à Elizabeth, n'est-ce pas, *chérie*[1] ?

Un immense sourire fend le visage de sa femme.

— Je suis bien d'accord, acquiesce-t-elle.

C'est ainsi que, une heure plus tard, je me retrouve à siroter du champagne en compagnie de Madame Henri, au fond du jardin, entourée par les gazouillis des oiseaux, tandis que Monsieur Henri montre à Chaz – qui est revenu de son périple au centre commercial – comment jouer à la *pétanque*, un sport où il a l'air d'exceller.

1. En français dans le texte.

Comme il a excellé à préparer mon entretien d'aujourd'hui afin de persuader mes ex-patrons à me céder leur boutique.

Brève histoire du mariage

Il est essentiel de se rappeler que bien des mariages les plus somptueux et coûteux de l'histoire n'ont pas forcément abouti à des idylles d'un romantisme échevelé. Prenez Henri VIII et ses multiples épouses, le prince Charles et lady Diana et, naturellement, l'éternelle optimiste mais malheureuse Elizabeth Taylor.

Que vos noces soient intimes ou mondaines, il est crucial que vous épousiez la bonne personne, l'homme qui vous aime pour ce que vous êtes et non parce que vous êtes susceptible de lui donner un héritier mâle ou de lui apporter une dot conséquente, voire simplement parce que vous êtes fracassante en maillot de bain. On a certes tendance à magnifier l'amour. Le plus important reste de vous assurer que votre partenaire pour la vie est quelqu'un qui saura vous faire rire quand vous n'aurez pas la pêche, qui vous apportera un grog quand vous serez enrhumée et qui sera prêt à partager la télécommande de la télévision.

Petites ficelles pour éviter un mariage désastreux, par Lizzie Nichols

Une fois les invités partis, les cadeaux déballés et rangés, le dernier mot de remerciement rédigé, vous risquez de vous sentir un tantinet déprimée. Rien de plus normal ! Après tout, vous venez de vivre le moment le plus heureux de votre existence : votre unique (croisons les doigts !) mariage. Il est donc naturel que vous soyez un peu triste, les festivités terminées. Gardez cependant à l'esprit que vous êtes sur le point de vous embarquer pour le plus formidable voyage qui soit… la vie conjugale !

Bon, rassurez-vous, il sera tout aussi normal que vous ayez envie d'enfiler votre robe nuptiale de temps à autre… même pour regarder la télévision. Toutes les femmes le font.

Juré craché.

25

C'est un saint inachevé
Qui attend qu'une femme comme elle le complète ;
Elle est une belle inachevée
Dont la perfection dépend de lui.

William SHAKESPEARE (1564-1616),
dramaturge et poète anglais

Six mois plus tard

— Tu es la plus jolie mariée qui soit !

— Non, me réplique Tiffany. J'ai l'air grosse.

— Tu es enceinte de quatre mois, ma vieille ! C'est normal.

— Et est-il normal que cela me flanque les jetons ? lance Monique à la cantonade. Que Tiffany soit sur le point de devenir mère, s'entend. Quelqu'un d'autre que moi a-t-il la frousse ?

Shari, Sylvia et Marisol lèvent la main.

— Je vous déteste, crache Tiffany.

— En tout cas, la grossesse te rend adorable, raille Monique.

— C'est cette robe qui me donne l'air grosse, répète l'intéressée en ignorant sa copine.

Elle se contemple dans le miroir en pied.

— Pas du tout, je proteste, indignée. Tu attends un enfant !

— Si, c'est une robe de grosse, boude-t-elle. Tu m'as créé une robe de grosse pour mon foutu mariage.

— Vous savez ce qui est trop génial ? demande Shari en gobant une des pastilles de chocolat qu'elle a apportées en prévision du spectacle que nous donnons présentement. C'est quand les mariées jurent. Surtout les mariées en cloque.

Sylvia et Marisol s'affairent autour de Tiffany en émettant des claquements de langue et font bouffer la traîne de la ravissante tenue que j'ai tout spécialement conçue pour elle – et qui ne la grossit en rien.

— Cette robe te sied à ravir, je reprends en me retenant d'étrangler l'heureuse élue du jour. Et m'accuser d'accentuer tes rondeurs n'est pas très gentil, d'autant que je suis celle qui te verse un salaire assez élevé pour que tu puisses ne travailler qu'à mi-temps ici et quitter le poste que tu hais, chez Pendergast, Loughlin et Flynn.

— Et alors ? rétorque-t-elle en me toisant dans la glace. J'ai bien l'intention de démissionner afin de rester à la maison avec Raoul Junior.

— C'est un garçon ? s'enquiert Marisol, toute contente.

— Aucune idée, aboie la future mère. Et on s'en fout.

— Bon sang ! se marre Shari, vous êtes encore plus impayables que les trois vieilles des *Craquantes*.

— Tu as les moyens de t'offrir une nounou, Tiffany, je réponds en resserrant sa ceinture un peu plus fort que nécessaire peut-être. Rien ne t'oblige à abandonner ton boulot. De plus, j'ai pris une mutuelle qui vous permets à toutes de bénéficier de quatre mois de congé de maternité. Quant à cette tenue, je l'ai dessinée exprès pour toi. Elle est de style Empire et a une traîne, ce qui, au passage, n'est pas du tout approprié à la cérémonie à la sauvette que Raoul et toi projetez, même si nous terminons par une bringue d'enfer au *Tavern on the Green* ensuite. En tout cas, ton bedon est entièrement dissimulé par cette coupe. Personne ne le voit. Comment oses-tu la qualifier de robe de grosse ?

Au lieu de me répondre, Tiffany contemple la boîte de chocolats de Shari.

— Tu vas m'en offrir un ou tu comptes les boulotter toute seule ? lance-t-elle, acerbe.

— Elle ne te donnera rien du tout, j'interviens sèchement. Pas question de tacher le vêtement sur lequel je me suis échinée pendant des semaines.

— Sur laquelle *nous* nous sommes échinées, me corrige Marisol. J'ai bossé jusqu'à deux heures du matin cette nuit pour terminer de coudre les perles sur la traîne.

— Tu as raison, admets-je.

— Tu parles ! maugrée Tiffany. Je suis sûre qu'on retrouvera le même modèle chez Geck pour deux cents dollars la semaine prochaine !

— Pas du tout ! je braille. Tu portes un original signé LIZZIE NICHOLS DESIGNS. Geck ne vend rien de tel. Certes, il y aura des trucs dans le même genre. Mais pour trois cent quatre-vingt-dix-neuf dollars.

— Je le savais ! triomphe la future en agitant ses bouclettes.

— Les voitures sont là, annonce Monique d'une voix lasse.

— Parfait, allons-y. Sinon, nous serons en retard.

Toute notre troupe sort dans le froid hivernal et se retrouve sous le nouveau dais rose qui comporte l'inscription : LIZZIE NICHOLS DESIGNS. Nous nous répartissons dans les deux limousines noires que Raoul a réservées. Je prends soin de replier la traîne de Tiffany avant de m'installer dans l'autre voiture, avec Shari.

— Merci d'être venue, je dis à cette dernière.

— Tu rigoles ? Je n'aurais loupé ça pour rien au monde. Alors, le marié a fini par obtenir son permis de séjour ?

— Juste à temps, oui. Encore cinq mois, et il devenait un père sans papiers.

— Son divorce a sûrement été le plus rapide de l'histoire.

— Il a grassement payé son épouse pour le service qu'elle lui a rendu auprès des services de l'immigration, tu sais ? Et puis, ils ne vivaient plus sous le même toit depuis des années.

— Comme c'est romantique ! s'esclaffe Shari.

Une fois sur Centre Street, je bondis hors de la voiture et me précipite afin de veiller à ce que Tiffany n'abîme pas sa robe. Elle parvient à éviter les dégâts, même si elle ne le fait pas avec beaucoup d'élégance.

Nous entrons dans la mairie, où les hommes – et Pat, qui nous a rejoints, profitant de sa pause déjeuner – nous attendent.

En voyant l'expression de Raoul quand il découvre sa chérie, toutes mes angoisses s'évaporent. Il a les larmes aux yeux, et je suis obligée de détourner la tête tant je suis émue.

— Tu es magnifique, bébé, chuchote-t-il en prenant la main de sa future.

— Je sais, marmonne-t-elle.

Il faut croire qu'elle a enfin compris que cette robe ne la grossissait pas. Ouf !

Une main glisse sur ma taille et, l'instant d'après, un homme élégant en costume gris anthracite m'embrasse dans le cou.

— Salut ! lance Chaz. Joli boulot !

— Merci.

Je rigole. Comme une bécasse. Oui, tel est l'effet que produit Chaz sur moi.

— Tu aimes le ruban autour du cou ? J'ai pensé que ça ferait une touche finale sympa. Je compte en équiper les robes des fillettes pour la collection de l'an prochain.

— Ça se vendra comme des petits pains.

Chaz arbore une cravate jaune pour l'occasion. Mes genoux tremblotent. Mon mec en costard a le pouvoir de me liquéfier, et je ne suis pas sûre que ça changera un jour. Je ne crois pas, même.

Un huissier vient d'appeler les noms de Raoul et de Tiffany et nous nous apprêtons à entrer dans une salle quand un tohu-bohu se produit dans le hall et qu'une voix familière braille :

— Attendez ! Attendez-moi !

— Omondieu ! gémit Shari. Qui l'a invitée, celle-là ?

Je me mords la lèvre.

— Euh… j'ai dû laisser échapper que Tiffany se mariait aujourd'hui.

— Nom d'un chien, Lizzie ! s'emporte la promise. Quand apprendras-tu à fermer ta grande gueule ?

Par bonheur, je n'ai pas l'occasion de répondre à cette difficile question, car Ava déboule, habillée en tailleur sévère (avec chapeau, s'il vous plaît), accrochée au bras de son époux, Joshua Rubenstein, alias DJ Tippycat, et suivie, comme toujours, par Little Joey.

— Désolée d'être en retard, s'excuse-t-elle avec le ton de souveraine qu'elle a adopté depuis qu'elle est directrice du marketing de la société Geck. Nous avons été pris dans les embouteillages en venant de l'héliport.

Si Tiffany la fusille du regard, Raoul répond aimablement :

— Ravi que vous soyez arrivés à temps.

Puis la cérémonie commence. Dieu merci, elle est brève, quoique pleine d'émotion.

Le champagne ayant été débouché par Latrell (et bu par nous autres), les félicitations d'usage ayant été échangées, les employés municipaux nous ayant virés de la salle pour accueillir le couple suivant, Raoul nous ayant ordonné de regagner les limousines pour rejoindre le restaurant, Chaz m'attrape par le coude et m'entraîne près d'une fontaine afin de me montrer quelque chose qu'il a dissimulé dans sa poche.

— Devine ce que c'est, me dit-il, une lueur de malice suspecte dans les yeux.

Je contemple l'enveloppe blanche qu'il tient.

— L'acte notarié de mon immeuble ? je demande. Tu as payé le solde grâce à un héritage secret, et je ne dois plus d'argent à personne ?

Chaz semble déçu.

— Non. C'est ce que tu attends de moi ? Je pensais que tu voulais te débrouiller toute seule ?

En tâchant de cacher ma propre déception, je mens :

— Mais non, je plaisante. Alors, qu'est-ce que c'est ?

Chaz sort une feuille pliée en deux de l'enveloppe. Il s'agit d'un document officiel portant l'emblème de la mairie de New York, sous lequel sont inscrits les mots : *démarches en vue d'un mariage.* Je regarde Chaz avec ahurissement.

— Eh oui ! me lance-t-il. J'en ai pris un. Et avant que tu ne vomisses ou ne refuses, sache que je ne m'offusquerai pas, ni rien. Je me fiche que nous nous mariions ou pas. Pour moi, ça n'a aucune importance. Simplement, ça en avait pour toi, important, alors, si ça en a encore... ben, faisons-le. En plus, ça évitera peut-être que tu te couvres d'eczéma et que moi, je dégobille. Nous pourrions remplir ce papelard tout de suite, revenir demain – il y a un délai de vingt-quatre heures obligatoire – et sauter le pas. Inutile d'en parler à quiconque. Puisque nous sommes déjà ici, j'ai pensé que plus vite c'était fait, mieux ce serait. J'ai déjà pris un numéro dans la file d'attente du bureau concerné. Nous avons le temps, j'ai le quatre-vingt-dix. Nous rejoindrons les autres au restau plus tard. Personne n'en saura rien. Nous serons les mêmes qu'avant. Sauf que nous serons mariés. Demain.

Ou un autre jour. Il est valable deux mois. Le papier, je veux dire.

— Es-tu en train de me demander de t'épouser ? je parviens à hoqueter.

— Seulement si tu veux. Tu n'es pas forcée d'accepter. Et il ne s'agirait pas d'une de ces cérémonies atroces que tes clientes subissent, avec fontaine de chocolat fondu et danse des canards. Pas question. Ma sœur est passée par là, et c'était…

Le souvenir lui déclenche des frissons. Il est clair qu'il est à deux doigts de craquer. Aussi, je pose une main apaisante sur son bras, cependant qu'il enchaîne :

— Tes parents souhaiteront sûrement t'organiser une fiesta comme ça, et je préfère te prévenir… si c'est le cas, je me sauverai. À toutes jambes. Je ne reviendrai que tard le soir, quand il n'y aura plus aucun danger. Mais ce jour-là, je me cacherai, et personne ne me trouvera. Même si, pour ça, je dois me réfugier dans les marais. Bon, je sais qu'il n'y a pas de marais dans le Michigan, mais…

Je le secoue gentiment.

— Calme-toi, Chaz. Moi non plus, je ne veux pas de ça, d'accord ? J'aime bien ton idée. Juste toi et moi, demain. Sans personne. Parce que, finalement, le mariage, c'est ça, non ? Nous deux.

— Oui, acquiesce-t-il. Nous sommes les deux seuls qui comptons. Certes, on pourra l'annoncer aux autres… à l'avenir.

— C'est ça. Quand nous le sentirons. On le mentionnera en passant. Style : « Au fait, nous nous sommes mariés. » Il y a des chances qu'ils nous reprochent de ne pas les avoir invités.

— Je m'en moque. Et toi ?

— Moi aussi. Nous ne sommes pas obligés de leur dire si nous ne le désirons pas.

— Il faudra sans doute que je prévienne d'abord Luke que nous sortons ensemble. Histoire d'amortir le choc. Je lui annoncerai notre mariage dans quelques années. Mais bon, il se tape quatre nanas en même temps, à Paris. Je ne comprends pas pourquoi notre liaison lui déplaît.

Je ne parviens toujours pas à éprouver de l'animosité envers Luke. Si j'ai une fille, je lui donnerai la bague de fiançailles que j'ai conservée. Ou alors, elle sera pour ma nièce Maggie, en laquelle je place beaucoup d'espoir.

— Charmant, je dis.

— Charmant, mon œil ! rétorque Chaz. Et maintenant, montre-moi ton bras.

Docilement, je remonte la manche de mon tailleur en laine rose signé Lilli Ann[1]. Nous inspectons le creux de mon coude.

— Pas d'urticaire, diagnostique Chaz.

— Bon signe. Et toi, as-tu envie de vomir ?

— Non.

Je suis optimiste quant à cette union et quant à notre numéro dans la liste d'attente. Quatre-vingt-dix. L'âge de mamie quand elle est morte. Un cadeau du ciel. Quelqu'un doit veiller sur nous, quelqu'un qui ne veut pas que nous prenions la route de l'enfer.

Ou, au contraire, qui le souhaite, parce que c'est la meilleure route qui soit.

---

1. Maison de couture de San Francisco créée en 1933. Réputée pour la qualité de ses vêtements, elle a été vendue dans les années 1990 à des investisseurs asiatiques et a perdu son âme, même si la marque continue d'exister.

Chaz et moi regardons le document qu'il tient. Y sont énumérées les questions les plus souvent posées par les candidats au mariage : Un examen de santé prénuptial est-il nécessaire ? (Non) ; Deux cousins au premier degré peuvent-ils se marier dans l'État de New York ? (Oui) ; Un certificat de mariage délivré par l'État de New York est-il valable dans un autre État ? (Non). Tout cela semble très… juridique.

— Tu veux vraiment le faire ? me demande Chaz.

— Je crois, oui. Mais ne m'as-tu pas dit un jour que je serais une épouse horrible ?

— Mon opinion a changé, depuis. À présent, je pense plutôt que tu serais une épouse épatante.

— Épatante ? Ai-je bien entendu ?

— Oui.

Je rigole. Lui aussi.

— Promets-tu de me chérir et de m'obéir ?

— C'est déjà le cas, répond-il. Surtout quand il s'agit d'obéir. Au lit, notamment, quand tu deviens impertinente, avec tes chaînes et tes fouets.

— Alors, j'accepte de t'épouser, Charles Pendergast, troisième du nom.

— Hé ! piaule Tiffany depuis le perron. Vous venez ou quoi ?

— On arrive ! crie Chaz. Hé, ajoute-t-il en me donnant un coup de coude, je crois qu'ils ne m'ont pas entendu. C'est toi, la grande gueule. Dis-leur de ne pas nous attendre.

— Ah non ! Pas moi. Parce que je crois que j'ai enfin appris à fermer ma grande gueule, figure-toi.

Composition MCP – *Groupe JOUVE* – 45770 Saran
N° 314836Z
Impression réalisée sur TIMSON par
Rodesa
Espagne
en octobre 2009

« Pour l'éditeur, le principe est d'utiliser des papiers composés de fibres naturelles, renouvelables, recyclables et fabriquées à partir de bois issus de forêts qui adoptent un système d'aménagement durable. En outre, l'éditeur attend de ses fournisseurs de papier qu'ils s'inscrivent dans une démarche de certification environnementale reconnue. »

Dépôt légal : octobre 2009
20.1325.8/02 - ISBN : 978-2-01-201325-4

Loi n° 49-956 du 16 juillet 1949 sur les publications destinées à la jeunesse.